傳信人

I Am the Messenger

馬格斯・朱薩克 著

木馬文化

目次

訊息

艾德格街四十五號，子夜十二點
哈里森大道十三號，晚間六點
馬奇唐尼街六號，凌晨五點半

◆1 銀行大劫案

這個持槍的搶匪，有夠遜。

我知。

他知。

銀行裡面每個人都知。

連我最要好的死黨馬文都知道。不過馬文這人，比那個搶匪還更遜。

整件事最悲慘的是：小馬的車放在外面的限時停車格裡，而我們全趴在地上。計時收費的時限快到了。

「真希望這傢伙動作快一點。」我說。

「我知道，」小馬低聲回答：「可惡！」他的聲音從地板傳上來。「就因為這個沒用的王八蛋，我的車快吃罰單了。艾德，我哪有錢繳罰單哪！」

「你那臺爛車的價值還沒罰款高呢。」

「啥？」

小馬打量我，我感覺到他要爆發了，因為我冒犯了他。小馬只有一件事情無法忍受，就是有人批評他的車。他又問了一次：「你說什麼，艾德？」

「我說——」我壓低了嗓音：「你那輛爛車的價值還沒罰款高呢，小馬。」

「聽好，」他說，「艾德，很多事情我都可以忍，不過……」

我把他的話當耳邊風。因為，老實說，小馬一講起他那輛車，實在會煩死人。他會一直碎碎念，囉嗦個沒完沒了。拜託，他已經二十歲了。他又繼續念了一分鐘，我不得不打斷他，這才讓他住了嘴。

「小馬，」我指出重點：「你的車實在丟人現眼，連手煞車也沒有，輪子後面還要卡兩塊磚擋著。」我盡量小聲。「有時候你連車門都懶得鎖。你一定是希望這輛車被偷，然後就可以詐領保險金。」

「那輛車沒保險。」

「我就說嘛。」

「保險公司說它殘值太低，不值得投保。」

「沒錯。」

就在這時候，搶匪轉身大吼：「誰在後面說話？」

小馬管他去死的，他正為了車子而情緒激動。

「艾德，我讓你搭便車去上班的時候，你怎麼就不抱怨啊？你這個卑鄙又狂妄的小人！」

「狂妄？狂妄倒底是什麼意思啊？」

「我剛說過了，後面的給我閉嘴！」搶匪又大吼。

「那——你——就——動——作——快——點——啊！」小馬吼回去了！小馬心情惡劣到底，到底了。

小馬趴在銀行地板上。

前面有人在搶劫銀行。

現在是春天，天氣已經熱得不得了。

空調壞了。

他的車剛剛被人羞辱了。

我的好友小馬要不是忍無可忍，便是腦殘了。不管怎麼形容，他覺得大便塗臉，氣到快要爆炸了。

小馬與我平趴在銀行裡又破又髒的藍色地毯上，相互對望，繼續以眼神惡鬥。在小桌子的那頭，我們的好友瑞奇半個人躲在桌子底下，趴在一堆樂高積木中間。那堆積木，是那個一面叫囂一面發抖的搶匪闖進銀行時，散落到地上的。奧黛麗在我後面，我的腿被她的腳壓得麻死了。

搶匪用著槍對準櫃檯後一個可憐女孩的鼻子，她的名牌上寫著「明莎」。可憐的明莎。她等著一個滿臉痘花、二十九歲、打領帶、腋下兩塊汗漬的傢伙把錢裝到袋子裡。他抖得幾乎跟搶匪一樣厲害。

「真希望這傢伙動作快一點。」小馬說。

「這句話我說過了。」我告訴他。

「那又怎樣？我就不能發表自己的意見嗎？」

「腳移開。」我跟奧黛麗說。

「你說什麼？」她回我。

「我說，把妳的腳移開，我的腿麻掉了。」

她心不甘情不願地挪了腳。

「謝了。」

搶匪轉身，再一次大吼：「是哪個王八蛋在講話？」

關於小馬這人，有件事一定要提到：即使在最正常的時候，他也是個麻煩人物。他特愛辯，脾氣差，你會不自覺地一直跟他拌嘴。只要和他講起他那輛福特的破車，肯定會吵起來。他的脾氣一來，整個人就變成一個混帳。

他故意對搶匪大喊：「報告！是艾德·甘迺迪。艾德在講話。」

「謝謝你噢！」我說。

（各位讀者好，我叫艾德·甘迺迪，今年十九歲，職業是無照的計程車駕駛。我跟你在雪梨荒涼郊區見到的年輕人一樣，前途沒指望，事業無發展。此外，我讀的書太多太雜了，嘿咻和申報所得稅這兩檔事我都不在行。請多多指教。）

「給我閉嘴，艾德！」搶匪大嚷，這下小馬笑嘻嘻了。「不然的話，我就過去一槍把你的屁股打爆。」

彷彿又回到學校，有虐待狂傾向的數學老師從教室前朝我大吼。而其實他一點也不關心我，他只想等著鐘響下課回家喝啤酒，在電視機前變成肥豬。

我看著小馬，真想宰了他。「拜託你，你已經二十歲了，你想要讓我們全被殺了嗎？」

「閉嘴，艾德！」搶匪這回嗓門更大。

我再把聲音壓低。「要是我中槍了，我一定回來找你算帳。懂嗎？」

「我說了，閉——嘴——艾德！」

「眼前這一切只是個大笑話吧，小馬？」

「好了好了，我受夠了。」搶匪忍不住了，先不管櫃檯後的女行員，大步朝我們這裡走來。他走到我們前面，我們全抬頭看他。

小馬。奧黛麗。我。

還有每個像我們一樣四肢著地、心情絕望的人。

槍口抵住我的鼻樑，害我好癢。我不敢摳。

搶匪一下子看著小馬，一下子看著我。透過他臉上罩著的長襪，我看見他土黃色的小鬍子、痘疤、小眼睛、大耳朵。他大概已經連續三年榮獲地方社區園遊會最佳醜男獎，所以跑來搶劫銀行回饋社會吧。

「你們哪一個是艾德？」

「他！」我指著小馬回答。

「噢，少來。」小馬反駁。我從他的表情看得出來，他應當感到害怕，卻不怎麼害怕。他也知道，要是這搶匪敢玩真的，我們兩人現在早已經斃命了。他抬頭看著臉套長襪的男人說：「等等……」他抓抓下巴，「你看起來很面熟耶。」

「好吧，」我承認：「我才是艾德。」搶匪卻忙著聽小馬是不是要講他什麼事，沒空理我。

「小馬，」我用咬著牙說：「閉嘴。」

「閉嘴，小馬。」奧黛麗說。

「閉嘴，小馬！」瑞奇從大廳另外一頭喊。

「你又是誰啊？」搶匪對著另一頭的瑞奇喊話，轉身尋找聲音的來源。

「我是瑞奇。」

「瑞奇，你閉嘴！別再給我說話！」

「沒問題。」他的聲音傳回來：「感謝你。」我每個朋友好像都自以為了不起了。我也不曉得為什麼會這樣，事實就是事實。

總而言之，搶匪憤怒、激動到發起抖來，好像從皮膚開始抖，一路抖抖抖，抖到他罩在臉上的襪子。

「我他媽的受不了了。」他咆哮著。

小馬還在講。

「我說，」他繼續：「我們以前是不是同學呀？」

「你找死啊，是不是？」搶匪激動萬分，整個人繃得緊緊的。

「嗯，其實——」小馬想解釋，「我只是要你替我付停車逾時的罰單。我車停在外面十五分鐘限時車格裡，你卻把我擋在這裡。」

「你說得對，我是把你擋著！」他比了比槍。

「沒有必要那麼凶啦。」

我心裡暗想：噢，老天，小馬這下掛定了，快被搶匪一槍射進脖子裡了。

搶匪朝銀行玻璃門外看，想找出哪輛車是小馬的。「哪一輛？」他問道。在這裡，我不得不承認，搶匪講這句話的語氣還算有禮。

「那邊那輛淺藍色的。」

「那輛爛車？別說為它繳罰單了，我連在它上面撒泡尿都不屑。」

「喂，等等。」小馬又被冒犯了。「你跑來這裡搶銀行，好歹付一下停車費也是應該的。」

說時遲，那時快。

錢已經在櫃檯上準備好了，明莎——櫃檯後的可憐女孩——喊了一聲。搶匪轉身走回去取錢。她把錢交出來時，他對她吼叫：「快點，賤女人。」我推想，這是搶劫時一定要用的固定臺詞，這個搶匪有作功課，先看過電影裡的搶銀行場景才出門。接著他拎著錢走回我們這裡。

「你！」他對我大吼。既然拿到錢了，他又有了勇氣。他正準備拿槍打我時，外面有個東西吸引了他的注意。

他定眼一看。

看著銀行的玻璃門外。
脖子前一片汗珠。
他呼吸困難。
思緒翻騰，接著——
他猛然大喊一聲。
「不！」
外面有警察。不過警察還不知道裡面在搶銀行，因為消息還沒有傳出去。他們正叫麵包店外面另一位駕駛不要並排停車。並排的車子一開走，員警也跟著走開。留下這個遜斃的搶匪拎著一袋錢。接應他的交通工具開走了。
他靈機一動。
又轉身。
回到我們這裡。
「你，」他喝令小馬：「把鑰匙給我。」
「什麼？」
「你聽到我的話了。」
「那輛車，那輛車是古董耶！」
「是破銅爛鐵，小馬。」我故意氣他：「乖，鑰匙給他，不然我自己會動手宰了你。」
小馬一臉不悅，手伸進口袋，掏出了車鑰匙。
「小心開。」他懇求。

「你去死！」搶匪回答。

「沒必要那樣吧！」瑞奇在樂高玩具桌下大喊。

「你——給我閉嘴！」搶匪吼回去，然後走了。

他馬上就會遭遇難題：小馬的車第一次點火就發動成功的機率——約在百分之五。

搶匪衝出銀行大門，快步走到馬路上，然後絆了一跤，槍掉在大門附近。他決定不要槍了，繼續往前。就在那一瞬間，在他決定要撿槍或者繼續往前跑的瞬間，我看出他臉上的恐慌。沒時間了，他繼續跑，槍也不要了。

我們全都爬起來看，他逐漸接近車子。

「你們看。」小馬笑了起來。奧黛麗、小馬與我三人繼續看，瑞奇也走到我們這裡了。

搶匪在外頭停下來，想找出車門鑰匙，他那副沒用的模樣逗得我們大笑。

他終於進了車，一再發動，車就是沒反應。

接下來——

我自己永遠無法理解為什麼。

我跑出去，順手抄起地上的槍，過馬路時眼睛還緊盯著搶匪。他想下車跑，但是現在太遲了。

我人已經站在那輛車的窗外。

拿槍對準他的眉心。

他停止動作。

我們兩人都停止動作。

他想下車跑走。而我，直到我更接近他，而且聽見玻璃粉碎的聲音，才知道自己開了槍。

「你搞什麼鬼啊？」小馬在對面絕望地大喊，他的世界崩解了。「你開槍射的是我的車啊！」

警報聲響起。

搶匪跌跪在地上。

他說：「我真是個白痴。」

我不得不同意。

我低下頭，同情地看了他幾秒鐘，我知道自己正看著全世界最倒楣的人。首先，他搶的銀行裡面，有笨到無法用言語形容的小馬與我；接下來，接應他的車子跑了；再來，他以為自己走運能弄到另一輛車，結果到手的卻是整個南半球最爛的一輛車。

警察用手銬銬住他，把他帶走。我對小馬說：「喂，你看到沒？」我越說越堅定。「你看到沒？這次事件只證明了這輛車子——」我指著車子，「的爛。」我住嘴片刻讓他好好想想，「這輛車要是有半點像樣的話，那傢伙現在早落跑了，是不是？」

小馬承認：「我想是吧。」

也許，他會為了證明車子並非一無是處，而寧可讓搶匪跑掉也說不定。

馬路上、駕駛座上到處是碎玻璃。我一直想要分辨一下，到底是哪個東西碎裂得比較嚴重：是玻璃？還是小馬的臉。

「喂，」我說，「車窗的事情算是我對不起你，行了嗎？」

「別再提了。」小馬回答。

槍摸起來暖暖黏黏的，像手中融化的巧克力。

來了更多警察，是來問問題的。

我們走到警察局，警方詢問我們搶案的細節，到底發生了什麼事，我怎麼會拿到槍的。

「他剛好掉了？」

「就是我跟你說的啊？」

警員說：「聽著，小子，」他的視線離開報告書，「沒有必要對我發火。」他有個大大的啤酒肚跟灰色的八字鬍，為什麼那麼多警察都留八字鬍呢？

「發火？」我問。

「對，發火。」

發火。

我非常喜歡這種說法。

「抱歉，」我告訴他，「他跑過去時剛好掉了槍，我去追他的時候撿了起來。這就是實情。我怕他，怕到屁滾尿流，行了嗎？」

「行。」

我們在那裡待了好長一段時間，唯一讓啤酒肚警員覺得不爽的事，是小馬不停的問車子的賠償問題。

「藍色的福特？」警察問。

「就是那輛。」

「說真的，小子，那種車也敢拿出來丟人現眼啊？」

「我就跟你說吧。」我說。

「行行好，連手煞車都沒有。」

「所以咧？」

「所以你走運，我們這次不開你罰單，因為它沒辦法開上路。」

「真是感謝你。」

警察笑笑說：「不用客氣。」

「還有，我給你個建議。」

我們快離開警局時，才發現警察的話還沒說完。他喚我們回去，至少要小馬回去。

「怎樣？」小馬說。

「你怎麼不弄輛新車啊，小子？」

小馬一臉正經地望著他，「我有我的理由。」

「什麼理由？沒錢？」

「喂，我有錢，我是有工作的人。」他居然還裝出一副很老實的口氣。「我只是有其他要優先處理的事情。」接著，他露出只有以那種爛車為傲的人才有辦法擠出的笑容，說：「還有，我愛我的車。」

「說得好，」警察下了結論，「再見。」

「你居然有需要優先處理的事情？」走出警局後我問小馬。

小馬茫茫然直視前方。

「艾德，閉嘴。」他說。「對其他人來說，今天你是英雄。在我看來，你只是朝我車窗射了顆子彈的下流胚。」

「你要我賠嗎？」

小馬又賞我一個微笑，「不用。」

說真的，我聽了反倒鬆一口氣。我寧可死，也不想花一毛錢在那輛車上。

走出警察局時，奧黛麗跟瑞奇在等我們。除了他們之外，外面還有媒體記者，拍了一大堆照片。

「就是他！」有個人大喊。我來不及辯解，整批人馬移駕到我面前發問，我以最快的速度再次解釋發生的事。我住的地方不算小，來了廣播電臺、電視臺、報社——隔天會報導與撰寫相關新聞的所有人。

我猜想會出現什麼標題。

「計程車司機搖身成英雄」一類的標題不錯，他們卻可能登出「地方混混幹得好」這類的話。要讓小馬看了，他會笑到在地上打滾。

問了約十分鐘的問題後，一幫記者解散。我們走回停車處，小馬的車收到一張罰單，隨便夾在雨刷下。

小馬把罰單扯下，看看上面寫了什麼。奧黛麗罵了句「混帳」，我們原本到銀行是要讓小馬存薪水支票的，現在他可以用那筆錢來付罰款了。

我們把座位上的碎玻璃撥乾淨後上車。小馬轉動鑰匙大概八次吧，車子就是發動不起來。

「這下好了。」他說。

奧黛麗與我沒吭聲。

奧黛麗控制方向盤，我們其餘人推車，把車子弄回到我住的地方，因為那裡最靠近鎮中心。

幾天之後，我收到第一封口信。

世界變了。

◆2　性愛如數學：我的生活介紹

跟你聊點我的生活。

我每星期有幾天晚上都會玩撲克牌。

這是我們的生活重心。

我們玩的遊戲叫做「討厭鬼」，不太難，這是我們唯一不用爭辯，大家都喜歡的撲克牌遊戲。

玩牌的人有小馬，他的嘴巴總是囉嗦不停。他坐著一邊抽雪茄，一邊享受玩牌的樂趣。

瑞奇。他話不多，喜歡炫耀右手臂上的可笑刺青。從開始玩牌到牌局結束，他都慢慢喝著裝在長頸瓶中的「維多利亞苦啤酒」，撫摸一叢叢好像黏在他孩子氣臉龐上的鬍鬚。

奧黛麗。不論打什麼牌，奧黛麗總是坐在我對面。她有頭黃髮，一雙腿又瘦又結實，還有全世界最美的斜嘴笑容，以及性感的臀部。她看過好多電影。她也是開計程車的。

接下來，還有我。

談談自己之前，我先告訴你幾件事：

◎鮑伯．狄倫十九歲時，已經是紐約格林威治村經驗豐富的表演者。

◎薩爾瓦多．達利①不到十九歲，創作出好幾幅出色、具有叛逆意味的繪畫作品。

◎聖女貞德十九歲時，已經是全球頭號通緝要犯。她引發了一場革命。

接下來，艾德．甘迺迪，同樣十九歲……

就在銀行搶案發生之前，我正在反省我的人生。

計程車司機——我還為了這份工作謊報年紀（必須年滿二十歲）。

沒有真正的職業。

不受社會大眾尊重，一事無成。

當我開著車，聽從一個名叫戴瑞克、頭髮快掉光的生意人指引路線，當我擔心周五晚上醉漢會吐在我車上，或是不付錢落跑的時候，我同時心裡也明白，世界上到處都有人在成就大事業。開計程車其實是奧黛麗提供的點子，她之所以能輕易說服我，大概是因為我已經愛她好多年了。我沒離開過這個市郊小鎮，沒念過大學。我整個心思都花在奧黛麗身上。

我經常自問：「唉，艾德，這十九年的歲月中，你究竟幹了什麼？」答案很簡單。

連個屁都沒。

我跟幾個人提過這個問題，他們的反應只有一個：叫我閉嘴。小馬封我為牢騷天王。奧黛麗說，中年危機啊，我還得等上二十年才會有。瑞奇光是瞧著我，好像我用外國話在講話。我跟老媽提了這檔事，她說：「喲，你怎麼不去大哭一場啊，艾德。」相信我，你會喜歡我老媽的。

我住在一棟租來的便宜爛房子裡。搬進去不久才得知，房東原來就是我老闆，也就是我服務的計程車行——「空車行」——自豪的創辦人兼經理。說這家公司不太可靠，還算是客氣了。奧黛麗與我沒花什麼力氣，就讓他們相信我們兩人有執照，可以替他們開車。在出生證明上亂添幾個數字，帶著看起來該有的執照出現，一切都沒問題。他們沒有查證推薦函，沒有挑東揀西。詭計與欺騙能辦到的事情還真讓人驚訝，就好像洛思科林克夫②說過的話：「理智不足處，邪妖來相助！」好歹，我可以宣稱我是這附近最年輕的計程車駕駛，開計程車的天才。我的人生，就是建立在這種「非傳統成就」之上。奧黛麗比我大幾個月。

我住的爛地方頗接近鎮中心。公司不讓我把車開回家，走路去取車的這段路還算有點距離，除非小馬順道載我。我自己沒車，因為我整天整夜都載著人繞來繞去，休息時最不想做的事情就是開車。

這個小鎮平平無奇，位於雪梨郊區的邊陲，分成好區與壞區。你也不會驚訝我出生在壞區。我們一家在小鎮最北邊長大，這是一個大家都想隱瞞的事實。從小我家附近到處是懷孕的未成年少女，一大票無業的腦殘父親，以及跟我老媽一樣又抽菸又喝酒、穿著醜鞋子當眾走到外面的母親。我成長的家像個豬窩，我在那裡一直住到我弟弟湯米高中畢業、光榮進大學的那年。有時候，我幻想我也可以上大學，但是，我在學校裡太懶散了，該算數、做功課的時候，我總是在看書。我也許可以學個一技之長，但是人家不收學徒，特別不收我這種人。由於剛才提到的惰性，我在學校的成績不佳，只有英文好，這都是我愛讀書的原因。我老爸把我們家的錢全都喝酒喝光了，畢業後我乾脆直接工作。一開始，我在一家不值得一提的連鎖漢堡店做事，我不說店名，因為太丟臉了。接下來我在一間灰塵遍布的會計師事務所做文件分類，上班沒幾個星期，事務所就倒了。最後，是我目前為止工作史上的高峰。

開計程車。

---

① Salvador Dali（一九〇四—一九八九），西班牙超寫實主義派藝術宗師。

② Raskolnikov，俄國文學家陀斯妥耶夫斯基（Dostoievsky，一八二一—一八八一）的長篇小說故事《罪與罰》的男主角。

我有個室友，名叫「看門狗」，今年十七歲。牠常常坐在紗門前，讓陽光映照著牠的黑毛，使牠老邁的雙眼發出光芒，臉上露出微笑。牠叫看門狗，因為從牠很小很小開始，就偏愛坐在前門旁。在家時是這樣，現在在這個爛地方也一樣。牠喜歡坐在溫暖的位置，有人要進屋也不懂讓路，因為牠年紀很老了，不方便移動。牠是洛威拿犬與德國牧羊犬的混血，身體散發著無法根除的惡臭。我認為我這簡陋的房子沒人來（除了我玩牌的朋友之外）的原因，就是牠太臭。一到門口，狗臭就讓朋友們覺得自己當場被賞了一記耳光。沒有一個人能頑強到在我這裡待久一點，更別提說是一路走進屋內。我其實試過用除臭劑，一大坨一大坨抹在牠前腳與身體的交接處，還為牠全身上上下下噴灑芳香噴霧，結果卻只讓牠聞起來更臭不可當。那段時間，牠聞起來簡直像是維京海盜的馬桶。

牠原本是我爸的狗。半年前我爸死了，我媽把牠丟給我。她受不了牠常在她晾衣繩下面拉屎。

（「後院的哪個地方牠不上廁所！」她說：「結果牠到哪裡拉屎？」她自問自答：「就在那該死的晾衣繩下面。」）

所以我搬到外面住的時候，帶了牠一塊走。

搬到我的爛房子。

牠搬到牠的門前。

結果，牠很開心。

我也很開心。

當陽光透過紗門暖暖照在牠身上，牠心情快活，想在門口睡覺。當我夜裡想關上木門，牠會往前略為移動，在那時候，我愛死了那隻狗。總之呢，我是愛死了牠。不過，我的老天，牠臭死人了。

我本來以為牠快死了。這條十七歲的老狗，我預期牠活不了多久。我不知道牠死了我會有什麼反應。

到時候，牠會安祥面對自己的死亡，一個聲音也沒有就嚥氣了。我常想像自己會蹲在門前，趴在牠的身上，對著牠惡臭的狗毛痛哭。我會等著牠甦醒，牠卻長眠不起。我會把牠抱到屋外，當後院的地平線變為朦朧時，感覺到牠的體溫冷卻。不過，牠現在沒事，牠其實有在呼吸，只是聞起來像是條死狗。

我有一臺電視，開機後需要時間暖機。我還有一支幾乎沒人打來的電話，一座像收音機喳喳作響的冰箱。

電視上，有張好多年前拍的全家福照片。

我很少看電視，所以偶爾會端詳那張照片。儘管上面灰塵一天比一天多，說實在的，看起來還真像是個甜蜜的家庭，有母親、父親、兩位姊姊、我、一個弟弟。在相片中，我們一半的人露出微笑，一半的人沒有。我喜歡這樣。

至於我的家人，我媽是那種硬到連斧頭都砍不死的女人，而且常常罵街。其餘的我等下再告訴你。

我剛才說過，我爸半年前死了。他寂寞、善良、寡言、酗酒、游手好閒。跟我媽一塊兒生活，的確不簡單，所以他才酗酒，不過酗酒這種事情沒有什麼藉口好講。他是家具行的捆工。他死的時候，被人發現坐在一張舊躺椅上，而這張舊躺椅還放在卡車上。他人就坐在裡面死了，心情放輕鬆了。家具行的人說，還有好多東西要搬，他們以為他坐在車子上打混。他死於肝功能衰竭。

我弟弟湯米幾乎樣樣事情都做得好。他比我小一歲，在城裡念大學。

我有兩個姊姊：小嵐跟凱薩琳。

凱薩琳十七歲那年傳出懷孕的消息時，我哭了，我當時才十二歲。懷孕後，她搬出家裡。她可不是被一腳踹出去的，她是結婚去了。這件事情當時鬧得轟轟烈烈。

一年之後，小嵐離家，沒出問題。

她沒有懷孕。

我是現在唯一留在鎮上的孩子，其他人全都去了城裡，住在城裡。湯米的表現尤其好，正朝著當律師的道路上前進。祝他順利。這句話，我是發自內心說的。

電視機上那張照片旁，還有一張奧黛麗、小馬、瑞奇與我的合照。去年聖誕節，我們用奧黛麗相機的自拍功能，拍出了這張相片。小馬叼著雪茄，瑞奇淺笑，奧黛麗大笑。而我拿著撲克牌，還在看著有史以來我拿到手的最爛一副牌。

我每天做飯、吃飯。

洗衣服，很少燙衣服。

我活在過去，心裡相信辛蒂．克勞馥是最出色的超級名模。

這就是我的生活。

我的髮色很深，皮膚是淺褐色的，眼睛是褐色。身上沒什麼肌肉，整個人應該站得更挺一點，可是站的時候我卻把兩手插在口袋裡。我的靴子破破爛爛，卻照穿不誤，因為我喜歡且珍惜它們。

我常穿上靴子出門，偶爾會走到鎮上的河邊，不然就是去墓園散步，探望我爸。看門狗如果是醒著的，自然是跟我一塊出門。

我喜歡雙手插在口袋裡走路，加上看門狗的陪伴，想像奧黛麗走在我的另一邊。

我總是幻想我們的背影。

在畫面中，燦爛的光芒逐漸黯淡。

有奧黛麗，有看門狗，有我。

我的手握著奧黛麗的手。

我還沒寫出一首曲子，也還沒開始創作我首幅超現實畫派的作品，而且我懷疑我的努力是否能引發革命。撇開其他的事情不談吧，我是又高又瘦沒錯，但我這個廢物的體格很差，意志力又薄弱。

我最開心的時刻大概是玩撲克牌，或者讓客人下車後，我從城裡，或者是更遠的地區掉頭往小鎮開回來。我把窗戶搖下，風的指頭梳過我，我朝著地平線微笑。

回到鎮上之後，把車開進「空車行」停車場。

偶爾，我討厭聽見車門砰一聲關上的聲音。

我剛說過了，我愛奧黛麗，愛到無法自拔。

奧黛麗跟太多人嘿咻過，卻從不跟我那樣。她總是說她太喜歡我了，以至於不能跟我做那件事。我個人也從沒試過要扒光她的衣服，讓她抖著身子，生疏地站我面前。我沒那個膽。我早跟你說了，在性方面，我是個值得憐憫的人。我交過一、兩個女朋友，在嘿咻這件事上，她們對我的評價並不高。其中一個告訴我，我是她碰過手腳最笨拙的。另外一個呢，只要我想在她身上嘗試什麼花招，她就是會發笑。不管哪種花招，都沒有讓我產生奇蹟般的表現，她很快就甩了我。

我個人認為嘿咻應該像數學。

學校裡面的數學。

就算數學一塌糊塗，也沒有人真的在意，大家甚至公然宣稱自己的數學差，跟每個人都說：「是啊，自然跟英文還好啦，不過我數學真的是爛到爆了。」其他的人也會笑笑說：「對啊，我也是啊。該死的對數，我一竅不通。」

我們談論性愛，應該像我們談論數學那樣才對。

我們應該也可以驕傲地說：「對啊，那該死的高潮，我一竅不通，唉。其他的事情我都還能應付，一到了高潮，我就一竅不通。」

不過，沒有人會說這種話。

我們不能這麼說。

尤其是男人。

我們男人認為那方面一定要很行。所以我現在告訴你，我不行。我也該說明一下，我認為我的接吻技巧也很難令人滿意。曾有個女朋友想教我，但是我想她最後是放棄了。我覺得我的舌上工夫相當糟糕，可是，又能怎樣？

不過是性罷了。總之，我是這樣跟我自己說的。

我常說謊。

話說回奧黛麗。因為她最喜歡我，所以連碰都不碰我，我還真該因此覺得高興呢。非常有道理，不是嗎？

當她難過或沮喪時候，我從我那爛房子的窗外就能看見她的影子輪廓。她進到屋裡，我們喝喝便宜啤酒或烈酒，一起看電影，或者又喝酒又看電影。看《賓漢》③這類又古老又漫長的電影，看到夜深。她坐在我身旁的沙發上，穿著絨布襯衫與剪成短褲的牛仔褲。她睡著後，我會拿出毯子蓋在她身上。

我親吻她的臉頰。

撫摸她的髮。

我想起她獨自過活，就跟我一樣。想起她從沒有過真正的家，想到她只跟別人做愛。她從來不讓情愛妨礙她的生活。我猜她曾有個家，但卻是那種會相互毆打到屁滾尿流的家庭環境。這種情況，在這附近太多了。我認為她愛她的家人，他們卻只會傷害她。

那就是她拒絕愛的理由。

任何人的愛。

我猜想，她覺得這樣比較自在。誰能責備她呢？

當她睡在我的沙發上，我想的全是那一類的事情。每次都是。我拿毯子蓋好她，接著睡覺作夢去。

眼睛是睜開的。

---

③ Ben-Hur，一九五九年的美國電影。

◆ 3 方塊A

地方報紙有幾篇銀行搶案的新聞，報導我追上搶匪之後，從他手上把槍搶過來。這種事情常發生，我早就知道他們會亂報。

我在餐桌前瀏覽了幾則新聞，看門狗依舊瞧著我。就算我是英雄，牠也不屑，只要能夠準時吃晚餐，牠根本什麼都不在乎。

我媽來了，我請她喝啤酒。她告訴我，她感到好驕傲。根據她的說詞，她的孩子個個都表現十分傑出，除了我以外。但是，現在她總算因為我，眼中有了少許的驕傲閃爍——就算只能持續一、兩天也好。「那是我兒子，」我可以想像她對街上遇到的人解釋：「我跟你說過了，總有一天他會有出息的。」

小馬自然來了，瑞奇也上門來。

就連奧黛麗都在腋下塞了份報紙，過來看我。

每篇報導中，我都是二十歲的計程車司機艾德．甘迺迪，因為我跟每位記者謊報了年紀。說了一次謊之後，你便得維持謊言前後的一致性。我們都知道這個原則。

我茫然失措的臉龐刊登在整頁頭版上。有個做廣播的傢伙甚至跑來，在客廳裡錄了段對話。我跟他一起喝了咖啡——咖啡裡沒有加牛奶，因為我想跑出去買牛奶，他說不用了。

事情發生在星期二晚上。那天我輪完班回家，從信箱中拿出郵件。電費、瓦斯帳單、幾封垃圾信外，還有一個小信封。我把它連同其他東西全都扔到桌上，忘了它的存在。上面潦亂的字跡寫著我的名字，我也不知道那是什麼東西。在做牛排沙拉三明治的時候，我還跟自己說，等一下就去客廳打開來瞧瞧。結果我一直忘記。

等我終於有空，時間已經很晚了。

我摸摸信封。

摸到了一樣東西。

我拿著信封要撕開時，手指間感覺到有什麼東西在裡面。那天氣候涼爽，是典型的春天夜晚。

我在發抖。

我在電視螢幕上方的全家福照片上，見到了自己的影像。

看門狗在打鼾，屋外的微風又吹過來了。

冰箱嗡嗡響。

我伸手進去信封裡，抽出一張舊撲克牌，一時之間，好像天下萬事都停下來觀看著。

一張方塊A。

在客廳昏暗的光線下，我的手指輕輕捏著撲克牌，彷彿它會在我手中破碎或起了摺痕。撲克牌上，以信封上同樣的筆跡寫了三個地址。我緩慢又小心地閱讀上面的字，一種陰森的感覺經過我的手，溜進我的體內竄動，靜悄悄啃著我的思緒。

上面寫著：**艾德格街四十五號，子夜十二點／哈里森大道十三號，晚間六點／馬奇唐尼街六號，凌晨**

五點半。

我打開窗簾往外看。

沒有動靜。

我跨過看門狗，站到前廊上。

「有人在嗎？」我大喊。

同樣地，依舊沒有動靜。

微風掉了頭，大概是因為我的注視而感到難為情。我留在原地，獨自一人站著，手中拿著撲克牌。我不知道手上這些地址在哪裡，不知道確切的位置，我認得路，但是不知實際的房子是哪一棟。

這是我碰過最詭異的事。

誰會寄這種東西給我啊？我自問。我幹了什麼好事，害得我信箱裡收到一張舊撲克牌，上面還潦草寫著奇怪的住址？我回到屋內，坐在餐桌前，想搞清楚這是怎麼一回事，信箱裡出現了可能跟命運有關的東西，是誰送來的呢？我的腦中浮現出好幾張臉。

我問：是奧黛麗嗎？小馬？瑞奇？老媽？我不知道。

心裡有個聲音建議我把撲克牌丟了，丟到垃圾桶裡去，然後把這件事情忘了。可是，光是想到把撲克牌這麼給丟了，我又感到陣陣罪惡感。

我心想，也許這是注定的。

看門狗晃啊晃過來，嗅嗅撲克牌的氣味。

我知道牠心裡在想，該死，我以為是吃的。牠又嗅了一次，頓了半晌，考慮接下來要做什麼。牠照老樣子拖著腳步走回門口，轉了一百八十度，然後趴下來。一身金黑色雜毛的牠，調整出舒服的姿態，深邃的大眼睛閃閃發亮，腳掌在骯髒的老地毯上伸展開來。

牠盯著我瞧。

我也盯著牠。

我發現牠在心想：怎樣？你究竟想怎樣？

沒事。

很好。

好。

然後我們就不再多說了。

我依舊茫然拿著方塊A。方塊A還在，這項事實沒有改變。

我告訴自己：打電話給朋友吧。

電話搶先我一步響了起來。也許是我一直等待的答案。

我接起電話，把話筒貼緊耳朵，好痛啊，但是我專心聆聽。不巧，是我老媽。

「艾德？」

到哪我都認得這個聲音，此外，還認得這個每次必對電話怒吼的女人。

「嗨，親愛的。」

「別跟我嗨，親愛的，你這個小王八蛋。」好極了。「你今天是不是忘了什麼事情？」

我開始思考，想要記起來我忘了什麼事情，但什麼記憶或印象都沒有。我手裡轉著撲克牌，眼睛只見到它。「我什麼都想不起來。」

「我就知道！」她怒不可遏，火大極了：「你應該去家具行幫我搬那張矮桌子，艾德。」她字字句句通過電話線噴出來，刺進我耳朵，不但大聲，還挾帶口水。「你，這個大笨蛋。」她很可愛吧？

我先前提過，我媽有罵人的天性，每天二十四小時都在咒罵，不管她是開心、難過、不在乎，樣樣事情都能罵。當然，罵人這件事情被她算在我弟湯米跟我的頭上，她說我們還小的時候，在後院踢橄欖球時總是叫囂濫罵。

「我後來就不阻止你們了，」她總是告訴我：「所以哩，我想，要是不能讓你們閉嘴，就加入你們一起罵吧。」

如果我跟她講話，沒被她罵「死小孩」或「蠢蛋」至少一次，那我就算是贏了。她濫罵時，最惹人厭的是那種強調的語氣。無論何時她斥責我，總是厲聲斥喝，簡直像是使勁把髒話往我這裡砸過來。

儘管我根本沒有在聽，她依舊對著我大吼大叫。

我回過神來，聽她在說什麼。

「……那明天上午福克納太太過來喝茶時，該怎麼辦，艾德？我要她把馬克杯放在地上就好嗎？」

「把錯都算到我頭上就好，媽。」

「可惡，我絕對會的。」她連珠砲地說：「我會直接告訴她，蠢蛋艾德忘了去搬我的矮桌子。」

蠢蛋艾德。

我討厭她那樣喊我。

「沒問題的，老媽。」

她繼續狂飆了好一陣子。我的心思還是全在方塊A上頭，它在我手中閃閃發光。

我碰觸它，握著它。

我笑了。

對著它笑了。

這張撲克牌送到了我的手上，不是送給蠢蛋艾德的，是給我的，正牌的艾德．甘迺迪，未來的艾德．甘迺迪。不再只是一個開計程車、沒前途的傢伙。

我要怎麼處理它？

我會變成誰？

「艾德？」

不理她。

我還在想。

「艾德！」老媽大吼。

我愣愣回到我們的對話上。

「你有在聽我說話嗎？」

「有……有啊，當然有。」

艾德格街四十五號……哈里森大道十三號……馬奇唐尼街六號……

「媽，對不起啦。」我又說了一次。「我剛好忘了。我今天載了好多客人，在城裡開了好幾趟車。我明天去搬好嗎？」

「你確定？」

「確定。」

「不會忘記？」

「不會。」

「好，再見。」

「嘿，等等！」我的聲音從電話線這頭匆忙傳到另一頭。

她拿回話筒，「怎樣？」

要從嘴裡說出那句話，我好掙扎啊，但是我必須問她撲克牌的事。我要去問每個有可能寄牌給我的人。我不妨先從我媽著手。

「喂，什麼事情？」她再問了一次，這次聲音更響亮。

我說出了我的問題。每個字都在我嘴邊又拖又拉，死命不想離開。

「老媽，你今天有寄東西給我嗎？」

「什麼東西？」

我好一陣子沒接話，「小東西……」

「什麼東西，艾德？我沒時間跟你來這套。」

好吧，我得說出來。「一張撲克牌——方塊Ａ。」

電話線另外一頭沉默無聲，她在思考。

「嗯？」我問。

「嗯什麼嗯？」

「是妳寄的嗎？」

我可以感覺到她已經忍無可忍了，她的情緒透過電話線傳達到我手中，讓我顫抖起來。

「當然不是我！」她好像在報復什麼似的。「我幹嘛要大費周章用信寄一張撲克牌給你，我應該寄封信提醒你去搬——」她聲音又轉成吼叫，「該死的矮桌子！」

「好，好……」

我怎麼還這麼冷靜啊？

撲克牌的緣故嗎？

我不清楚。

其實我是知道的，因為我向來如此：為了我自己好，可憐兮兮地保持冷靜。我應該直接要這隻老母牛閉嘴，我卻從沒這樣做過，也永遠不會這樣做的。她跟其他孩子的關係不是這樣。每次他們去探望她（次數不多）的時候，她討好他們，然後他們就這麼又走了。跟我，她至少可以不用矛盾。

我說：「好啦，媽，我只是問問，確定不是妳，這樣而已啊。好像有點怪怪的，收到……」

「艾德？」她打斷我的話，她的聲音透露出她覺得無聊透頂。

「怎樣？」

「閉嘴，好嗎？」

「好。」

我們掛上電話。

該死的矮桌子。

我今天從「空車行」停車場走回家時，就感覺自己好像忘了一件事情。明天，親愛的福克納太太會到老媽家，想聊聊我幾天前在銀行的英勇事蹟。但她只會聽到我忘記去搬矮桌的故事。不管怎樣，我還不知道要怎樣才能把那張矮桌子放進計程車裡呢。

我逼自己別再想那張桌子了，我得專心想想為什麼這張撲克牌會出現，它是哪來的。

一定是我認識的人。

一定是的。

而且是知道我常玩撲克牌的人。那一定是小馬、奧黛麗、瑞奇其中一人。

不可能是小馬，絕對不可能是他，他絕對不可能有那種想像力。

瑞奇，可能性極低，他不像是會做出這種事情的人。

奧黛麗。

我告訴自己，最有可能的是奧黛麗，但是我不能確定。

直覺告訴我不是他們。

我們偶爾會在我家或另一個人家的前廊玩牌，可能有幾百個人經過看見了我們。我們有時會爭執，路人會取笑我們，朝我們大喊誰作弊、誰贏、誰在哀哀叫。

所以，誰都有可能。

今晚我不睡了。

我要思考。

天亮後，我起得比平常早，帶著看門狗與街道圖到鎮上散步，找尋牌上寫的每一棟房子。艾德格街上那棟就在街尾，根本是個廢墟。哈里森大道是棟有點歷史但外觀保存得不錯的房子，前院草地又黃又無生氣，卻有一片玫瑰花圃。馬奇唐尼街那地方位在丘陵區，是比較有錢人住的地段，有條陡斜的車道通向那棟兩層樓房。

我出門開計程車時還想著這件事情。

那天晚上，我把老媽的矮桌子送去之後，跑到瑞奇那裡玩牌。我把這件事告訴他們。

「你有帶過來嗎？」奧黛麗問。

我搖搖頭。

前一晚上床睡覺前，我把它放在臥室櫥櫃的第一層抽屜，沒有東西會碰到它，沒有東西會對它呼吸。抽屜裡除了那張牌之外，全是空的。

我問道：「不會是你們哪個人幹的吧？」我決定直接提出問題，乾淨俐落。

「會是我嗎？」小馬問：「我沒有那種腦袋想得出像這樣的事。」他聳聳肩膀。「還有，我才不會在你這種人身上花那麼多心思咧，艾德。」狡辯先生，跟平常沒兩樣。

「說得沒錯，」瑞奇同意，「小馬笨得跟豬一樣，不可能做出這種事情來。」發表意見之後，他便住嘴不語。

我們全望著他。

「幹麼？」他問。

「是你嗎，瑞奇？」奧黛麗詢問他。

他大拇指連忙對著小馬一比，「他太笨了，我太懶了。」他攤開雙臂：「瞧瞧我，我是光領救濟金不工作的人耶，時間都耗在簽注賭馬，我還跟我老爸老媽住在一塊……」

讓我告訴你吧，瑞奇的名字根本不叫瑞奇。他叫大衛．桑吉斯，我們喊他瑞奇，因為他右手臂上有個歌手吉米．漢醉克斯名字的刺青，但是大家都認為那個圖案看起來比較像是瑞奇．普萊爾①，於是便產生了瑞奇這個稱號。大家都嘲弄他，說他應該在另外一隻手上弄個金・懷德②，這樣就成了一組完美無缺的刺青。這兩人的確是活力四射的雙人組，《油腔滑調》及《妙聽聞》③這幾部電影，你怎麼能說不精采呢？

沒錯。

不能說不精采。

只是噢，若你當真遇到瑞奇，千萬別提起金・懷德的事。相信我，這是唯一會讓瑞奇變得激動的話題，他會受不了，特別是喝醉酒的時候。

他皮膚黝黑，臉上永遠留著絡腮鬍，泥巴色的捲髮，眼睛漆黑，眼神友善。他不會指使他人，也不希望別人指使他。他每天都穿著同一條褪色的牛仔褲，當然，也有可能是他有好幾條同款褲子。我從沒問他這件事情。

他人還沒到，聲音永遠先到，因為他騎重型機車，川崎牌吧，紅黑相間。夏天騎車的時候，他外面不穿夾克，穿的是他跟他老爹共用的T恤或過時的襯衫。

我們大家都還盯著他看，害他緊張起來，趕快把臉轉向奧黛麗。我們也全跟著轉臉看奧黛麗。

「好，好。」她開始辯解，「我承認，我們當中，我是最有可能想出這種好笑點子的人——」

「這點子不好笑。」我這種語氣，有點像是在為撲克牌辯護，彷彿它是我的一部分。

「讓我把話說完好嗎？」她說。

我點頭。

「很好。我剛剛說了，絕對不是我。不過，撲克牌怎麼出現、為何出現在你的信箱，我倒真有個推測。」

我們都等著她理清思緒。

她接著說：「整件事情從銀行搶案開始。有人在報紙上讀到這條新聞，然後心裡想：原來有個面貌可親的小夥子——艾德．甘迺迪，他正是這個小鎮所需要的人才啊。」她露出一笑，隨即又斂起神色。「艾德，撲克牌上每一個地址都有事情發生，你得去處理。」

我想了想，心底做了決定。

我說：「啊，會不會是好康的呢？」

「怎麼會呢？」

「怎麼會呢？要是裡面的人在互扁，難道要我去阻止他們？這附近常有這種事情，不是嗎？」

「我猜，全看你運氣好壞囉。」

我想起第一棟房子。

艾德格街四十五號。

在那樣的破屋子裡，我想不出會有什麼好康事情發生。

當晚，我把撲克牌的事情拋到腦後。小馬連續贏了三盤，照舊要我們注意到他的戰績偉大。

老實說吧，我討厭小馬贏牌。他一贏，就露出不可一世的神氣，吐著雪茄煙霧的那副德性，真是十足

---

①Richard Pyror（一九四〇—），美國知名喜劇演員。

②Gene Wilder（一九三三—），美國知名演員，曾與瑞奇．普萊爾搭檔演出。

③《油腔滑調》（Stir Crazy），一九八〇年的美國電影。《妙聽聞》（See No Evil, Hear No Evil），一九八九年的美國電影。

的混球。

他跟瑞奇一樣，還住在爸媽家裡，跟他爸一起做木工。他工作很努力，但他賺來的錢一毛也不花。他連雪茄也不花錢買，都從他老頭那裡偷來。小馬吝嗇到能出師，是守財奴中的第一名。

他一頭濃密金髮，一簇簇往外長。為求舒適，他穿著老舊的外套與長褲，手在口袋裡把鑰匙弄得鐺鐺響。表情總像是在冷嘲熱諷某人。我們一起長大，這是我和他當朋友的唯一原因。由於其他幾個因素，實際上他還認識一些人。第一個因素是，他在冬天踢橄欖球，有幾個球伴。其次，他言行舉止跟白痴一樣。你有沒有注意過，白痴的朋友才多？

這只是我的觀察。

講這些都沒有用，我雖然看癟小馬，但這樣沒有解決方塊A的問題。

我再努力也躲不開它。

它總是悄悄走向我，要我認出它來。

我有了結論。

我跟自己說：「趕緊動手，艾德。艾德格街四十五號，子夜十二點。」

星期三的深夜。

我與看門狗坐在前廊，月光斜灑在我身上。

奧黛麗走過來，我告訴她，明天晚上我就要開始找出答案。這是謊話。我望著她，希望我們兩人可以到屋子裡，在沙發上做愛。

潛入彼此的體內。

占據彼此。

成為彼此。

不過，什麼事情都沒發生。

我們坐在外面，喝她帶來的氣泡水果酒——鄉下人喝的便宜貨。我的腳在看門狗身上磨擦。

我喜歡奧黛麗精瘦的雙腿，略微仔細欣賞了一下。

她望著高高掛天上的月亮，它的位置又升高了點，月光不再歪斜。升上去了。

至於我，我又拿出撲克牌，讀了讀上面寫的地址，做好心理準備。

我告訴自己，這種事情你說不準的，有一天，也許有少數優秀人才會說：「是啊，狄倫在十九歲的時候，正要踏上明星之途。達利已經顯露出天才的本領，聖女貞德在火刑柱上燒死，因為她是歷史上最重要的女性……而艾德．甘迺迪在十九歲那年，在郵件中發現了那第一張撲克牌。」

這個念頭閃過，我看看奧黛麗、皎潔月亮、還有看門狗，告訴自己，別再自欺了。

◆4 法官與鏡子

接下來我收到的大驚喜是一張討厭的證人傳票。我必須親蒞地院法庭，以我的觀點說出銀行所發生的事情。這張傳票，比我預料還早出現。

時間訂在下午兩點三十分，我必須提早下班，把開車回鎮上，開到法庭去。

當天我穿著制服現身，法庭的人要我在庭外等待。我進去作證時，法庭就在我眼前。我先見到那個搶匪，面具拿掉之後，他居然變得更醜，唯一的不同是，他的表情更加憤怒。我猜想，人被羈押一個星期左右就會變成那樣吧。他臉上那個可憐兮兮、倒楣透頂的表情倒是沒有了。

他穿著廉價的西裝，一整套鬆垮垮地披在他身上。

他一見到我，我當下把臉轉開，因為他的眼神像一把槍一樣，想把我撂倒。

我心裡暗想：有點來不及啦。但是，這只是因為他在被告席，我安全地在上面證人席的關係。

法官向我打招呼。

「唔，看得出來，你是盛裝出席今天的開庭，甘迺迪先生。」

我低頭看看自己，「謝謝稱讚。」

「我是在挖苦你。」

「我知啊。」

「別油嘴滑舌。」

「我沒有，庭上。」

我這才發現，原來法官希望他也能審判我。

律師問我問題，我老老實實作答。

「這麼說來，搶劫銀行的就是這個男人？」他問我。

「是的。」

「你確定？」

「百分百確定。」

「那麼，請告訴我，甘迺迪先生，你怎麼能夠如此肯定呢？」

「因為我到哪都認得出那個醜八怪加混蛋，除此之外，他就是當天他們銬上手銬的那個傢伙。」

律師輕蔑地看著我，解釋他問題的本意。「抱歉噢，甘迺迪先生，我們需要提出這些問題，以便處理慣例上需要處理的每樣細節。」

我不再計較。「有道理。」

法官插嘴：「至於醜八怪加混蛋這種字眼，甘迺迪先生，請你克制自己，別再使用毀謗他人的言語。你本身也不是瀟灑男子啊。」

「感謝您的提醒。」

「不用客氣，」他笑笑說：「回答問題吧。」

「是的，法官。」

「謝謝你。」

作證結束後，我經過搶匪身邊。他說：「喂，甘迺迪。」

別理他，我跟自己說，卻還是忍不住。

我停下腳步看他，他的律師要他閉上嘴，但是他沒有理會他的話。

他壓著嗓子說：「你完蛋了，給我等著吧……」他的話微弱地攻擊我。「記住我跟你說的話，你每天照鏡子的時候，記住我說的話。」他根本是在笑。「你完蛋了！」

我偽裝一下我的表情。

裝出無所謂的模樣。

我點點頭，說：「很好。」然後繼續往前走。

我祈禱：上帝，賜給他有意義的生命吧。

我步出法庭之後，順手把門帶上，走進沐浴在陽光的休息廳。

一名女警叫住我，她說：「艾德，是我的話，我不會去擔心那些恐嚇。」她說得倒是簡單。

「我好想落跑。」我跟她說。

「你聽我說。」她說。我喜歡她，她矮小而結實，看起來個性甜美。「那個呆腦，還沒坐完牢之前，多吃一次牢飯就是他最害怕的事情了。」她似乎對自己的評斷很有信心：「有些人坐了牢，個性會變得堅強。」她頭往法庭方向一晃，「他啊，不是那種人，一整個早上都在哭，我不相信他會去找你算帳。」

「謝謝你。」我回答，全身上下鬆了口氣，但是我懷疑這種感覺會不會持續很久。

「你這廢物。」我又聽見他的聲音。回到車上，我看著照後鏡，在自己臉上看見這行字。這句話讓我想起我的人生、不存在的成就，以及樣樣事物都缺乏能力。

我把車子開出停車場，心裡想：我完蛋了，他說得滿對的。

◆5 觀察、等候、強暴案

六個月。

他被判刑六個月，近來司法採取從寬政策，出現這種結果也不意外。

我沒跟人說他恐嚇我，倒是遵從女警的建議，打算把他忘得一乾二淨。我有點希望沒看到地方報章上有關他刑期的新聞。（幸好，提前假釋的請求被駁回。）我照常跟看門狗坐在廚房，方塊A也在。報紙摺起來擱在桌上，上頭有張搶匪小時候的可愛相片。我只能認得出他的眼睛。

日子一天天過去，我漸漸忘了他這個人的存在。

我心想：說真的，那種傢伙能成得了什麼氣候啊？

展望未來才有道理，所以我以緩慢的速度查看撲克牌上的地址。

首先，艾德格街四十五號。

我想找個星期一過去瞧瞧，卻沒勇氣去。

星期二，我又動了念頭，卻沒辦法離開房子，看了本爛書當作藉口。

到了星期三，我居然出了門，朝著小鎮另一頭走去。

將近半夜，我拐進艾德格街。街道昏暗，街燈早讓人拿石頭砸壞了，只有一盞倖存下來，可是連它也對著我眨眼睛，燈泡的光一閃一滅。

我對這一帶頗熟悉，因為小馬以前常到這裡。

他曾有個女朋友，名叫做蘇珊·鮑依，就住在這一帶某條貧民聚集的街上。小馬念書時就跟她交往。後來她們一家突然一聲不吭，東西收拾收拾就搬走了，當時小馬深受打擊。他本來買那輛破車是要去找她的，結果車子連這附近也沒開出去過。我想，世界太遼闊，所以小馬打消了念頭。就是那次事件之後，他變得格外吝嗇，尤其喜歡頂嘴。從那一刻開始，他決定只管好自己的事情就好。大概是這樣，我不是很清楚。我從不花腦筋去想小馬的事情，這是我的原則。

我邊走邊回想那段往事，一步步往前，往事也隨之消散。

我走到街底，也就是四十五號的所在位置。我從馬路對面走過那棟房子，往傾倒的樹走去，蹲在那邊等。屋內沒開燈，街道寂靜無聲。水泥牆的油漆片片剝落，有條屋頂排水管嚴重生鏽，紗窗有幾個破洞，蚊蟲在我身上享用大餐。

我心想：最好別給我拖太久。

半個小時過去，我差點睡著。結果，時間一到，我的心跳在整條街上迴蕩。

有個男人順著馬路踉蹌走來。

一個大個兒。

酩酊大醉。

他沒注意到我，東倒西歪爬上前廊臺階，費了番工夫把鑰匙插進去，進了屋子。

走道亮了起來。

門砰一聲關上。

「妳還沒睡？」他口齒不清喊道：「妳這個懶女人，給我馬上過來這裡！」

我的心臟讓我吸不到空氣，它不斷往上，最後讓我在嘴裡嘗到它的滋味，感覺它在舌上跳動。我打起哆嗦，平復之後，卻又開始發抖。

月兒從雲層後頭溜出來，我忽然覺得自己一絲不掛，彷彿全天下都看得到我。街道冷漠無聲，只聽見蹣跚返家的男人對老婆的咆哮聲。

臥室也出現了光線。

透過樹木間隙，我見到人影。

有個穿著睡衣的女人站著，那個男人用兩隻手揪著她，使勁從她身上扒下睡衣。

「我還以為妳會等我咧。」他說。他抓著她的手臂，而恐懼掐著我的喉頭。接下來，他把女人拋到床上，解開皮帶，褪下褲子。

他壓在她身上。

他上了她。

他和她做愛。床發出痛苦的哭喊，吱嘎吱嘎地悲鳴，我是唯一耳聞的人。老天啊，那聲音震耳欲聾。我問自己：為什麼世人聽不到呢？短暫的片刻中，我問了自己這問題好幾次。終於，我有了答案：因為他們不在乎啊。我知道這是正確答案。我好像是被選出來的人，我想問：選出來可是要做什麼啊？

答案很簡單：付出關懷。

門廊上出現一個小女孩。

她在哭。

我看著她。

那時，只有光線，沒有聲響。

聲音消失了兩、三分鐘後又隨即開始。我不知道這男的一個晚上可以來幾次，但是他的能耐絕對驚人。他一次又接著一次，小女孩則坐著淌淚。

她大概八歲左右。

總算結束後，小女孩起身走進屋子。這種情節當然不可能每天晚上都上演吧，我跟自己說這是不可能的。接著，換那女人跟小女孩一樣出現在門廊。

跟小女孩一樣，她也坐下來。她又穿上睡衣——扯破的睡衣——雙手捧著頭。在月光下，她的胸部吸引了我的目光，我望見她的乳頭垂下，又沮喪又哀痛。她一度伸出了雙手，擺出一個杯子狀的手勢，彷彿她捧著心，心裡淌出的血沿著手臂流下。

我想走過去，直覺卻制止了我。

你知道該怎麼做。

我聽見內心的聲音低聲說話，阻止我走到她身邊。這不是我能做的，我不是到這裡安撫這個女人。我大可安慰她到天荒地老，但這樣卻不會讓這種事情明晚不再發生、後天晚上不再發生。

我要處理的是他。

我要面對的是他。

總之，她在前廊上哭泣，我希望能走去抱住她，解救她，用手臂抱住她。

人怎麼能在這種處境中過活？

他們是怎麼熬過去的？

也許，那正是我在這裡的理由。

如果他們無法繼續這樣活下去呢？

◆6 片片凋落

我一邊開車一邊思索，事情最好不是那麼淒慘吧。我的第一件差事，竟是該死的婚姻強暴案。最糟糕的是，我要處理的傢伙跟流動廁所一樣高大，像一間廁所那麼魁武。

我誰也沒說，沒告訴朋友，沒通知警方，我該做的事不是告訴別人。倒楣的是，被選去做這件事情的人是我。

我們在城裡吃中餐時，奧黛麗問起這件事。我跟她說，她一定不會想知道詳情的。

她用我好喜歡的那種關懷眼神望著我，說：「艾德，要小心好嗎？」

我答應她，然後回到計程車上。

一整天下來，我忍不住持續思索這件事。儘管我心裡有個聲音解釋說，另外兩個地址可能不會比第一個可怕，我仍舊萬分擔心。

每天晚上我都上那兒去，一個月慢慢過去了。有時候他沒出現。有時候他回家了，也沒有出現家暴事件。在那些寧靜的夜晚，街道格外肅靜。在我等候事情發生時，那份安靜讓我不安。

有天下午我去買東西，經歷了令我恐慌的一刻。我順著狗食區閒逛，有位婦人推著一位坐在推車裡的小女孩經過我身旁。

「安琪莉娜——」她說：「不要碰那個東西。」

這個聲音雖然輕柔，我卻不會聽錯。那是被拋到床上，遭受性欲高如吉力馬札羅山①的醉漢強暴時，對著黑夜呼救的聲音；那是靜謐無情的夜裡，在自家前廊無聲啜泣的女人聲。

小女孩的眼睛與我的眼交會了瞬間。

她的頭髮是金色的，有雙綠眼睛，漂亮甜美。她的母親也是，只是疲勞困頓磨損了她的容顏。

我跟著她們片刻，看見做母親的蹲下去尋找湯料，我看見她整個人無聲地片片凋落。她蹲著沒動，好像快要跪倒在地上，卻硬撐著不放。

當她站起來時，我在她身旁。

我站著沒動，與她的眼睛相對。我說：「妳還好嗎？」

她點點頭，撒了個謊。

「我很好。」

我必須趕緊做點什麼事情。

---

① Kilimanjaro。於非洲坦尚尼亞，約有六千公尺高，為非洲第一高峰。

◆7 哈里森大道

故事說到這裡，你大概猜到我要怎麼處理艾德格街的事了。至少，如果你個性像我的話，你就知道我決定怎麼做。

膽小。

沒骨氣。

優柔寡斷。

想也知道，憑著我高超的智慧，我選擇暫且放下此事。你永遠不知道事情會如何發展，艾德。搞不好它自個兒解決了，也說不定呢。

好啦，我知道，強暴這件事值得憐憫，可是我無法迅速處理這種事情，我需要經驗。我需要幾次成功經驗之後，才能去挑戰身材像拳王泰森的強暴犯。

有天晚上，與看門狗一起喝咖啡時，我又拿出撲克牌。昨天晚上我給牠喝了幾口雀巢四十三號綜合咖啡，牠很喜歡那個味道。原本牠連碰都不碰。

牠瞧瞧我，瞧瞧牠的碗。

來來回回。

我費了將近五分鐘才瞭解，牠見到我把糖放進寫著「計程車司機不是馬路大白痴」的馬克杯中。我給牠加了糖，牠對咖啡的興趣暴增，伸出舌頭，咕嚕咕嚕舔起咖啡，喝得精光，抬起頭又跟我討。

總而言之，現在就是看門狗跟我在客廳裡，牠對付咖啡，我盯著撲克牌，凝視另外的幾個地址。名單下一個是哈里森大道十三號，我決心隔天晚間六點整過去那裡。

「你覺得呢，看門狗？」我問：「你覺得這個地址的故事比較不可怕吧？」

牠朝著我露齒微笑，四十三號綜合咖啡讓牠精神亢奮。

「你聽好——」小馬用手指著瑞奇：「我真的、真的喊了牌，你怎麼說，我才不在乎咧。」

「他有喊牌嗎？」瑞奇問我。

「我沒聽到。」

「奧黛麗？」

她想了半晌後搖頭。小馬雙手往半空中一伸，他現在得撿回四張牌。這就是「討厭鬼」的規則，玩到剩下兩張牌時要喊牌，要是忘了喊牌，那你要撿四張牌。小馬常常忘了喊。

他拉長臉把牌撿起來，卻偷偷憋笑。他知道自己沒有喊牌，卻每次都想偷偷混過去——這也是遊戲的一部分。

我們在奧黛麗家的陽臺上。天色暗了，不過陽臺上的燈開著，路過這排連棟房屋前的人抬頭看我們。這條街轉個彎就到我住的地方，有點破舊，不過還不錯。

今晚剛開始打牌的第一個小時，我看著奧黛麗，知道自己愛著她，心裡卻有點不安，因為我不知該做什麼，不知該說什麼。當我感覺到內心的渴望攀升時，我能跟她說什麼呢？她會有什麼反應？我想，她對我心灰意冷，因為我本來可以念大學，結果現在只是個開計程車的。拜託噢，我可是讀過《尤利西斯》與莎士比亞的作品呀，但是卻依舊前途渺茫，一無是處，不知生命的意義在哪裡。我可以理解她無法想像跟我交往會是什麼樣子，但是她卻跟那些沒有比我好到哪裡去的人在一起。有時候，我想起這件事情，想到他們對她幹過什麼事，滋味如何，想到她因為太喜歡我而不考慮跟我在一起，我就覺得要崩潰了。

雖然我明白。

我想從她身上得到的，不光是性。

我想感受自己與她相互嵌進對方的身體，如果我只能得到片刻溫存，那也沒關係。

贏了一盤時，她對我微笑，我也以微笑回應。

我暗暗乞求：要我，要我。但是什麼也沒發生。

「喂，那張詭異的撲克牌究竟是怎麼回事？」小馬後來問起。

「啥？」

「媽的，你知道我在說啥。」他用雪茄指著我。他該刮鬍子了。

我說謊時，每個人在聽。「我把它丟啦。」

小馬同意，「這主意好，那張撲克牌是什麼狗屁嘛。」

「沒錯沒錯。」我附和。看來，故事到此結束。

奧黛麗看著我，露出頑皮的表情。

接下來的幾盤中，我回想起稍早我到哈里森大道十三號時所發生的事情。

說實話，我鬆了好大一口氣，因為什麼事也沒發生。那裡只有一位老婦人，她的房子沒有裝窗簾，她獨自在屋子裡煮晚餐，坐著吃飯，然後喝茶。她吃了沙拉，喝了點湯。

還有寂寞。

她也吞了下去。

我喜歡她。

我從頭到尾都留在車上，從車裡看著她。氣候炎熱，我喝了幾口隔夜的水。我希望老婦人一切平安，她人看起來溫和又善良。我回想起她老式的水壺一直嗚叫，直到她過去安慰它，我肯定她有跟水壺說話，彷彿對小孩說話，對哭泣的嬰孩說話。

居然有人這麼寂寞，要以噓噓作響的廚具來撫慰自己，並且一個人坐著吃飯。想到這件事，就讓我有點沮喪。

請注意，我的狀況沒有比較好。

看看真相吧——

我與一隻十七歲的老狗共進三餐，一同喝咖啡。我們胡鬧的樣子，人家會以為我們是夫妻哩。儘管如此……

老婦人做了一件事情，觸動了我的心。

當她伸手倒茶，那動作彷彿也倒了什麼東西，給在車裡冒汗的我，彷彿她握著一條線，線頭這麼輕輕一拉，就把我打開了。她進到我的心坎中，放了一塊「自己」在我體內，然後又再度離去。

它在我體內某處，我還能感覺得到。

我現在坐著打牌，但她的影子斜斜延展在桌面，只有我看得到。我看著她顫抖的手將湯匙舉到嘴邊，我希望見到她展開笑顏，或者露出快樂、滿足的神情，讓我知道她安然無恙。不過，我隨即明白我得自己去找出確切的答案來。

輪到我出牌。

「換你啦，艾德。」

輪到我，我沒有出牌。

我只剩下兩張牌，我得喊牌。

梅花3與黑桃9。

只不過今晚我想要多拿點牌，我沒贏牌的興致。我想為那位老婦人做點事，於是我跟自己打賭。

若是撿到方塊A，我是對的。

要是沒拿到，我就錯了。

我忘記喊牌。伸手撿牌時，人人都在嘲笑我。

第一張牌：梅花Q。

第二張牌：紅心4。

第三張牌：太好了。

大家不解我怎麼能保持微笑，除了奧黛麗之外。她對我眨眨眼，無須開口詢問，她就知道我是故意的。方塊A在我手上。

這項差事比艾德格街的輕鬆多了。

我心情愉快。

當天是星期二，我穿上白色牛仔褲與那雙帥氣的灰色靴子，拿出一件中規中矩的襯衫。我已經去了起司蛋糕店一趟，有個叫做明莎，很能幹的女孩子招呼我。

「我好像認識你？」她問。

「可能吧，我不太——」

「對對對，你就是銀行的那個人，大英雄。」

我心裡暗想：應該是大笨蛋比較貼切吧，嘴裡卻回道：「噢，對啊，妳是櫃檯那個女孩子。妳現在在這裡工作啊？」

她點點頭，「對啊。」她有些難為情，「我沒辦法應付銀行的壓力。」

「那次搶案的緣故？」

「才不是哩，我上司討厭的要命。」

「有青春痘、衣服一塊塊汗漬的那個？」

「唉，就是他，他有一次還想把舌頭伸進我嘴裡。」

「啊，這樣啊。」我說。「男人就是這樣，我們全都多多少少那副德性啦。」

「這倒是真的。」不過，自我進門到離開，她都態度親切。我走到店外，她在我後面喊：「好好享用蛋糕，艾德！」

「謝謝妳，明莎。」我回答，不過喊得大概不夠大聲吧，我不想在公共場合製造噪音。

然後我就走了。

我打開蛋糕盒子，望著對半切開的巧克力蛋糕想了想，替那個女孩子感到難過，被那種傢伙以那種方式纏上，固然不是好事，但最後辭職的竟是她。那個王八蛋，我一想到要把舌頭放進女生的嘴裡，人就嚇得屁滾尿流了，更何況我沒青春痘，衣服上也沒汗漬，只是信心不足罷了。

總之。

最後一次檢查蛋糕，我身上聞起來很乾淨，穿了最帥氣的衣服。好，出發了。

我跨過看門狗，隨手帶上門。天色灰濛，帶有涼意。我往哈里森大道前進。不到六點就到了，老婦人再次伺候著水壺。

她前院草皮的草是金色的。

嘎吱嘎吱，我雙腳踏過去，發出了啃吐司般的聲音，靴子似乎留下了印子，我覺得好像正走過一片巨大的烤麵包。前院唯一生氣勃勃的植物，是勇敢站立在車道旁的玫瑰。

前廊是水泥鋪的，舊了，裂開了，像我的爛房子一樣。

紗門的邊角綻開，布邊起了毛。我拉開門，敲敲門板。敲門聲跟我的心跳一唱一和。

她的腳步朝著門走來，像滴答滴答響的時鐘，往這一刻倒數計時。

她佇立不動。

她仰頭看著我，我們彼此都不認得對方。剎那之間，她想起了我是誰，並且一臉驚訝，感動地笑著說：「我就知道你會來，吉米。」她走上來抱緊我，有皺紋的手臂圍繞著我。「我就知道你會來。」

我們放開之後，她又瞧著我，一小滴淚水溢出眼眶，找到一條皺紋，順著它流了下來。

「噢——」她搖搖頭。「謝謝你，吉米。我就知道，我就知道。」她拉起我的手，帶我走進屋子。

「來。」她說，我跟著她的腳步。

「吉米，你要留下來吃晚餐嗎？」

「不，除非妳要請我。」我回答。

她咯咯笑，「除非妳要請我……」她不屑地揮揮手，不搭理我。「你真是伶牙俐齒，吉米。」

沒錯，我是伶牙俐齒。

「我當然會請你。」她繼續說：「好高興，又回到快樂的舊時光，對不對？」

「當然。」她從我手中接過蛋糕收到廚房。我聽到她在廚房裡面手忙腳亂的聲音，於是我大喊，看看她需不需要幫忙。她要我在外面放輕鬆。

餐廳的對面就是廚房。我坐在餐桌前，看到路人經過。有人急急忙忙，有人等著小狗跟上來後繼續前進。桌上擺著一張老人年金卡，她叫做米菈。米菈・強生，八十二歲。

她走出來，捧著跟之前那天相同的晚餐。湯、沙拉、還有茶。

我們坐著，她告訴我她日復一日的行程：她會在肉店跟席德聊個五分鐘，不過一片肉也沒買。就只是閒話家常，聽聽他不怎麼好笑的笑話，然後笑一笑。

十一點五十五分，她吃午餐。

她會坐在公園裡看小朋友玩耍，看玩滑板的人表演特技以及在露天滑板場中急速轉向。

下午她喝咖啡。

五點三十分，她收看老節目《命運之輪》。

六點用晚餐。

九點前上床休息。

稍後，我們清理好餐盤，我坐回餐桌前。米菈走進來，緊張不安坐到椅子上。

她顫抖的手伸出。

往我的手伸過來。

她一雙手握著我的手，哀求的目光讓我心軟。

她說：「啊，告訴我，吉米。」她的手晃得更加厲害些。「你這陣子都跑到哪兒去啦？」她的聲音雖然痛苦，卻溫順柔和。「你跑到哪裡去了？」

有東西卡在我的喉嚨——話。

最後，我找到了回答她的話，我說：「我一直在找妳。」我說這句話的口氣，彷彿那是我唯一知道的重要真相。

她點點頭，「我也這麼想。」她將我的手拉過去，俯身親吻我的手指。「你知道要說什麼對吧，吉米？」

「對啊，」我說，「我知道。」

再過沒多久，她就會說她得上床睡覺了。我確信她已經忘了那塊巧克力蛋糕的存在，而我卻好想嘗一口噢。時間接近九點了，我是連蛋糕屑也吃不到了，我真得覺得好可惜。我自問，我是哪一種人？居然擔心無法吃到一塊難吃的蛋糕。

差不多八點五十五分，她走向我，說：「我該上床睡覺了，吉米，你覺得呢？」

我輕聲說：「是啊，米菈，妳該休息了。」

我們走到門口，我親吻她的臉頰。「謝謝妳招待我用晚餐。」我說，然後走到門外。

「不用客氣。我會再見到你嗎？」

「一定一定。」我轉身回答：「很快就會再見了。」

這項差事是安撫這位寂寞的老婦人。我一路走回家，情緒在心頭上累積。一看到看門狗，我抱起牠，手臂托著它全身四十五公斤的重量。我親親牠，親吻一身骯髒惡臭的牠，同時覺得今晚我的手臂可以扛起全世界。看門狗不解地瞅著我，問：老兄，要不要喝杯咖啡？

我放下牠，笑了笑，幫這個老混球弄了一杯咖啡，裡面添了大量的糖與牛奶。

「吉米，你也想喝杯咖啡嗎？」我問自己。

「來一杯也無妨。」我回答：「完全不介意。」我又笑了起來，覺得自己像個貨真價實的差使。

◆ 8
假扮吉米

我把矮桌子送到老媽那裡之後，已過好幾天了。好一陣子我都沒有順路去探望她，目的是讓她稍微平靜心情。那天我搬著矮桌子出現時，她把我罵得狗血淋頭。

星期六上午，我去看她。

「哇，看看是該死的誰來啦？」我走進門時，她挖苦我。「日子過得如何啊，艾德？」

「不錯，妳呢？」

「老樣子，工作累到皮都脫掉一層呢。」

老媽在加油站工作，負責收銀機。她做的事情沒什麼了不起，但只要有人問起她過得怎樣，她會宣稱自己「工作累到皮都脫掉一層」。她正在做蛋糕，卻不讓我吃一片，因為有個比我重要的人要過來，大概是獅子會一類的人吧。

我走近，好看清楚那是什麼蛋糕。

「別碰。」她凶巴巴吼了一聲，我手伸直都還碰不到呢。

「這是什麼？」

「起司蛋糕。」

「誰要來？」

「老朋友，馬歇爾他們。」

我就知道，住在街角的那票老古板。不過我什麼都沒說，這樣日子比較好過。

「矮桌子好用嗎？」我問。

她露出狡猾微笑，說：「很好啊，你去再看一看。」

我照辦。走進客廳，我不敢相信自己的眼睛，他媽的，她把我搬來的東西給換掉了。

「喂！」我朝著廚房大吼，「這不是我搬來的那張！」

她走進來，「我知道啊，我覺得我不喜歡那一張。」

我氣得火冒三丈，火真的冒出三丈高。我提早一個小時停止載客，為的是去搬張桌子，結果她認為那張不夠好。「究竟怎麼一回事？」

「我跟湯米講電話，他說松木做的那張爛貨太普通，而且不耐用。」她講話之間頓了一下。「那種事情你弟弟很在行，相信我，他自己在城裡買了一張西洋杉做的老桌子，把價錢殺到只剩下三百，還用半價買到椅子。」

「那又怎樣？」

「所以囉，他知道他在做什麼，不像我認識的有些人噢。」

「不是妳叫我去搬那張矮桌的嗎？」

「噯呀，我為什麼會那樣做呢？」

「是妳要我去搬最後一張的。」

「對啦，對啦，不過面對現實吧，艾德，」她說：「你的送貨服務真是差勁呢。」

這句話的諷刺我聽懂了。

「一切都沒事吧，老媽？」我稍後問。「我等下要去買東西，妳需要什麼嗎？」

她想了想。

「下星期小嵐會來，我想替她還有她一家子做個巧克力榛果蛋糕。你可以幫我買碎榛果片。」

「沒問題。」

我走出去，心裡暗想：那麼就給我滾蛋吧你，艾德。我確信這是她心裡的話。

我還是比較喜歡當吉米。

「吉米，記得你以前常念書給我聽嗎？」

「記得。」我回答。

不用多說，我又在晚間時刻來到米菈家。

她伸手抓著我的手臂。「能不能挑本書，念幾頁給我聽？我喜歡你說話的聲音。」

「哪本？」我把手伸進櫃子裡問。

「我最喜歡的那本。」她答腔。

該死……我在眼前直立的書中亂翻，哪一本是她最喜歡的書啊？

不過不打緊。

無論我挑中哪本，那就是她的最愛。

「《咆哮山莊》？」我提議。

「你怎麼知道的？」

「直覺。」我開始朗讀。

念了幾頁之後，她在躺椅上睡著了。我叫醒她，扶她上床休息。

「晚安，吉米。」

「晚安，米菈。」

回家的路上，有東西在我記憶邊緣留了字。是書中一張紙片，當成書籤夾在那裡，只是一張普通、輕薄的便條紙，又黃又舊，上頭日期寫著一九四一年五月一日，還有一小段典型的男性潦草筆跡，跟我自己的字跡有點相似。

那段話寫著：

我的摯愛米菈：

我的靈需要妳的魂。

愛你的吉米

下次去探望她時，她取出老舊的相片簿，和我一張張欣賞。她不時指出一名男子，他不是摟她、吻她，便是自己站著。

「你一直都這麼好看。」她告訴我，甚至摸摸相片中吉米的臉龐，我明白，米菈對那個人的愛，是何等深刻的愛情，愛構成她的手指，說話時，愛組成她的聲音。「你現在變了不少，不過還是很好看。你一向都是這附近最帥的男孩子，每個女孩子都這麼說，就連我母親也告訴我，你有多棒，多忠實，多健壯，我媽告訴我，一定要讓你幸福，善待你。」她驚惶失措地注視我，「我讓你幸福，吉米，對嗎？我有好好待你，對嗎？」

我融化了。

我融化了，望著她年邁卻美麗的眼。「妳有讓我幸福，米菈，你對我好好，妳是這輩子我能娶到最好的妻子……」

就在那時候她崩潰了，對著我的衣袖大哭，一邊哭一邊笑。心碎與歡喜交雜的情緒使她發抖，眼淚暖洋洋地沾溼我的手臂。

過了一會兒，她拿出巧克力蛋糕請我，就是我前幾天帶給她的那一塊。

「我忘了是誰帶這塊蛋糕給我了，」她告訴我：「不過，那人真好。吉米，你要不要來一點？」

「好，謝謝。」我說。

那塊巧克力蛋糕放久了，不太新鮮。

滋味卻好得不得了。

過了幾晚，我們一票全在我簡陋的陽臺玩撲克牌。我玩得正起勁，突然出現一陣沉默打斷了牌局。隨後我聽見屋裡傳出聲音。

「電話在響。」奧黛麗說。

電話鈴聲聽起來不對勁，不安的情緒悄悄籠罩我。

「喂，你要不要接啊？」小馬問。

我站起來，慌裡慌張跨過看門狗往前走。

鈴聲呼喚我過去。

我拿起話筒。

沒聲沒響，一丁點聲響也沒。

「喂？」

還是沒聲音。

「喂？」

那個聲音想直擊我的心靈深處。它辦到了，說了八個字：「事情進行如何，吉米？」

啪，我腦中有個東西斷裂了。

「什麼？」我問。「你說什麼？」

「你聽見我說的話了。」

電話掛了，剩下我獨自一人。

我搖搖晃晃走回廊臺。

「你輸了。」小馬向我報告，不過我把他的話當作耳邊風，根本不在乎撲克牌遊戲。

「你臉色好難看，」瑞奇告訴我：「坐下，老兄。」

我接受他的建議，坐回位子，回到遊戲上。

奧黛麗看著我，只憑表情問我還好嗎？我回答還好。她比其他人晚走，我差點告訴她米菈與吉米的事情，險些詢問她對整件事情的看法。然而，我早知答案。這件事情不會因她的意見而有所改變，我乾脆接受必須面對的事實吧。我已經給予米菈她所需的陪伴，現在該執行下一個地址的差事了，或者回到艾德格街。當然，我還是可以去探望她，不過時候到了。

執行下一項差事的時候到了。

當晚我跟看門狗夜半出門散步，先走到墓園去看我爸爸，在墓碑間走動。

一束強光打在我們身上。

警衛。

「你知道現在是幾點嗎？」那傢伙問，他人高馬大，蓄著八字鬍。

「不知道。」我答。

「半夜十二點十一分了，墓園已經關啦，老弟。」

我差點想走掉，但是今晚不行這麼做。我開口道：「那個那個，先生……我在找一個墳墓。」

他看著我拿捏著主意：該幫我，還是不幫？他決定幫我這個忙。

「什麼名字？」

「強生。」

他搖搖頭笑了起來，有指責的意味。「你知不知道在這地方有多少姓強生的啊？」

「不知道。」

「很多很多。」他好像要止癢似的，對著紅色的八字鬍吹氣。他頭髮也是紅的，皮膚蒼白。

「唔，我們能不能找找看？」

「那條狗是什麼種？」

「洛威拿犬與德國牧羊犬混血。」

「牠臭死了，老弟。你沒幫牠洗澡嗎？」

「當然有幫牠洗。」

「吁。」他轉身，表情扭曲。「真是臭死人啦。」

「墳墓哩？」我問。

我喚醒了他的記憶。「噢，對對對，好啊，我們找找看。知不知道那個可憐的老混帳什麼時候翹辮子的？」

「口氣沒有必要這麼失禮吧。」

他停下腳步，「你給我聽好——」他惱羞成怒。「你要我幫還是不幫？」

「我道歉行了吧。」

「往這走。」

我們走了幾乎大半個墓園，找到幾個強生，卻不是我在尋找的目標。

「你這小子，滿挑剔的嘛？」警衛有次這麼說。「是不是這個？」

「這個叫葛妹・強生耶。」

「再說一次，你在找誰？」

「吉米……」這次我添加一句：「太太的名字是米菈。」

他身軀晃了一下，停下腳步看著我，說：「米菈？呸，我想我知道那一個。我記得那個名字，因為墓碑上面有提到她。」我們快步走到墓園另一頭，他嘴裡咕噥念著：「米菈，米菈……」

啪，他手電筒敲敲一塊墓碑，找到了。

吉米．強生

一九一七年生，一九四二年歿

為國捐軀

米菈．強生的摯愛

我們站在那裡約莫整整十分鐘，手電筒的光照亮了墓碑。那十分鐘裡，我在猜測他死在哪裡，怎麼死的，更重要的是，我發現年邁、可憐的米菈已經失去他整整六十年之久了。

我明白。

她的生命中沒有其他男人，沒有人能像她的吉米那樣進入她的生命。

她等待吉米回來，等了六十年的歲月。

現在，他回來了。

◆9 打赤腳的女孩

不過，我必須進行下去。

雖說米茳的故事既美麗又悲涼，我還是得執行其他的差事。下一個地址是馬奇唐尼街六號，凌晨五點半。我曾經考慮過回去艾德格街，可是在那裡看見的事情讓我害怕。我也真的又去了一趟，只想看看事情是否依舊。沒變。

十月中，我與太陽一塊兒抵達馬奇唐尼街。大體來說，今年春天的氣溫比往常要來得高，我抵達這條斜坡路時，天氣相當暖和。我看見那棟兩層樓房坐落在坡頂。

五點三十分一過，一個孤伶伶的身影從屋旁冒出。我認為是個女孩子，不過不太確定，因為那身影戴著帽子子，穿著紅色運動短褲和連帽的灰色套衫，卻沒穿鞋子。身高約一百七十五公分。

我在兩輛停著的車子中間坐下，等那個人折返。

正當我不想等了，起身要走去上班時，終於看到了她——絕對是個女的——從街角跑過來。連帽套衫已經脫下，綁在腰間，因此我看到她的臉龐及頭髮。

她嚇了我一跳，因為我們兩人同時從不同的方向走到同一個轉角。

我們兩人都暫時停下腳步。

她的目光停在我的身上，只停了一眨眼的時間。

她看著我。陽光色澤般的頭髮綁成一束馬尾，清澈的眼睛如水般，是我見過最柔和的藍，還有柔軟的嘴，以脣形傳達她禮貌性的招呼。

接著，她繼續跑步。

我只能眼睜睜看著她頭一甩，轉身離開。

她刮過腿毛，讓我想到自己早該知道那是個女孩子。那雙腿又長又美。她是那種三圍曲線不太明顯的女孩，身材精瘦，胸部小巧堅挺，還有窄窄的背，扁扁的臀與長腿。她的赤腳大小中等，輕巧地落在地面上。

她人很美。

她人很美，我覺得好害羞。

她至少十五歲。我的內心被踩到了，被壓碎了。愛與欲念在我腦中相鬥。我明白我當場被這個在凌晨五點半光腳跑步的女孩所吸引，無法脫逃。

我走路回家，思考她到底需要什麼協助，思考我需要傳達什麼口信。就某種意義而言，我使用的是刪去法。她住在山坡區，她不需要錢，我也不認為她需要朋友。可是誰又知道呢？

她跑步。

跟跑步有關，一定是的。

我每天早上都到那裡去，不過小心躲著，沒讓她看見我。

有一天，我決定要進一步開發我們的關係，於是跟在她後面。我穿著牛仔褲、靴子、老舊的白T恤。

她遙遙領先我。

她邁開大步。

我步履維艱。

起跑的時候，我覺得自己好像在參加奧林匹克運動會四百公尺決賽。而現在呢，我覺得我就是我，一個住在市郊、運動量不足的計程車司機。

我覺得好難受，力不從心。

雙腿死命抬高要拖著身軀往前，雙腳卻感覺好像在犁地，往下陷落。我盡可能地深呼吸，喉嚨卻卡了一道牆。我的肺就要缺氧而死了，我感覺體內的空氣沿著那道牆攀爬而下，但是卻不夠用。雖是這樣，我繼續跑步。

她跑到小鎮邊的運動公園。運動公園位在一個小山谷裡，下坡讓我鬆了一口氣。我怕的是回程的路。

我們跑到操場後，她越過欄杆，脫下套衫，讓衣服掛在欄杆上。至於我，我搖搖擺擺，退回走路的速度，然後倒在一株白千層的樹蔭底下。

那個女孩子跑了一圈又一圈。

世界也繞著我跑了一趟又一趟。

我覺得頭昏、眼花、想吐，渴得要命想喝水，卻絲毫提不起勁走到水龍頭邊。於是我待在原地，懶洋洋地攤開手腳，汗如雨下。

天啊，艾德。我吸進空氣。你這混球身體很差，你知道嗎？比我想像中的還糟糕。

我答：知道啦。

丟臉死了。

我知。

我還知道，我不該就這麼大喇喇、怪里怪氣地躺在樹底下，但是我沒力氣躲起來不讓她發現。要是她看到我，就讓她看吧。我連動都沒辦法動，更別說躲起來了。我知道我明天會全身酸痛。

她停下片刻，接著伸展手腳。空氣終於衝破障礙，順利抵達我的肺腔。

她抬起右腳放在欄杆上，好長的腿，好美的腿。

我對自己說：別去想這個，別去想這個。我的念頭轉到一半，她注意到我，卻馬上移開視線。她歪著頭，目光落在地面上。根本就跟那天早上一樣，只有一瞬間的注視。我明白了，她永遠不會來找我。當她把腳從欄杆放下去，換另一隻腳時，我想通了，我必須去找她。

她停止伸展，伸手拿回套衫。我從地上爬起來，朝著她走去。

她已經跑了起來，卻停下腳步。

她知道。

她察覺出我是因她而來的吧。

我們相隔六、七公尺的距離，我看著她，她望著距離我右腳踝約九十公分的地面。

「哈囉？」我說。我聲音裡的愚蠢聽來是沒得救了。

停頓不語。

一個呼吸。

「嗨。」她回應我，眼睛依然盯著我腳旁的地面。

我又再進一步，這樣就好。「我叫艾德。」

「我知道，」她說，「艾德．甘迺迪。」她嗓音高卻柔和，柔和到你可以跌進她的聲音裡。這讓我想到了影星梅蘭妮．葛芬①，你聽過她那又柔又高的嗓音吧？就是這個女孩的聲音。

---

① Melanie Griffith（一九五七—）。美國電影女星。

「妳怎麼知道我是誰？」我問。

「我爸看報紙，我看過你的照片，就是銀行搶案之後，你知道上面有你的照片吧？」

我往前走，「我知道。」

過了一段時間，她終於好好看著我。「你為什麼要跟著我？」

我精疲力竭站在原地，開口說話。

「我還不太確定。」

「你不是變態一類的吧？」

「我不是！」同時我心中卻在想：別去看她的腿啊。別去看她的腿啊。

她也看著我，露出那天跟我打招呼的表情。「呼，那樣我就放心了。我幾乎每天都看到你。」她的聲音嗲聲嗲氣好有趣，彷彿草莓口味似的。

「要是我嚇到你了，我跟妳道歉。」

她居然膽敢小心翼翼賞我一個微笑。「沒關係。只不過……我不太善於跟人說話。」害羞的情緒讓她喘不過氣，她又移開眼神。「所以，如果我們不說話的話，你覺得可以嗎？」她一口氣講完，不想傷害到我。「我是說，你早上跟著我到這裡來，我不介意。但是我就是不能說話，好嗎？我覺得有點不自在。」

我點點頭，希望她有看到。「沒關係的。」

「謝謝你。」她看了地面最後一眼，拿起她的套衫，丟給我最後一個問題：「你跑步不太行，是不是？」

我花了片刻時間聆賞她的嗓音，那味道像是嘴唇上的草莓，也許這是我最後一次聽見這個聲音。接著，我說：「是，我跑步太不行。」然後我們互相觀望了幾秒鐘之後，她跑走了。我望著她，聽著她的赤腳輕巧接觸地表的聲音。我喜歡那個聲音，它讓我想起了她的嗓音。

每天早上開車前，我先去操場，她人就在那裡，從來沒有一天間斷過。有天早上下了傾盆大雨，她還是去跑步。

有個星期三，我請了一天假（我跟自己說，當你聽見崇高的召喚，必須有所犧牲）。我拖著看門狗，在下午三點左右走到學校。她隨幾個朋友一起出來，這個畫面讓我好開心，因為我希望她不要孤零零的。她的害羞讓我擔心會有那種狀況。

從遠處觀察他人十分有趣，場景彷彿是無聲的，就像在看默片。你只能猜想他們談些什麼，看著他們的嘴巴一開一合。你想知道他們聊些什麼，甚至還想知道，他們心底正在想些什麼。

看著她們，我注意到一件奇怪的事情。有個男孩走去跟那一票女孩子講話，然後跟著大夥一起走，跑步的女孩又開始看著地面。男孩離開之後，她又正常了。

我在原地站了一會兒，好奇是什麼原因。我的結論是：她八成只是跟我一樣缺乏信心。

她可能覺得自己太高、笨拙，她不知道其實大家都覺得她非常漂亮。我心想，假使問題這麼簡單，那她沒兩下就會沒事了。

我搖搖頭。

對自己搖頭。

我跟自己說：聽聽你在說什麼，說她會沒事。你究竟知道什麼？會不會是因為你自己沒事的關係，艾德？我非常懷疑。說得非常對，我沒有權利為這個女孩安排或預測任何事情，我只需去做我該做的，並且期望我做得對，這樣就好了。

有好幾次，我在晚上觀察她家的房子。

沒發生事情。

從沒發生事情。

我站在那裡，想著那個女孩，想著年邁的米菈與艾德格街的恐怖事件，我發現自己甚至不知道這個女孩的名字。我也不知道為什麼，但我猜她的名字可能是艾麗森。不過大多數的時候，我只把她當成跑步的女孩。

我還去看過夏季每週末都會舉辦的運動會。她人就在那裡，我看見她和家人坐在一起，包括一個小妹妹與一個小男孩。他們全都穿著黑色短褲，淺藍色無袖運動衫，背後縫著長方形布片。女孩的布片號碼是一七六，剛好就在「我就是喝美祿長大的」廣告標語下方。

未滿十五歲的一千五百公尺比賽選手集合了。她站起來，用手拂去短褲上的枯草。

「加油！」她母親說。

「對啊，加油，蘇菲。」她的父親附和。

蘇菲。

我喜歡這個名字。

我在心底聽見這個名字，小心放到她的臉龐上，非常適合。

我想起其實還有兩個孩子存在的。不過她還在拍拂短褲上的草。小朋友們走開之後，我就一心一意觀察蘇菲。小女孩已經出列去比賽推鉛球，小男孩在另一個地方跟一個叫做奇倫的小醜蛋玩打仗遊戲。

「媽，我可以跟奇倫去玩嗎？求求妳？」

「好，好。不過，一定要注意你的比賽上場時間，七十公尺比賽快到了。」

「好。奇倫，走吧。」

一時間之間，我很高興自己的名字是簡單、好念的艾德。不是艾德華、艾德蒙、艾德溫。就只是艾德兩個字。跟以往不同，此刻覺得平平平凡的感覺真好。

蘇菲一站起來便看到我，一抹滿足的神色出現在她臉上。看來，她很高興見到我，不過依舊立刻將眼光從我身上移開。她往集合區走去，手中拎著一雙又舊又破的釘鞋（我猜想，年紀大的孩子在賽程長的比賽中要穿這雙鞋子）。她父親又高聲大喊。

「喂，蘇菲。」

她轉身面向他。

「我知道妳會贏的——如果妳想贏的話。」

「謝謝你，爸爸。」

她匆匆走開，又轉了個方向，朝著坐在陽光下的我而來，我趕忙胡亂往嘴裡塞了一塊萊明頓糕②，還有一條椰絲黏在我唇邊，來不及抹去。反正從那樣的距離她也是看不到的。她很快瞄了我一眼後，繼續往前走。我知道我必須做什麼了。

假使我是個自以為了不起的傢伙，我會跟你講，這是一份輕而易舉的任務，一份簡單的工作。

不過，我不是那種人。

我無法這麼說，因為我還掛念著艾德格街。我也知道，每次傳送一個愉快口信的同時，還有另一個讓我苦惱的差事存在著。因此我感激現在的這一切，今天會是美好的一天，而且我喜歡這個女孩。當她跟

---

②Lamington。澳洲昆士蘭州的傳統糕點，主要為海綿蛋糕外裹巧克力與椰絲。

另一個高瘦、永遠一臉「會贏」表情的女孩一起跑的時候，我又更喜歡她了。她們並駕齊驅，不過，快到終點時，另一個女孩跑得更起勁，她的腳步加大，有位男人不斷地嘶吼：「加油，安妮！加油，安妮！快跑，親愛的，快跑！跑贏她，親愛的，妳行的！」

與其讓那麼討人厭的傢伙對我大吼大叫，我還寧願跑第二名呢。

蘇菲的父親就不同了。

比賽時，他走到欄杆邊專心觀賽。他完全沒吶喊，只是觀看著。偶爾，我感覺到他在緊張，希望自己的女兒能領先其他人。而當另一個女孩往前邁進，他也瞥一眼另一名做父親的，不過就這樣而已了。當她贏了，他為她鼓掌，也給蘇菲掌聲。另一名父親則光站著，露出討人厭的驕傲，好像剛使盡吃奶力氣跑贏的人是他呢！

蘇菲回來，站到她父親身旁，他的手臂環抱她，她的失望刻印在她整個肩膀上。

蘇菲的爸爸讓我想起我自己的父親。我爸爸從沒用手臂環抱我的肩膀，更別提他是酒鬼了。我聯想到的是他的言行舉止與沉默寡言。我爸爸話不多，從不對任何人說難聽的話，他常在酒吧待到打烊，然後照例走在街上，想讓自己酒醒，不過這招向來不太管用。儘管如此，隔天早上他一定會起床去工作，未曾間斷過。老媽總是對他又嚷又吼的，因為他常不在家，但他從不回嘴，從不反罵她。

蘇菲的父親看來也是這種人，不過他應該沒酗酒。簡而言之，他看起來是個翩翩君子。

他們一起走回蘇菲母親身旁，坐到斜坡上。她的父母握著手，蘇菲喝著運動飲料。他們這家人看起來是上床前、起床後、出門上班之前，都會跟彼此說「我愛你」的那種家庭。

蘇菲脫下釘鞋，望著鞋子嘆氣：「我以為這雙鞋子會帶來好運的。」我只能猜想，這鞋子是由她母親那裡繼承的，也許來自另一個成功的親戚。

當他們坐在地上，我又更仔細打量那雙鞋子，藍黃色的鞋子已經褪色，不僅老舊，而且穿爛了。
他們錯了。
那雙鞋配不上這個女孩。

◆ 10 鞋盒

「好久沒見到你了。」
「最近在忙。」
我和奧黛麗坐在我家前廊，照例喝著便宜的酒。看門狗踱出來要求我賞牠喝幾口，我沒給，只有拍拍牠而已。
「你還有收到寄來的撲克牌嗎？」那還用說？她從頭到尾都知道我說把方塊扔了是在扯謊。花色方塊在英文裡的意思是鑽石（Diamond），正常人是不會把鑽石丟掉的，對吧？鑽石價值高，需要常保護。
我心中想著：米菈。蘇菲。艾德格街上的女子與她女兒安琪莉娜。
「沒有，我還在處理第一張的事情。」

「你認為以後還會有其他撲克牌出現嗎？」

我想了想，也不清楚自己還想不想要。「第一張撲克牌的差事已經夠困難了。」我們繼續喝酒。

我定期前去探望米菈，她又拿照片給我看，我繼續替她朗讀《咆哮山莊》，其實自己也喜歡上這本書了。前幾天晚上蛋糕吃光了，謝天謝地。老婦人依舊親切，身體虛弱，態度卻永遠親切。

第二個星期，蘇菲賽跑又輸了，這次在八百公尺賽跑當中敗北。穿上那雙縫補過的舊鞋子，她跑不快，她需要更好的配備才能讓她跑得像她早上練跑時的表現。在清晨時，她是她，與眾不同，幾乎忘了自我。

又到了星期六。一大早，我上她家敲門，她的父親出來應門。

「有什麼事嗎？」

我好緊張，好像我是來說服他讓他女兒跟我約會似的。我右手拿著一只鞋盒，她父親低頭一看，我立刻舉起鞋盒，說：「我幫妳女兒蘇菲送東西來，我希望大小剛好。」

我把鞋盒交給他，他露出疑惑的表情。

「你就告訴她，有人替她買了新鞋。」

他看著我，彷彿我是個醉鬼。「好，」他努力憋住笑：「我會告訴她。」

「謝謝你。」

我轉身要離去，他卻叫住我。「等等。」他大喊。

「什麼事，先生？」

他一臉困惑將盒子遞給我看，彷彿是要讓它加入我們的對話。

「我知道啊。」我說。

盒子裡空無一物。

我沒有刮鬍子，並且覺得自己病得很嚴重。我直到早上六點才把車開回去，然後就直接往蘇菲家方向走，最後抵達田徑賽場。我買了香腸捲跟咖啡當早餐。

她去參加一千五百公尺比賽的集合——打著赤腳去的。

想到這點，我就笑了。

赤腳鞋……

「小心別讓她的腳被人踩到。」我說。

幾分鐘過後，她父親走向欄杆。比賽開始。

另一個死豬頭開始大聲嚷嚷。

跑了一圈之後，蘇菲在遠處的直線跑道上絆倒。

她在領先的選手之間跌倒，其餘的人往前邁步，超前約有二十五公尺。她站起來時，我想起了電影《火戰車》①裡的那段老梗：片中角色艾瑞克．林戴爾跌了一跤，最後卻超越每個人，贏得了比賽。

還有兩圈要跑，她依然落後一大截。

她輕而易舉趕上了頭兩名賽跑選手，就像她清晨跑步一般。不緊張，她身上充滿了自由活力，是純粹

---

① Chariots of Fire。一九八一年英國電影，贏得同年奧斯卡最佳影片榮銜，改編自真人真事，描寫英國運動員在一九二四年巴黎奧運大放異彩的故事。艾瑞克．林戴爾（Eric Liddell，又名李愛銳、李岱爾，一九〇二—一九四五）出生於中國天津，父母都是傳教士。他在一九二四年贏得巴黎奧運四百公尺短跑金牌，後來又奉教會的差派回到天津傳福音，他的哥哥則在中國行醫。第二次世界大戰爆發之後他遭日本人拘禁，於一九四五年在囚禁中病逝。

的充沛活力。她只差沒戴帽兜、穿紅褲。她的赤腳帶領她超越第三個人，轉眼之間，她追上勁敵，與她並肩。她超越了！還有兩百公尺就抵達終點。

我心想：就像早上練跑一樣。有人停下來觀看，他們看見她跌倒、站起來、繼續往前跑，看著她領先，超越了這個小鎮平日週末發生的一切事。鐵餅比賽完畢，跳高比賽也結束了，每一項目都結束了。在那裡，只有陽光般秀髮與聲音讓人酥麻的女孩在呼吸，領先在前頭。

另一個女孩對著她而來。

她努力要超過她。

蘇菲的膝蓋上有跌倒造成的血跡，我猜想她也被釘鞋踩到了，不過這是必然的。最後一百公尺差點沒要了她的命，我察覺她因痛楚而繃緊了臉，她赤腳滴著血，跑過稀疏的草地。她簡直因為痛——因為痛楚的美麗——而微笑。她超越了自己。

打著赤腳。

比我見過的任何人都更有生氣。

選手朝著終點線飛奔。

結果，另一名女孩子贏了。

跟以前一樣。

她們跑過終點線之後，蘇菲身子一垮，跌到地面上。她翻身仰躺，注視頭頂上的天空。她的手臂痛，她的腿、她的心都在痛。而她的臉龐流露出凌晨練跑時的美。我想，這是她第一次承認了那美麗。凌晨五點三十分。

蘇菲的爸爸照例拍手，只是這次他不寂寞，另一個女孩的父親也鼓掌了。

「你女兒非常了不起。」他說。

蘇菲的父親僅僅禮貌地點了個頭說：「謝謝你，你的女兒也一樣。」

◆J　另一個愚蠢的凡人

我把保麗龍咖啡杯連同香腸捲包裝紙扔進垃圾桶，移動腳步要離開。手指頭沾滿了醬汁。

我聽見她的腳步聲從身後傳來，但是沒有轉頭，我想聽聽她的聲音。

「艾德？」

不會聽錯的聲音。

我轉身，對著膝蓋跟雙腳都有血跡的女孩微笑。鮮血從她左腳的膝蓋蜿蜒流到小腿前方。我指著血說：「妳最好把那裡照料一下。」

她冷靜回答：「我會的。」

接著，不安的情緒杵在我們兩人之間，我知道自己不屬於這裡。她的頭髮散開，看起來好美，一雙眼睛，讓我情願淹沒在裡面。而她的嘴在說話，對我說話。

「我只是，」她說：「想說聲謝謝。」

「謝謝我讓妳被釘鞋踩到，而且還受傷？」

「不是的。」她不接受我的謊言，「艾德，謝謝你。」

我不再堅持，「不客氣。」跟她聲音相比，我的嗓子像砂礫般粗啞。

我靠近她，她的視線沒有閃躲，沒有撇頭或將眼神移到地上。她看著我，與我在一塊。

「妳好美，」我告訴她：「妳知道的吧？」

她接受了我的讚美，臉色略微漲紅。

「我會再見到你嗎？」她問。說老實話，我會後悔接下來說的話。

「會，但不是在討厭的凌晨五點半。」

她扭動一邊的腳，無聲地微笑。

我準備離去之前，她問：「艾德？」

「蘇菲？」

我知道她的名字讓她嚇了一跳，不過，她問下去：「你是不是天使那一類的人啊？」

我差點沒偷笑出來。我？天使？我一一列出我的身分：計程車司機、本地游手好閒的傢伙、平庸之輩、性愛侏儒、無聊的撲克牌玩家。

我對她說了最後一句話。

「不是，我不是天使，蘇菲。我只是另一個愚蠢的凡人。」

我們最後笑了一下，然後我就走了。我知道她在看我，卻沒有回頭。

◆Q　重返艾德格街

彷彿早晨在拍拍手。

喚我起床。

每天早晨，我的眼睛會見到三樣東西：米菈。蘇菲。艾德格街四十五號。

米菈和蘇菲給我振翅高飛、迎向朝陽的感覺。艾德格街四十五號則扒去我的外皮，使我的肌膚、肉體、骨頭顫抖。

每天深夜我都會看《飆風天王》①影集的重播。那個大胖子總是坐在桌子前吃棉花糖，我看第一集時問自己：那個傢伙叫什麼名字？我忘了。接著，黛絲出現在螢幕上，說：「霍克老大，有什麼事嗎？」

霍克老大。

對對對。

媽啊，黛絲穿上緊身牛仔褲真是正點極了。每天夜裡我都會夢到她，脈搏跳動火速加快，但是她總是像陣風，來了就走。

看門狗每每給我白眼。

「知道啦。」我說。

但是，她又出現在螢幕上，辯解也沒用。美麗的女人是我人生的折磨。

一個個夜晚過去，天王們一集集消失。

我開著車，後座等著一個教我頭疼的人。每次一轉身，人就在那兒。

「謝謝你，老兄。」我說：「十六塊半。」

「十六塊半？」穿西裝的老男人哀嚎。他的話就像我腦海中翻滾的泡沫，湧起又退落。

「付錢就是了。」我今天沒有耐心應付這種事情：「要是太貴，下次你可以用走的。」管他去死，我肯定這筆錢他會算在公司帳上。

他付了錢，我謝謝他。我心想：事情沒有那麼難嘛。「碰」一聲，他狠狠關上門，他搞不好也想狠狠砸我的腦袋瓜。

我有點期待又一通神祕電話打來，吩咐我立刻去一趟艾德格街。我等了幾天晚上，電話沒響。

星期四晚間，我提早離開奧黛麗家的牌局。我心神不寧，所以先離去，幾乎一句話也沒交代。時候到了，我知道我必須站到艾德格街底那棟房子外頭，那棟簡直每晚都發生暴力事件的房子。我走著，發覺自己三步併做兩步走。我已經有幾次成功的經驗了。

米菈與蘇菲。

現在，必須面對這件事情了。

我轉彎走到艾德格街，拳頭握緊在外套口袋裡，左右查看是否受到監視。處理米菈與蘇菲的差事時，我輕鬆自在，那兩件差事讓我很開心，沒有牽涉實質的危險。這裡不一樣，所有的解決之道都會讓人痛苦，讓他太太與小孩痛苦，讓做先生的痛苦。還有我。

我守著不動，從口袋掏出一片早忘了它存在的口香糖放進嘴裡，滋味嘗起來如同噁心、彷若恐懼。

那個男人沿著馬路走來，接著爬上前廊臺階，那感覺逐漸加強。接著，沉默的氣氛靠攏，推擠我，鉗牢我。

來了。

暴力介入，將它的手指戳進每樣事物裡，然後一撕，讓所有東西都綻裂開來。我憎恨自己耗了這麼久的時間才來終止暴力，看不起自己一夜又一夜選擇輕鬆的任務。一股恨意在我心中旋緊又放開，朝著我的思緒左劈右砍，並且與我並肩跪下。我討厭自己到了極點，恨意咳起嗽來，呼吸變為困難。

我對自己說：門，走去門口，門是開著的。

我卻沒有移動。

---

① Dukes of Hazzard。八〇年代紅極一時的美國影集，於二〇〇五年曾翻拍成電影。

我沒有移動，因為我的懦弱踐踏我，即便我想將跪地的勇氣拉起來，它卻屈服傾斜，然後委靡地撞到地面。它仰望星星，滿天的星星一點一滴落下。

我又跟自己說：*走吧*。這次，我腳步移動了。

我踩上前廊臺階，站在門口，每樣事物都在晃動。遠方的雲朵望著我，卻一步步往後退卻。整個世界都不願意被攪進這件事裡，我不怪它。

我聽見裡面傳來他們的聲音。

他每一分每一秒都在喚醒她。

打擾她。

攻占她，又同時拋棄她。

他扔下她，抓住她，又剖開她。床墊彈簧洩漏了祕密，儘管不願，卻發出一聲聲下壓再彈起的絕望哀嚎。拒絕無用，抱怨無果。幾聲哭喊匍匐到我站立的門口，從門的缺口跛腳走出，停在我的腳上。

儘管我自問：*你怎麼能不進去呢？*我還在拖延。

門又打開一點，一個人出現在我面前，是那個小女孩。

她站在我面前，拳頭使勁把眼中的睡意揉出。她穿著黃色睡衣，上有紅色小船的圖案，她的腳指捲縮，交相揉搓。

她看著我，面無恐懼，任何事物都比她原本所在的地方要來得安全。

她柔聲問道：「你是誰？」

「我是艾德。」我壓低聲音回答。

「我叫做安琪莉娜。」她說：「你是來這裡救我們的嗎？」我見到一絲希望的火花在她眼中復燃。

我蹲下來注視她。我想說我是來救她們的，卻什麼也講不出口。我察覺我嘴上的沉默幾乎將她燃起的希望澆熄。我還沒開口之前，希望幾乎都消失了。我真誠地望著她，說：「妳說對了，安琪莉娜，我是來這裡救妳們的。」

希望重新點燃，她走近我。「你能救我們嗎？」她詫異地問。「真的嗎？」連這個約八歲大的小女孩都明白，她的人生可說是無望了，她得重複確認才能相信我的話。

「我會盡量。」我說。結果小女孩露出微笑，笑笑抱著我，說：「謝謝你，艾德。」她轉身伸手一比，聲音壓得更輕柔，「右邊第一間房間。」

事情如果有這麼容易就好了。

「嗯，去吧，艾德。」她說：「他們才剛進去……」

又來了，我拖延不前。

恐懼自動把我的雙腳綑在一起，我心知自己無能為力。今晚不行，好像永遠都不行。我一移動，便會絆倒在地上。

我猜想小女孩會對我尖叫，比方說：「艾德，你答應過我的！你答應過的！」她卻沒講話。我猜她明白自己父親的體格是多麼強健有力，而我卻是瘦皮猴一隻。她只是步履蹣跚走向我，再次擁抱我。臥室的吵雜聲從房內傳到我們耳邊，小女孩想鑽進我的夾克裡。她抱我抱得那麼緊，我懷疑她的骨頭怎麼承受得住。她鬆手放開我後，說：「艾德，至少你試過了，謝謝。」

我沒有回答，因為我唯一的感覺是羞恥。她轉身走開，我望著她黃色睡衣底下的雙腳。她又轉身說：「再見了，艾德。」

「再見。」我的話穿過我那一層羞恥的簾幕。

她把門關上。我蹲在原處，將頭靠在門框上。我的呼吸在淌血，我的心跳淹沒了我的耳。

後來，我躺在床上，籠罩在夜色中。當你只感覺到穿著黃睡衣的嬌弱孩子在黑暗中抱著你的臂膀，你怎麼睡得著？不可能的。

我被逼得快要精神錯亂了。接下來幾天晚上，要是我不再到艾德格街去，恐怕就會瘋了。要是那時小女孩沒出現就好了。但是我知道她會出來的——好歹我早該知道她會——她向來會先到外頭門廊哭泣，她母親稍後跟著出來。當我躺在這裡，平躺在這裡，我早知注定要撞見她，希望她會給我勇氣，迫使我進屋去。結果卻是淒慘失敗，事實上，慘敗到了不能再慘的地步。接著，一股更糟的感覺傾倒在我心裡。

半夜兩點二十七分，電話響起。

電話聲在空氣中震盪，我跳起來，衝到電話前一看。不會是好事的。

「喂？」

電話線另一頭的聲音遲遲不答。

「喂？」我又說一次。

對方終於開口，我想像那人的模樣、嘴吧說話的形狀。那人的嗓音又冷淡又長久沙啞，語氣十分友善卻依然公事公辦。那人說：「艾德，去看看你的信箱。」

電話裡一陣沉默，接著，那個聲音徹底離我遠去，電話線的另一端不再有呼吸氣息。

我掛上電話，緩步走出前門，朝信箱走去。星星全都消失，當我一步步走近，一陣朦朧的雨。我彎腰打開信箱，手在顫抖。我手伸進去。

我摸到一個冷冰冰、沉甸甸的物品。手指碰到扳機。

我格格發抖。

◆K 教堂謀殺案

槍裡只有一顆子彈，一顆子彈對付一個人。想到這裡，我覺得自己是全世界最倒楣的人。我跟自己說：你是開計程車的，艾德！怎麼會蹚上這種渾水呢？在銀行裡，你早該乖乖趴在地板上就好。

我坐在餐桌前，手中槍枝的溫度越來越高。看門狗醒來，提出喝咖啡的要求，我卻只是緊盯著槍。不管這一切是誰設計的，他只給我一顆子彈有個屁用啊。他們難道不知道嗎？我極有可能連動都還沒動，就已經開槍打爛自己一隻腳了。事情發展得太離譜了。一把槍，拜託，我怎麼會殺人呢？第一，我是膽小鬼；再者，我優柔寡斷；第三，銀行搶案那天顯然是瞎貓碰上死老鼠，一時僥倖啊。甚至沒有人教我，槍要怎麼開……

我非常生氣。

為什麼我被選中來幹這種事？儘管我心裡有數，卻迴避該做的事情。我譴責自己，其他兩件差事讓你開心，所以你現在必須要解決這件事。

要是我不幹呢？電話裡的人搞不好會來找我，整件事情大概就是那樣吧，現在的情況大概就是：要嘛，我完成這份差事；不然的話，子彈到頭來會打進我的身體內。

媽的，我沒辦法睡覺！

我氣到無法思考，天哪。

我隨意翻翻老爸以前收藏的舊唱片，想調解我的壓力。我瘋狂地在唱片堆中東翻西找，找到了——「宣告者」合唱團①。我把唱片放到唱機上，看著它一圈圈旋轉，〈五百哩路〉開場的可笑旋律放出來。我覺得快瘋了，今晚，我連「宣告者」合唱團都覺得煩人，覺得他們的歌聲令人討厭。

我在房裡踱來踱去。

看門狗看著我，彷彿我腦筋不正常。

我真的是不正常啊，貨真價實的不正常。

現在時間半夜三點，我在聽「宣告者」合唱團的專輯，該死，音量調得太大聲了。我得去殺人，我的人生當真變得很有意義了啊？

一把槍。

一把槍。

這三個字射穿我，我不斷注視著手槍，確認它是把貨真價實的槍。從廚房流洩的燈光射進客廳，看門狗伸出腳爪輕搔我，要求我拍撫牠。

「滾開，看門狗！」我對著牠開火，牠棕色的大眼懇請我冷靜冷靜。

我心一軟，拍拍牠的肚子，道個歉，幫我們兩個沖了咖啡。今晚，我是絕無可能入眠了。〈五百哩路〉才唱完，宣告者合唱團開始醞釀起下一首歌的情緒，唱著從倒楣轉為幸福的故事。

次日，我開車從城裡返回，腦子在想：失眠真是要人命。已經到了第二天，我把車窗打開，眼睛又發癢又刺痛。氣溫讓我的眼睛難受，我卻不去理會。槍放在我的床墊下，昨晚留在那裡的。我的床墊下有把槍，抽屜中放著撲克牌。我分不出來哪個讓我比較苦惱。

我叫自己別抱怨了。

回到「空車行」停車場，我見到奧黛麗正在熱吻一個剛到這裡工作的傢伙。他跟我身高差不多，不過顯然是有上健身房。他們的舌頭黏在一起，相互摩擦。他的手放在她的屁股上，她的手則插入他牛仔褲後面的口袋。

我心想：算你走運，我現在沒帶著槍。不過我知道，我有膽說，沒膽做。

「嗨，奧黛麗。」經過時，我打了招呼，她沒聽見我的話。我走向辦公室，去見我的老闆——傑瑞．波斯頓。傑瑞身材非常臃腫，油膩膩的頭髮掩蓋頭頂上的地中海。

我敲敲他的門。

「進來！」他大喊。「妳也差不多該——」他講到一半住嘴。「噢，我以為是瑪姬，她半個小時前就該端咖啡給我。」我在停車場上看見瑪姬在抽菸，我卻不打算提這檔事。我喜歡瑪姬，而且我不喜歡扯上這種事。

① The Proclaimers。一對蘇格蘭雙胞胎兄弟所組成的搖滾樂團。

進去之後，我關上門。傑瑞與我大眼瞪小眼。

「嗯？什麼事？」他問。

「老闆，我叫做艾德．甘迺迪，我開你的——」

「很好很好，你想要怎樣？」

「我弟今天搬家，」我說謊：「我在想——是不是能開我那輛車回家，載幾樣東西去他的新家。」

他很有雅量地看著我，說：「喲，我幹麼要讓你把車開回去？」他臉上掛著笑，「我的計程車門上面有漆著『代客搬家』嗎？你覺得我看起來像是做慈善事業的嗎？」他在生氣。「唉喲，自己買輛車吧你。」

我保持冷靜，卻更靠近他一步。「老闆，我有時候白天開，晚上也開，而且從來沒有休過一天假。」老實說，因為我在這家公司只有九個月的資歷，我的班表每星期早班晚班調來換去，我不確定菜鳥排晚班、老鳥輪日班合不合法，我是日班晚班都有輪。「我只不過要求一天晚上而已，你要的話，我可以付錢。」

波斯頓往前靠在桌上，他讓我想起霍克老大。

瑪姬端著他的咖啡進來。瑪姬說：「啊，嗨，艾德。你好嗎？」

我在心裡說：噢，這個小氣鬼不讓我今晚借車，嘴上卻只說：「還不錯啊，瑪姬。妳好嗎？」她把咖啡放在桌上，禮貌地離開了。

傑瑞老大喝了一小口，說：「噢，好喝。」心情為之一變，謝天謝地有瑪姬在，進來的時機剛剛好。

他說：「好吧，艾德，既然你工作表現不錯，我就讓你借車子。只有今晚，行嗎？」

「謝謝老闆。」

「你明天有班嗎？」他查了班表，自行答了問題。「夜班。」他品嘗咖啡，解決他的難題。「明天中午給我開回來，一分鐘也不能晚。下午我會檢查，車子需要檢修。」

「是，老闆。」

「好啦，讓我安安靜靜喝咖啡。」

我離開。

我經過奧黛麗身旁，她還在跟那個新來的混球糾纏。我說了再見，結果還是一樣，她沒有聽見。她今晚不會去玩牌，我也不會去，小馬會因此捶胸頓足。不過我相信他會沒事，他會叫他妹來補奧黛麗的缺，請他老頭來替代我。他那十五歲大的妹妹是個乖孩子，可是因為有小馬這種哥哥而挨了不少罵。因為有他，所以她的生活可比地獄般痛苦。比方說，每個老師都不喜歡她，因為小馬在學校時常自以為聰明，老師也因此以為小馬的妹妹也沒救了。其實她相當聰敏。

不管怎樣，今晚我有比玩牌更重要的工作。我本來打算吃個東西，卻沒胃口。我拿出方塊A與槍，放在餐桌上看著它們。

滴答滴答，幾個小時過去了。

電話響的時候，我恐懼了兩秒，接著，就想到絕對是小馬打來的。我接起電話。

「喂？」

「你死到哪去了，艾德？」

「在家啦。」

「怎麼會呢？瑞奇跟我在這裡坐著，無聊得要命，還有奧黛麗去哪了？她跟你在一起嗎？」

「沒有。」

「嗯，那她去哪了？」

「跟車行的某個傢伙在一起。」

「怎麼會呢？」他跟小孩子真的沒兩樣，總是沒頭沒腦問傻問題：怎麼會呢。要是她沒出現，那就是沒出現，好嗎？這種情況我們無可奈何。可惜小馬的腦袋瓜不懂。

「小馬，」我說：「我今晚有很多事情要處理，我去不了。」

「你要處理什麼？」

我應不應該告訴他？我不知道。我最後選擇了告訴他：「好吧，小馬，我告訴你原因……」

「嗯，說吧。」

「是這樣的，」我說：「我要出門去殺人，好嗎？這樣你滿意了嗎？」

「聽好，」他怕到了，「別唬我，艾德。我沒心情聽你講那些冗言贅述。」冗言贅述？小馬什麼時候開始講話變得這麼有水準？「廢話少說，給我滾過來。過來這裡，不然我今年的雪橇盃球賽不會讓你參加，我今天才跟幾個傢伙討論過這件事情。」年度雪橇盃球賽是聖誕節前在運動公園舉辦的愚蠢橄欖球賽，由小馬這種白痴打赤腳上場比賽。前幾年他都騙我加入，每次都差點害我摔斷脖子。

「好啊，今年我不玩了。」我告訴他：「反正我不去你那兒囉。」我掛了電話。正如我所料，電話立刻又響起，不過我接起來後就直接掛斷。一想到小馬在電話線另一端大罵我，我實在想笑。他會轉身大吼他妹：「好啦，瑪麗莎！給我滾出來玩牌。」

我把全副心力集中在手上的任務。只有今晚可以執行計畫——有車、有目標、有槍枝。

時間飛快流逝，接近午夜了。

我親親看門狗的臉頰後出門，沒有回頭張望，因為我決心今晚要活著回來。槍在右邊夾克的口袋，撲克牌在左邊，連同一只小酒壺，內有下了藥的伏特加，我在裡面加了大量的安眠藥。最好給我管用。

今晚不一樣，我沒有往下開到艾德格街，卻是停在商店街附近，在那裡埋伏等待。打烊時分，有個男的還沒回家。

醉鬼們陸續從酒吧出來，時間已晚。我的目標是不可能被錯過的，他體積那麼大。他大聲對同伴道別，渾然不知這會是他這輩子最後一次說再見。我把車子掉頭，朝著他走路的方向。我從後視鏡看見他隱隱約約接近，接著經過了我的車子。他沿著馬路往下走，我發動了車子朝他開過去。我感覺到汗水直流，我馬上要下手宰人了。我已經插手管這碼子事了，無路可退。

我停在他旁邊，壓著嗓音喚他：「老兄，要載你嗎？」

他轉頭看我，打了一聲嗝。「我不會給錢的。」

「上車吧，你看起來狀況不太好。我免費送你一程。」聽我這麼說，他露出微笑，吐了口痰，繞到前座的門。他坐進來之後，想說明他的住址，我卻說：「不用擔心，我知道你住在哪裡。」有個東西包圍著我、麻木了我的感官；若不是這樣，我絕無法繼續進行。我想起安琪莉娜，以及她母親在超市片片凋落的模樣。我必須下手。你必須下手，艾德。我點頭同意。

我從口袋取出伏特加請他喝，他想都沒想就一把抓過去。

我恭喜自己。我就知道，像這種人喜歡就拿，想都不會想。像我這樣的人就想太多了。

「我喝了，你別介意噢。」語畢，他痛快灌了一大口。

「收著吧，」我說：「給你的。」

他不發一語，一口接一口喝。同時，我的車駛過艾德格街，往西邊開去，繞往小鎮最遠的邊陲地帶。在那兒的泥濘小路上有座教堂，位於一座山頂的岩石邊，俯瞰幾英里長的荒野。還沒開出鎮中心，他已經睡著了。伏特加的瓶子掉下去，車子一邊開，酒一邊潑灑在他身上。

開了大概半個小時之後，我開上了爛泥路，接著又往前開了半個小時。到達目的地時剛過了一點鐘。引擎關掉之後，只剩我們兩人獨自在一片寂靜無聲之中。

裝凶悍的時刻到了，至少要擺出我最凶的樣子。

我下車走到前座旁，打開車門，用槍敲打他的臉。

沒反應。

我又敲了一下。

敲了五下之後他才驚醒，嘗了嘗他嘴巴和鼻子流出的血。

「醒來。」我命令他。

他結結巴巴幾秒鐘，不知道身在何處，出了什麼事情。

「下車。」

我拿起槍，不偏不倚對著他兩眼中間。

「假使你還在懷疑裡頭有沒有裝子彈，這就是你這輩子最後一次懷疑了。」

他依舊頭昏眼花，眼睛卻睜得斗大。他打算迅速下車，卻發現很難把自己弄出車外。他總算下了車之後，我用力把槍抵著他的背部，押著他沿小徑走上去。

「子彈會直接穿過你的脊椎，」我說，「然後我會把你丟在這裡。我會打電話給你太太跟孩子，她們可以過來瞧瞧你，繞著你手舞足蹈。你想要這樣嗎？還是我應該直接把子彈打穿你的腦袋瓜，讓你死快一點？你自己選。」他的身體往下仆倒，我用膝蓋緊緊抵著他，我的骨頭雖然像小男孩般瘦削，卻也令他無法動彈。我用槍比在他脖子後。「你想死嗎？」我的聲音顫抖，卻維持強硬的口氣。「這是你自討的，其他的我就不多廢話了。」我從他身上跳起，大吼：「給我站起來繼續走，不然你就沒命了。」

有聲音。

從地面傳上來。

我發現是一個男人的啜泣聲。不過，今晚我不管，我必須殺他，因為這個男人每天晚上都以不費吹灰之力的慢板動作，加上鄙視的態度，下手殘害他的妻女。而只有我，只有艾德．甘迺迪，比一般住在郊區的普通人還不如的廢物，有終止這場悲劇的機會。

「站起來！」我又緊跟著他，賣力往山坡上爬，朝著大教堂去。

到了山頂，我要他站在離山崖約五公尺之處。槍對著他的後腦杓，我在他身後約三公尺位置。不能有任何的閃失。

但是。

我開始發抖。

我開始打哆嗦。

一想到我現在要殺掉一個人，我就兩腿打顫，身子搖晃。之前圍繞我的光環消散了，英勇無敵的神態離我遠去。我突然才發覺，四周只有我的脆弱人性，而我在這種情況之下必須下手殺人。我大口呼吸，情緒瀕臨崩潰。

我問你：要是你的話，你會怎麼做？告訴我，請你告訴我！

但是你在遙遠的地方，手指翻動這些連結你我生命的奇妙書頁，你的眼睛安全無虞，這個故事只發生在你腦中。對我而言，故事擺在眼前，就在當下。我必須完成這項任務，同時分分秒秒都在考慮所付出的代價。一切都將改變，殺了這個男人，我的內心也會死去。我想尖叫，我想放聲尖叫，問問為什麼要這樣。今夜零散的星星灑下星光，如一道道的垂冰，卻沒有事情能安撫我，沒有事情能讓我逃開。我眼前的人影垮在地上，我高高站在他身旁等待。

等待。

腦裡想著。

想找到一個更好的解決之道。

天啊，手中僵硬的槍枝瞬間變得又冰又暖，又滑又硬。我無法克制地顫動，心知我若要殺了他，就得把槍抵住他的身體，否則一定會打歪。我得把子彈射進他體內，看著人血如毛毯覆蓋住他。我會看著他在狂烈的無意識中死去，即使我跟自己說這是正當的工作，我還是懇求能得到一個答案：為什麼一定得是我呢？為什麼不是小馬？不是奧黛麗？不是瑞奇？

「宣告者」合唱團的歌聲轟然在我腦海中響起。

想像一下。

想想這場景，在兩個戴眼鏡、留平頭的蘇格蘭呆頭鵝所演唱的音樂之中殺人，我以後要怎麼聽那首歌？若是收音機傳出來這首歌，我要怎麼辦？我會想起自己殺了人、用雙手竊取了他生命的那一夜。

我抖著身體等候，抖著身體等候。

他開始打鼾，一連打了幾個小時。

一道光慢慢擴散到空中，當太陽接近偏東的地方，我認為時候到了。

我用槍叫醒他，這次他立刻有所反應。我再次站在他身後三公尺的位置。他站起來轉身，不過又多想了一下。我向前靠近他，把槍舉在他頭後，說：「嘿，我是奉派來殺你的。我一直觀察你對家人的暴行，這種事情不要再發生了。你聽懂的話，點個頭。」他慢慢地照著我的話做。「你知不知道，你是自找死路？」這次他沒點頭，我再敲他一下。「嗯？」這下他點了頭。

太陽的臉已經露出了地平面，我的手握緊著槍枝，手指搭在扳機上，汗水從我臉上流下。

他懇求：「求求你。」他彎腰向前，瀕臨崩潰，以為要是他整個人倒下去，大概會當場暴斃。他無法自主地抽噎。「對不起，非常對不起——我不會再幹了，我不會再幹了。」

「不會再幹什麼？」

他快速答道：「你是知道的……」

「我想聽到你說出來。」

「我不會再強迫她，當我喝——」

「強迫？」

「好啦——強暴。」

「像樣多了。繼續。」

「我不會再這樣，我保證。」

「我怎樣才能相信你？」

「你可以相信我。」

「這不是我想聽的答案，你這樣寫作文會得零分。」我把槍抵得更緊一點。「回答問題！」

「因為如果我做了，你會殺了我。」

「我現在就要殺了你！」我又開始覺得好熱，汗流浹背，整個人團團包圍在進行的工作中，不敢相信這是真的。「把你的手放在頭上。」他把手放在頭上。「走到崖邊。」他走靠近崖邊。「現在你有什麼感覺？好好想過再回答，你如果答錯了，命就沒了。」

「我感覺到我每晚回家之後我太太的感受。」

「嚇得要死？」

「對。」

「答對了。」

我跟著他到崖邊，把槍瞄準好，做好確認。扳機上的汗滴流過我的手指。

我的肩膀疼痛。

呼吸，我提醒自己。呼吸。

片刻的寧靜使我膽寒，我把扳機一扣，刺耳的槍響傳入我耳朵。就像銀行搶案的那天，我感覺手中的槍又暖又軟。

故鄉的石頭

在故鄉的石頭前
禱告吧

♣A　餘波

乾澀。

我搖搖晃晃下了車，悄悄朝紗門走去。體內彷彿有種全然的、鋪天蓋地的孤寂。這份孤寂直接刺透我，不，它乃是歪七扭八斜穿過我。我是個傳信人——這個事實我一點都不在意了。這份工作的罪惡感操弄我，我才剛把它甩開，它又攀附上身。傳信人這個身分，真不好當。

槍。

我手上唯一能感覺到的是槍，溫軟的金屬與我的肌膚融合。它在車子的行李箱中，冷卻了，變硬了，偽裝出清白的姿態。

我走向門廊時，又聽見他身體撞地的聲音。我想，他會驚嚇自己居然沒死，他每一次呼吸都是在倒抽一口冷氣，吸盡了生命，想要把生命收集、保存下來。結束了，我對天空開了槍，當然打不中太陽。開槍的時候我隱約納悶子彈會落到哪裡去了。

回程途中，車輪再次輾過我們的來時路，我不時轉頭看車後座，上面填滿著空虛。重獲生命的死人大概還躺在平坦貧瘠的地面，不斷呼吸，直到灰塵充滿他的胸腔。

我發現，我現在唯一想做的只有進屋擁抱著看門狗，同時指望牠也會回抱我。

我們共享一杯咖啡。

「好喝嗎？」我問牠。

牠答：棒極了。

有時，我真希望自己是條狗。

太陽已經升起，人們外出工作。我坐在餐桌前，相信在這條沾著露水、一成不變的街道上，沒有人經歷跟我相同的夜晚。我想像他們晚上起床撒了泡尿，或在床上和伴侶一塊經歷高潮的時候，我卻在外頭把槍口堵進他人的脖子裡。我心想：為什麼是我？儘管我覺得我有理由抱怨，但是抱怨只是我的老習慣。做愛應該比策畫殺人精采多了吧。我嘗到失落感，咖啡漸漸變冷。看門狗的惡臭傳來，好像一隻手在輕輕撫拍我。雖然我胡思亂想，牠睡著了卻能讓我感到安心。

電話響起。

噢，不，艾德，這通電話你應付不了。

是他們吧？

我的心跳加速一倍，心思亂作一團。

不中用的脈搏。

我坐下。

電話在響。

十五聲。

我跨過看門狗，死盯著話筒，總算決定接起來。我的聲音在喉嚨裡破碎。

「喂？」

電話線另一端的聲音很不高興，不過，謝天謝地，是小馬的聲音。我聽見背景有人工作的聲響——敲榔頭，罵髒話——成了小馬說話的背景音樂。

「喲，感謝你接起這通該死的電話，艾德。」他說。我個人現在沒心情跟他來這套。「我在想啊——」

「閉嘴，小馬。」我掛上電話。

如我所料，電話又再響起，我接起來。

「你到底吃錯了什麼藥啊？」

「沒事，小馬。」

「你別跟我胡扯，艾德。我昨晚過得很糟。」

「你也是跑出去殺人了嗎，小馬？」

看門狗看著我，好像在問電話是否找牠的。牠的心思回到碗上，舔舔碗，尋找殘留的咖啡氣味。

「說話又顛三倒四了？」顛三倒四，小馬這種傢伙講成語，噢，我喜歡。「我這輩子是聽過幾個藉口啦，艾德，不過都比不上你這個。」

我放棄了。「當我沒說，小馬，我沒事。」

「嗯，好吧。」我無話可說的時候，小馬總是最開心了，他達到了他的目的。「那麼，你考慮過了嗎？」

「考慮什麼？」

「你知道的啊。」

我提高音量。「不知道，小馬，此時此刻，我完全不曉得你在講什麼。時間還早，昨晚我整個晚上都不在家，還有，不知為何，我現在沒有心情跟你玩這種知心摯友的對話。」我想掛電話，卻忍下衝動。

「你能不能幫我個忙，明確告訴我，我們現在在談哪一件事情？」

「好啦，好啦。」他的態度好像我是天底下最混帳的混帳，他沒掛我電話算是在給我恩惠。「只是正巧有幾個傢伙在問你有沒有要參加。」

「參加什麼？」

「你知道的啊。」

「告訴我是什麼，小馬。」

「你明知道的，一年一度的雪橇盃球賽。」

哎呀，媽的，我罵自己，赤腳橄欖球比賽。我怎能忘了那件事情？我真是個自私的混球。「我還沒有仔細考慮過，小馬。」

他生氣了，不只是普通的生氣，他暴跳如雷，對我發出最後通牒。「你熱心一點嘛，艾德。可以參加的話，二十四小時內讓我知道。要是不行，我們找別人，你知道候補名單有一長串。這個傳統的球賽非常搶手，像吉米．坎崔爾與侯斯．漢庫克這些傢伙想抱球跑，想得要命……」我把小馬的話當耳邊風，侯斯．漢庫克？我連去想這個傢伙是誰都懶。直到電話嘟嘟嘟響，我才發現小馬已經掛了我的電話。我最好等一下回撥給他，告訴他我會參加。真希望有人能在球場上扭斷我的脖子，那樣就太美好了。

我一掛上電話，便拿塑膠袋到屋外車子旁，從行李箱中拿出行凶的證據。我把它放回抽屜，打算忘了它。但我辦不到。

我睡了。

我躺在床上，幾個小時不知人事。

我夢見昨晚、爆炸的朝陽、全身發抖的大個頭。他回到鎮上了嗎？他走回來的，還是竟然有辦法搭便車？我不願多想，但這些思緒卻爬上床與我為伍，我翻身想壓碎它們，它們便往外擴散。

等我睡醒，以為已經是下午三、四點了，結果卻連十一點都還不到，看門狗的溼鼻子親吻我的臉。歸還車子返家之後，我帶牠去散步。

我們走到馬路的時候，我告訴牠：「罩子放亮點。」我患了妄想症，儘管我知道艾德格街那個男人我大概是根本不用操心了，我卻想起了他。我需要擔心的是送我方塊A的那個神祕人士。無論他是何方神聖，我有種不好的預感，他們知道我完成了差事，立刻會送來下一張紙牌。

黑桃，紅心，梅花。

我很好奇，接下來會是哪一張牌出現在我的信箱裡。我覺得最可怕的是黑桃，黑桃A一向讓我恐懼。我盡量別去想，覺得自己遭人監視。

到了傍晚，我們已經走了好長一段路，最後來到小馬家，一幫傢伙在房子後面無所事事。走到後院，我放聲大喊。小馬起先沒聽見我，他走過來時，我說：「我加入，小馬。」

他握握我的手，好像是我邀請他擔任伴郎似的。我參加與否小馬很在意，因為過去幾年我們兩人都有參加，他希望這能成為一種慣例。小馬深信這點。我也明白，不該看輕他的想法。事實就是這樣。

我瞧著小馬與後院其他人。

他們從不離開這裡，從不想離開。那樣也無妨。

我跟小馬又聊了幾句，雖然有好幾個拿著手提冰桶、住在郊區的傢伙——穿著海灘褲、無袖背心與夾腳拖鞋——想請我啤酒，我卻要走了。小馬陪著我走過柵門，走到看門狗等我的地方。我快走回街上的時候，他放聲大喊。

「嘿，艾德！」

我轉身。看門狗沒動，牠不怎麼喜歡小馬。

「謝了。」

「不客氣。」我繼續往前走，帶著看門狗回家，然後前往「空車行」停車場，簽到上工。車開回鎮上時，我又想到昨天晚上，片段的記憶站立在路邊，在車旁迅速移動。一個畫面減速散開，另一個畫面取而代之。我看了一眼照後鏡，好像認不得自己是誰，感覺我不像我，甚至不記得艾德・甘迺迪這人本來的長相是什麼。

什麼感受都沒有。

幸好我隔天休假，完全不用工作。下午，我和看門狗坐在商店街的公園裡，我替我們倆買了冰淇淋，每只甜筒裡面裝了兩球不同口味的冰淇淋，芒果與甜橙是我的，口香糖與卡布奇諾給看門狗。在樹蔭下坐著真是舒服，我專心看著看門狗小心翼翼一口接一口舔著甘甜的冰淇淋，還用口水軟化甜筒。牠真是可愛。

有人的腳步接近，踩著我們身後的草地。

我心頭一驚。

看門狗明明看到了人影，卻繼續舔冰淇淋。牠是隻可愛的動物沒錯，卻是條完全沒用的看門狗。

「嗨，艾德。」

我認得這聲音。

我認得，心臟退回原位。是蘇菲，她問她是否能坐在我旁邊。我瞥見她運動員般強健的雙腿。

「當然可以。」我說，「想吃冰淇淋嗎？」

「不，謝謝。」

「妳不想跟看門狗分吃著吃嗎？」

她笑了，「不，謝謝……看門狗？」

我們目光交會，「說來話長。」

接著，我們都沒講話，都在等候對方開口。我提醒自己，我年紀比較大，應該先打開話題。

我卻沒開口。

我不希望就這樣用閒聊浪費跟她相處的時間。

她好美。

她伸手輕柔撫摸著看門狗。我們什麼都沒做，光坐在那裡半個小時。最後，我感覺她的目光停在我臉上，聲音傳入我耳朵。

她說：「我想念你，艾德。」

我看著她說：「我也想念妳。」

我驚慌的是，我這句話是真的。她這麼年輕，而我想念她。還是說，我喜歡她的原因是那次的愉快差事？不過，我覺得我想念的是她的純真。

她心裡產生了好奇。

我也感覺到了。

「妳還有在繼續跑步嗎？」我問，故意不理會她的好奇。

她禮貌地點點頭，始終摸著看門狗。

「光腳？」

「當然。」

她左膝蓋上有個擦傷還沒癒合，但我看著那個傷口時，她眼裡沒有後悔。她很滿足，而我也因為她的快樂而感到快樂。

我在心裡想：妳光腳跑步好美。不過，我說不出口。

看門狗吃完了冰淇淋，舌頭往上舐著蘇菲輕拍牠的那隻手。

我們身後傳來一聲汽車喇叭，我們知道那是在叫她。她站起來，「我得走了。」沒說再見。

我只聽見腳步聲，還有她臨走前提出的一個問題。「你沒事吧，艾德？」

我轉身看著她，忍不住露出微笑。「我在等。」我答道。

「等什麼？」

「下一張A。」

她人很聰明，知道該說什麼。「你準備好了嗎？」

「沒。」我心知肚明。「但它一定會出現。」

她離開了。我看見她父親從車裡注視著我，我希望他別以為我是個怪叔叔什麼的，坐在公園誘拐清純的青少年。尤其在發生了我送她空鞋盒這件事之後。

我感覺看門狗的鼻子碰著我的腿，牠仰起頭，惹人憐的老邁雙眼望著我。

「怎樣？」我問牠：「好哥兒們，下一張會出現什麼？紅心？梅花？還是黑桃？」

牠提議：再來一支冰淇淋吧？

牠真的無藥可救，對吧？

我嘎吱嘎吱吃完甜筒，然後站起來。我發覺前晚在教堂前發生的事情依然讓我身體僵硬酸痛。殺人未遂可真的會讓你渾身酸痛啊。

♣2 神祕客來訪

第三天過去了，依舊無事發生。

我去過艾德格街，房子黑漆漆一片，女人跟小女孩睡了，做丈夫的仍舊不見蹤影。我曾考慮去教堂一趟，看他是不是跳下去或者出了其他的事情。

可是。

我太荒謬了。

我原本應該殺了那個男的，現在卻擔心他的安危，我對他的所作所為感到內疚。另一方面，沒殺他也讓我覺得有罪惡感，畢竟那是我的任務呀，信箱中的槍清楚說明了這一點。

也許，他自己想辦法走到高速公路，然後一路走下去，再也沒回頭。

也許，他自己躍入懸崖。

有這麼多可能的情節會出現，我乾脆停止了幻想。再過幾天，我就沒空繼續去擔心這個了。

有天晚上我去玩牌，回家之後，察覺屋子的氣味不對。我聞到看門狗的味道，不過還有別的氣味，聞起來像是糕點之類。我忽然想起來了——

餡餅。

我遲疑地往廚房走去，發現燈是亮著的，有人坐在廚房裡啃著從我冰箱拿出來加熱的餡餅。我聞到加工肉品與調味醬的味道，調味醬的味道很強，我向來是聞得出來的。

我想要找個什麼東西拿起來作武器，但是眼前只看得見沙發。

走到廚房，我見到有個人影。

我嚇了一跳。

那個男人帶著頭罩坐在餐桌前，吃著沾了調味醬的餡餅。我的腦海閃過許多問號，卻沒有一個停留在腦中。這種事情，太不尋常了！

正當我心裡盤算著該如何應付，卻驚慌地發覺身後還有另一個人。

不——

有人狠狠舔我一口，我醒過來。

看門狗。

我鬆了一口氣，閉上眼睛跟牠說：謝天謝地，你沒事。

牠又舔舔我，舌頭因我臉上流出的血而成血紅色。牠對著我微笑。

「我也愛你。」我語焉不詳地說。我也不知道我是說了還是沒說，不確定我是否還存在。話一出口，我才發現自己聽不見別的聲音。所有的聲音都來自體內，像是靜電干擾的嗡嗡聲。

我想動一動身體，但是卻動彈不得，感覺人是黏死在廚房地板上似的。我還犯了個錯，就是企圖回想剛才到底發生了什麼事情，結果只讓我聽見一陣朦朧的噪音，讓我頭上方看門狗的臉扭曲變形。我感覺這彷彿是死亡的前奏曲，也許是段開場白。

我的心自動往下關起來。

沉入睡夢中。

我深深陷入內心世界，受困在裡面。我往下墜落，穿過幾層的漆黑，快到底層的時候，有隻手抓住我的喉嚨，將我拉上來，拉入現實的痛楚中。有個人簡直是用拖的，把我拖進了廚房，燈光如刀子般刺痛我的眼，餡餅與調味醬的味道讓我想嘔吐。

他讓我撐著坐在地板上。我意識不清，雙手捧著腦袋瓜。

兩個人影朦朧出現，在廚房蒼茫的光線中，我看見了他們。

他們在笑。

他們戴著頭套衝著我笑。他們比一般人略高，肌肉型的壯男，跟我一比，尤其顯得強壯。

他們說：「嗨，艾德。你感覺如何，艾德？」

我的腦袋還是不靈光。

「我的狗。」我開始呻吟。我頭上的血把手都弄溼了，說話聲音很快就被淹沒。我已經忘記剛剛是看門狗讓我恢復意識的。

「牠該洗澡了。」其中一個說。

「牠沒事吧？」無聲的問句，我的話帶著恐懼，顫抖地脫口而出，這些話拚了命想留在空氣中。

「還該帶條防蚤項圈。」

「蚤？」我答道，聲音散落在地面上，「牠沒有跳蚤……」

「噢，那這些是什麼？」

一個男的輕輕一把抓起我的頭髮，拉高我的腦袋好看仔細。他讓我看到被蟲咬得到處都是的手臂。

「不是從看門狗身上來的。」我說，不明白我究竟幹麼在這種情況還這麼固執。

「看門狗？」跟蘇菲一樣，這兩個入侵者對牠的名字感到好奇。

我點點頭確認，這動作意外讓我神智更加清醒了。「聽著，不管有沒有跳蚤，牠還好吧？」

那兩個人面面相覷，其中一個又咬一口餡餅。

「戴瑞，」他謹慎地說：「就是現在，我還不確定我是不是喜歡艾德的口氣，他的口氣……」他絞盡腦力想找出適切的字眼：「他的口氣……」

「酸溜溜？」

「不是。」

「不識抬舉？」

「不是。」不過他想到了。「更糟，他的口氣很沒禮貌。」他低聲說出這幾個字，語氣是徹底的不屑。說的時候，眼睛逼視我，對我提出比言語更鄭重的警告。害我暗自想到，我應該崩潰大哭，懇求他們別傷害我那條會喝咖啡的狗。

「拜託，」我終於說出了口，「你們沒有傷害牠吧？」

銳利的目光失去光彩。

他搖頭。

「沒。」

這是我聽過最開心的一句話。

「不過牠是隻沒用的看門狗。」還在吃餡餅的那個傢伙一面說，一面拿食物沾盤子上的調味醬。「你知不知道，我們闖進來的時候，牠在睡覺啊。」

「我不懷疑。」

「牠醒來之後，竟然只是走進來討吃的。」

「然後呢？」

「我們給牠一個餡餅。」

「加熱過的還是冷凍的？」

「加熱過的，艾德！」我似乎冒犯了他，「搞清楚，我們不是野蠻人，我們是讀過書的人。」

「有沒有留給我的？」

「抱歉啦，最後一塊被狗吃了。」

媽的，這隻貪吃的大肚狗！我暗想。卻不能拿這點怪牠。狗什麼都吃，我不能跟天性爭執。

不管怎樣，我來洩他們的底吧。

我開火。

一個簡單的問題。

「誰派你們來的？」

我的問題一到了空中就失去了速度，在空氣中飄蕩。我小心翼翼站起來，坐在一把椅子上。我心裡覺得好多了，反正事情總會發生。

「誰派我們來的？」換另外一個人負責回答。「問得好，艾德。但是你知道我們不能告訴你答案的，不讓你知道真相，我們覺得真是人生一大樂事啊。其實，連我們自己都不知道，我們只是拿錢辦事。」

我氣急敗壞。

「什麼？」這兩個字是控訴，不是問題。「沒有人付我錢！沒有人給我——」

我被賞了個巴掌。

狠狠的一巴掌。

他接著又坐下繼續吃東西，把最後一塊餡餅皮沾上盤中那一大坨調味醬。

我在心裡面說：你倒太多了調味醬，謝謝。

他心平和氣地吃著餡餅皮，吞進半塊後，說：「噢，別再哀哀叫了，艾德！我們都有自己的責任，我們都在都承受折磨。我們全是為人類的福祉而忍受挫折呀。」

他的夥伴聽了很感動，他自己也很感動。

兩人點點頭，認同彼此的看法。

「很好，」另外一個告訴他，「我會努力記住這整句話。」

「噢，那句話說什麼？人類的……」他想破頭卻想不出要說的話。

「福祉。」我回答，音量不夠大聲。

「啥，艾德？」

「福祉。」

「對對對，借我一支筆好嗎，艾德？」

「不借。」

「為什麼？」

「你要搞清楚，這裡不是書報攤。」

「又是那種口氣！」他站起來，居然更用力賞了我一巴掌，然後又一派輕鬆坐回位子。

「會痛耶。」我告訴他。

「謝謝。」他看看自己的手，上面有血、灰塵、汙跡。「你現在的處境非常危險吧，艾德？」

「我知道。」

「那你腦筋是那裡有問題啊？」

「我想吃餡餅。」我發誓，我有時候的確像個孩子，我相信你可以根據我之前的行為知道這一點。我是個體型高大、令人傷透腦筋的孩子。這世界上，小馬不是唯一的這種人。

打我巴掌的傢伙用小孩子的聲音模仿我，「我想要餡餅……」他嘆了口氣：「聽聽你自己說話的樣子？行行好，長大吧。」

「我知道。」

「知道就好。」

「謝謝。」

「那麼，我們剛才講到那裡？」

我們每個人都在想。

無聲無息。

看門狗走進來，滿臉愧疚。

牠勉為其難地問我：我想，現在不方便來杯咖啡吧？牠真是有夠不知羞恥！

我能做的只有瞪牠，於是牠退出去。牠分辨得出自己現在不受歡迎。

我們在廚房的三個人望著牠退出去。

「你用鼻子聞，就知道牠來了對不對？」有一個說。

「沒錯。」

吃得比較慢的那個居然站起來，動手在水槽裡面洗盤子。

「用不著洗。」我告訴他。

「不，不。有讀過書的人，記得嗎？」

「噢，對耶，沒錯。」

他拍拍手，接著轉身，「我的頭套上面有沾到調味醬嗎？」

「就我看是沒有。」另一個回答。「那我呢？」

他靠過去檢查。「沒，你很乾淨。」

「很好。」吃得慢的傢伙跟自己臉上的頭套苦苦掙扎幾秒鐘，說：「噢，這該死的東西，好癢呢。」

「噢，契斯，別鬼叫鬼叫。」

「你的不癢嗎？」

「當然癢！」戴瑞好像不想討論這種問題。「但是你有聽見我隔每五分鐘就抱怨一次嗎？」

「我們已經在這裡一個小時了。」

「就算是這樣好了，別忘記，我們必須受這種折磨，是為了那個那個人類的……」他手指朝著我啪嗒一彈。

「噢，福祉。」

「沒錯，謝謝你，艾德。好極了，真行。」

「不客氣。」

我可以感覺到，我們現在有點像是朋友囉。

「聽好，戴瑞，我們可不可以把事情解決解決，好讓我能夠把這個羊毛面具拿下來？」

「契斯，你可不以表現出一點紀律讓我們瞧瞧就好？優秀的職業殺手一定要維持嚴格的紀律，好嗎？」

「職業殺手？」我問。

戴瑞聳聳肩，「噢，你是知道的，我們都這樣自稱啊。」

「聽起來滿像是一回事的。」我不情願地承認。

「沒錯。」接下來，他認真思考。

沉思一番之後，他才說話。

「好吧，契斯，你說得對。我們最好馬上離開。你拿了槍，對吧？」

「對，我拿了，本來在抽屜裡。」

「很好。」戴瑞站起來，從外套口袋掏出一只信封，上面寫著「艾德．甘迺迪」幾個字。「有封信要給你的，艾德。請你站起來，老弟。」

我站起來。

「對不起，」他變得通情達理起來了，「我只是奉命行事。我必須告訴你一件事情：到目前為止你表現還好。」他壓低聲量，「這件事情只有你知我知——跟你講這個，我可能會被打成殘廢——我們知道你沒有殺了艾德格街的那個人……」

他又再次表示歉意，然後舉起拳頭，朝我肋骨下方送過來。

我彎下腰。

廚房的地板好髒。

到處都是看門狗的狗毛。

再一記拳頭擊在我的後頸。

我嘗到地板的味道。

我的嘴黏在上面。

我感覺信封緩緩落到我的背上。

從很遠很遠的地方，我聽見戴瑞最後一次說話聲。他說：「對不起，艾德。祝你順利噢。」

他們的腳步聲在屋子裡迴響，我同時還聽見了契斯在說話。

「我現在可以拿下面具了嗎？」他問。

「就快了啦。」戴瑞回答。

廚房的光線漸漸黯淡，我又再次往下沉淪。

♣3 信封

我希望我能告訴你，後來是看門狗扶我站起來。不過，牠當然沒有協助我。在我提起足夠力氣站起來之前，牠過來舔了我好幾次。

光線朝著我射來。

疼痛開始作亂。

我盡量保持平衡，看門狗左搖右擺，我絕望地要求牠幫幫忙。牠能做的卻是左搖右擺，眼睛動也不動地看著我。

我的眼角餘光瞥到地板上有個東西。

我想起來了。

是信封。

它從我背後落下，掉到廚房椅子底下，與一大堆看門狗的狗毛在一起。

我彎下腰撿起來，像小孩子拎著用過手帕一類的髒東西似的，以手指輕輕捏住。

看門狗跟在身後，我走回客廳，一屁股優雅地坐進沙發。信封搖搖晃晃，嘲弄著它帶給我的危險，好像在說：「一張紙罷了，幾個字而已。」卻絕口不提這幾個字可能與死亡、強暴有關，或者又是什麼可怕、布滿鮮血的任務。

我提醒自己：或者類似蘇菲、類似米菈的口信。

總之，我們坐到了沙發上。

看門狗跟我。

牠下巴擱在地板上問：嗯？

我知道。

非做不可。

我撕開信封，一張梅花A掉下來，還有一封信。

艾德：

你好。

你正在讀這封信，那就代表一切順利。我真心誠意希望你的頭痛不要太嚴重。契斯跟戴瑞應該有告訴你，我們對你的表現感到滿意。要是我的直覺沒錯，他們大概口風不緊，已經告訴你說我們都知道你沒有殺死艾德格街那個男人。幹得好。你以熟練俐落的手法解決了問題，的確令人激賞。恭喜。

同時，為了避免你心生納悶，就告訴你吧：不久之前，艾德格街的那位先生搭上了一列開往舊礦區的火車了。我相信你得知這消息，會很開心……

還有更多的挑戰等著。

梅花還不夠好玩，小子。

問題是：你想要嗎？

或者那個問題無關緊要，你當然對方塊A沒有興趣。

可是你卻完成了。

祝你順利。繼續傳送口信吧，我相信你也明白了，你的人生就靠它了。

再見。

太好了。

真是太好了。

一想到梅花A的指令，我就開始發抖。滿腦的理智吩咐我別去撿起來，我甚至開始逃避現實，幻想看門狗把梅花Ａ一口吃了。

只不過，我可以感覺到，它就在我的腳拇趾底下。那張該死的牌就像是地心引力，像是一個綁在我背上的十字架。

現在它夾在我的手指之間。

我拿著它。

它在我的眼裡。

我讀著上面的文字。

你懂這種感覺嗎：你剛做完了一件事情，才明白你真的動手去做了？那就是我剛剛的感覺。我讀著梅花A上的文字，本來以為又是一排地址。

我錯了。

想也知道，事情沒那麼簡單。這次沒有地址，內文也不連貫，沒有一個字是確定的。每個任務都是一項測試，而有些測試則是無法預料的。

這次，是文字。

只有文字。

撲克牌上面寫著：

在故鄉的石頭之前
祈禱吧

能不能麻煩你告訴我？能不能麻煩你告訴我它到底是什麼意思？地址好歹是現成的地點，故鄉之石可能是任何東西、地方、人。若沒有任何有意義的指示，你要我怎樣去找一個無法解讀的地方？

這兩行字在我耳畔低語。

撲克牌輕柔地對我耳語，好像我應當進入冥想的狀態。

卻什麼也沒發生。

只有撲克牌、我、一條在睡夢中輕聲打鼾的狗。

稍後，我在沙發上睡成一團醒過來，發現後腦又在流血了。沙發上沾了血，我的脖子上有暗紅色的血跡。我還是感到痛，只是沒那麼刺痛了，或者說我還是感覺自己受傷了，傷口持續作痛。

撲克牌放在矮桌上，在塵埃中漂蕩，在塵埃中茁壯。

屋外黑漆漆一片。

廚房的光大聲喧鬧。

我走進廚房的時候，聲音幾乎要把我的耳朵震聾了。

豬肝色的血讓我的脖子發癢，它往下流到背上。走到一半，我決定喝點酒，關上燈之後，我在黑暗中搖搖晃晃走向冰箱，在底層找到一罐啤酒。走回客廳，我想喝酒來轉換心情，以我現在的情況來說，轉換心情意謂著不去理會撲克牌。我用腳拍拍看門狗，不知道今天星期幾或是現在幾點鐘，要是我提得起勁去打開電視，不知道會播什麼節目。地上有幾本書，我是不會去讀的。

有東西從我後背流下。

我的頭又開始流血了。

♣ 4 只是艾德而已

「又來了一張？」

「又來了一張。」

「這次什麼花色？」

「梅花。」

「不知道是誰送來的？」奧黛麗注意到我夾克濺到的啤酒，接著看到我脖子上一層厚厚噁心的血跡。

「老天啊，你昨天出了什麼事情？」

「不用擔心。」

老實跟你說，我覺得自己有點可憐。太陽升起，我第一件事情就是去奧黛麗家求助。我和她在前門講話的時候，才發現自己發抖得好嚴重。太陽溫暖了我，但是皮膚仍與我的肌肉搏鬥，想從我的身體上抖下來。

我心裡在問：我能進去嗎？在焦急了片刻之後，答案出現了。先前那個在上班地點看過的傢伙出現在奧黛麗身後，問道：「親愛的，是誰啊？」

「噢。」奧黛麗敷衍了一下。

有點不自在。

隨口說了一句。

「噢，只是艾德而已。」

只是艾德而已。

「好啦，有空再見囉……」

我往後退，等候著。

等什麼？

等她。

但她沒跟上來。

她終於走出大門口說：「艾德，你等一下會在家嗎？」

我繼續倒著走，「我不知道。」這是實話，我不知道。我的牛仔褲好像已經有千年歷史了，纏裹住我的腿，如同一隻水母。襯衫燒得我好冷，夾克刮著我的手臂，我的頭髮在煩躁，眼睛在充血。我還是不知道今天是幾號。

只是艾德而已。

我轉身。

只是艾德而已繼續走路。

只是艾德而已快步前進。

他拔腿想跑。

卻摔倒了。

他一隻腳狠狠踩在地上，悄悄爬起來走路，然後，聽見她的聲音大喊。

「艾德？」

「艾德！」

只是艾德而已轉身聽她說話。

「晚點我過去，好嗎？」

他順從了，他屈服了。

「好。」他接受了提議。「到時候見。」然後走了，腦裡有幅奧黛麗站在門口的畫面——

一件當睡衣的T恤，早晨醒來美麗又蓬鬆的秀髮，結實的臀部，沐浴在陽光中的瘦腿，乾澀慵懶的脣，脖子上有齒痕。

天哪，我在她身上聞到了性。

我不動聲色，苦惱地希望我身上也有那種味道。

然而，我只聞到乾掉的血與夾克上濺到的黏呼呼啤酒。

美麗的日子。

天空無雲。

當天稍後，我邊吃玉米片邊跟自己說：別再哀了，艾德。今天星期二，你晚上要開車。

我把梅花A放逐到抽屜的最上層，跟方塊A關在一起，幻想抽屜裡有四張A像扇子似的開展，就像玩家在牌局中的拿牌方式。我以前從來沒想過要拒絕四張A，在打牌的時候你心裡一直巴望著拿到一手都是A的牌。但是我的人生不是撲克牌遊戲。我敢說，小馬等下又會來纏我，希望我跟他一起準備一年一度的雪橇盃球賽。想起這件事情，想到我們光著腳，跑過別人家前院草坪上可怕的草地和露水，我居然露出了幾秒鐘的微笑。比賽時球員們都光腳進行，沒有道理要大家穿著鞋子跑。

奧黛麗差不多十點才出現，身體洗得乾乾淨淨，聞起來很清新。她的頭髮綁在後腦杓，只有幾撮漂亮的瀏海蓋在眼睛上。她穿著牛仔褲、棕褐色鞋、藍色襯衫，襯衫的口袋繡著「空車行」的徽章。

「艾德。」

「奧黛麗。」

我們坐在前廊，腿在走道旁搖晃。有幾朵雲聚集。

「嗯，這張牌上面寫什麼？」

我清清嗓音，小聲說：「……在故鄉的石頭之前，祈禱吧。」

沒吭聲。

「你有什麼想法嗎？」她最後開口問。她的目光停在我身上，我感覺到，感覺到它們的溫柔。

「沒。」

「那麼你的頭是怎樣……」她換了一種既掛心又厭惡的神情看我：「還有……你身上其他地方，」她說了真心話，「艾德，亂七八糟。」

「我知。」這句話落在我的腳上，一滑，滑到草地上。

「總之，你跑去第一張撲克牌上面寫的地址那裡，到底做了什麼？」

「妳真的要聽？」

「對。」

我一面說，眼前出現畫面。

「嗯，我為一個老婦人念書。讓一個美麗的女孩子光著腳跑步，跑到她被人踩在腳底下，渾身是血，贏得讚賞。還有……」我的口氣依然冷靜。「我差點就殺了一個幾乎每個晚上都強暴太太的男人。」

太陽從一朵小雲後露臉。

「你說真的？」

「我會講假的嗎？」我想在聲音裡灌點敵意進去，不過沒有成功。我沒有那股勁。

奧黛麗不敢瞧我，害怕會從我的表情看見答案。「你說真的？」

我覺得內疚，剛才居然差點對她發脾氣。她幫不上忙的，她連理解這個狀況都不能，她永遠不會明白的。奧黛麗從沒有感受過被安琪莉娜那孩子的雙臂環繞脖子，從沒有目睹那個母親一片片凋落在超市的地板上。她永遠不會知道那把槍多麼冰冷，米菈有多渴望聽見她曾經帶給吉米幸福、從未讓他失望。她永遠不會明白蘇菲話裡的羞怯或是她被埋沒的天分。

想起這些事。

想起這些人。

我失神了片刻。

我回過神來，發現自己還坐在奧黛麗身旁，我回覆她的疑問。

「沒有，奧黛麗，我沒有殺了他，但是……」

「但是什麼？」

我搖搖頭，感覺眼中出現了幾滴淚水，忍著不願意讓它們落下。

「什麼？艾德，你做了什麼？」

慢慢地，我說出口，慢慢地。

慢慢地……

「我把那傢伙帶到郊外那座教堂，拿搶抵著他的頭。我扣了扳機，不過沒有射他，我對空鳴槍。」我這樣小心翼翼描述過程，心裡並沒有覺得好過點。「他離開這裡了，沒有回來。我不知道他會不會回來。」

「他是自作自受嗎？」

「跟自作自受有什麼關係？奧黛麗，我算老幾，可以決定這種事情啊？」

「好好好。」她心平氣和，用手輕輕拍拍我。「冷靜點。」

「冷靜？」我氣極敗壞地說。「冷靜？妳在跟那個傢伙搞的時候，小馬在策畫沒意義的橄欖球賽，瑞奇不曉得是在打牌還是幹什麼，這個地方每個人呼呼大睡的時候，我忙著剷除本地的流氓。」

「你是特別被揀選出來的人，執行這些任務的呀。」

「喲，妳這句話還真能讓我感到欣慰呢！」

「那位老太太呢？或是小女孩？她們不是好人嗎？」

我情緒漸漸穩定下來，「唔，是啦，只是——」

「為了她們的緣故，第三個人也活該得到那種下場吧！」

媽的。

她令人討厭。

我同意她的話。

「我只是——希望事情對我來說簡單一些，妳懂嗎？」我看著她：「我希望被選上的是別人，一個能勝任的人。要是我沒有阻止那次搶劫就好了，我真希望我不必經歷這一切。」我有點像吐奶，一股腦把真心話全部說出來。「還有，我希望跟妳在一起的是我，不是別的男人。我希望是我的皮膚在觸碰妳的……」

你聽聽看。

蠢到無以復加的地步。

「唉呀，艾德。」奧黛麗撇過頭去。「唉呀，艾德。」

我們的腳晃來晃去。

我看著腳，看著奧黛麗腿上的牛仔褲。

於是我們就這樣坐著。

奧黛麗跟我。

還有彆扭。

它擠到我們中間。

沒多久之後，她說：「艾德，你是我最好的朋友。」

「我知道。」

這句話可以殺死一個男人。

不用槍。

不用子彈。

光是一句話跟一個女孩。

我們在前廊又坐了一會兒，我低頭看著奧黛麗的腿與膝蓋，多希望捲起身軀睡去。整個事情才剛開始，我已經精疲力竭。

該做個決定。

我得振奮起來。

♣5 計程車、妓女、愛麗絲

到了傍晚，我開車進城。遠處的建築擋住了落日。安靜的夜，最適合思索。

讓我最感興趣的乘客是一個坐在前座、有點像妓女的女人。她肉顫顫的軀體結實，頭髮朝著我飄啊飄，嘴型好美，只是牙齒很難看。她吐出的話如金髮女孩那般甜美，句句都以暱稱做結。

「為什麼愁眉苦臉的，寶貝？」

「我從沒來過這邊，甜心。」

她與我們常見的妓女不同。她化著品味出眾的淡妝，沒有嚼口香糖，穿著及膝的靴子、讓她曲線畢露的白色圓領衫、深色無袖夾克。

專心看路，艾德。

「寶貝？」

我轉向她。

「你記得我們要去那裡噢，甜心？」

我清清喉嚨，「碼頭大飯店？」

「沒錯，人家十點前得到那兒，好嗎，親愛的？」

「沒問題。」我親切地望她一眼，我喜歡載到這種客人。

抵達目的地，跳錶顯示十一塊六毛半，不過她給了我十五塊，還要我不用找。她下車後，又把身體探進車窗，「你看起來好可愛噢。」

我笑了笑，「謝謝。」

「謝什麼？零錢還是稱讚？」

「兩者都謝。」

她居然還伸進一隻手，說：「我叫做愛麗絲。」我伸手握住她的手。「那些人啊，都叫我希芭，不過你可以叫我愛麗絲，好不好哇，寶貝？」

「好。」

「那你叫做？」

「噢。」我心不甘情不願放下她的手回答，她一定沒注意到我放在儀表板上的駕駛執業登記證。「艾德。艾德・甘迺迪。」

她親暱地再喊我一次。「唔，謝謝你載我過來，艾德。別太煩惱，開開心心過日子噢，甜心？」

「別擔心。」

她走遠時，我幻想她會轉身說：「艾德，你可以早上過來接人家嗎？」

不過她沒有。

她走了。

這裡不再有愛麗絲存在。

我獨自坐在車子裡，看著她一路走到旅館大門。

一輛車在我後頭猛按喇叭，有個男的對著窗外大吼：「運匠，車開走！」

他說得沒錯，我們一無是處。

一整夜開下來，我幻想愛麗絲搖身變成希芭。在俯視雪梨港的昏暗旅館房間裡，我聽著她的聲音，聞著她的氣味。

「那樣可以嗎，甜心？」

「噢，寶貝……」

「對，親愛的，就是這樣，就是這裡，蜜糖，不要停。」

我看見自己壓在她身體下。

被她征服，與她做愛。

我感覺著她。

認識她。

品嘗她香檳味道的嘴。

忽略醜陋的牙。

閉上眼睛，品嘗她。

觸碰她光滑的肌膚。

圓領衫在地板上。

無袖夾克在我們身邊。

被遺忘的靴子在門邊堆成一個三角形。

進入她體內的感覺。

「噢。」她嬌喘吁吁。「艾德，噢，艾德。」我渾然忘我。「噢，艾德……」

「前面紅燈了！」後座的傢伙對我大吼。

我猛然一踩煞車。

「拜託噢，老兄！」

「抱歉。」

我深呼吸。

暫時忘記梅花A與奧黛麗真好，但是我回來了，回到現實面上。後座男人的聲音喚回了那兩件事。

「綠燈啦，走吧，老兄。」

「謝謝。」

開車。

♣6 石

自由自在。

我把車開進鎮上，太陽緩緩在天空攀升，條條街道都空蕩蕩的。我把車停進「空車行」停車場。老樣子，用走的回到我的破屋子。

看門狗見到我很開心。

我們一起喝了一杯一定要喝的咖啡。我從抽屜把撲克牌取出來研究一番，希望有新的想法在腦海中閃過，冷不妨把它逮個正著，要它把祕密洩漏給我知道。

開了一整晚的車，我兩條路都有可能選擇，但是我現在做好了準備。我要從臉上撕下那張可憐兮兮、抱怨連連、愛找藉口的嘴巴，著手進行這項任務。我任由自己沉浸在客廳的光線中，心想：艾德，別再怪它，接受它。我甚至走到前廊，看一眼我狹隘的眼光所目睹的世界。我想征服那個世界，生平首度覺得自己有能力做到。到目前為止，每個必須克服的難關，我都經歷過了，而我人還站在這裡。是啦，雖然我只是站在一條破爛的前廊上，它搖搖欲墜，而且我算是哪根蔥，竟然說世界變了。但是，只有老天知道，我們已經被世界占據夠久了。我身旁的看門狗坐著留意四周，至少牠盡了全力。牠居然看起來可靠聽話，我低頭看著牠說：時候到了。

有多少人有這種機會？

得到機會的少數人之中，有多少人真的把握過？

我蹲下來，把手放在看門狗的肩膀上（或者狗最像人類肩膀的部位），接著，我們動身去找故鄉之石。

我們不知道要去哪裡找那塊「故鄉之石」。

我們停下，因為這裡恰好碰到一個難題。

差不多走了半條街，我們停下腳步。

這星期接下來的幾天很快就過去了，我玩牌、開車、跟看門狗閒蕩。星期四晚間，我跟小馬在鎮上的運動公園裡踢足球，然後看著他在家裡喝到酩酊大醉。

他說：「再過一個月，重要的球賽就到了喲。」他喝他爸的啤酒，自己是從不花錢買的，從不。

小馬依舊跟爸媽同住，那棟屋子的確相當舒服。木頭地板，窗明几淨，打掃工作自然都是他媽跟瑪麗莎一手包辦。小馬、他那懶得要命的哥哥和他老爸三人連舉手之勞都不肯幫。小馬拿出一小筆錢當家用，剩下的都放進銀行。我有時真想知道他存錢的目的為何。最近一次結算，他說已經存到三萬塊了。

「艾德，球賽你想打哪個位置？」

「不知耶。」

「我想當中衛，」他告訴我心裡話，「不過我大概又會分到翼鋒的位置。你雖然又瘦又虛弱，還是會分配去當前鋒。」

「謝謝，謝謝，謝謝。」

「沒錯，對吧？」

我中了他的計。

「要是你認真打，真的能打得很好。」他接著說。聽到這句話，我就該告訴小馬，他也打得很棒。但是我閉著嘴沒吭聲。

「艾德？」

沒作聲。

我還在想梅花A，與故鄉之石到底在哪裡。

「艾德？」他輕拍我：「你有在聽我說話嗎？」

我腦裡閃過一個念頭，想問問小馬有沒有聽過故鄉之石。但感覺上好像有某個東西阻止了我開口。他不會懂的，而且我確定如果我要擔任傳信人，我就得自個兒進行。

「我沒事，只是在想事情。」我告訴他。

「想東想西會只會讓自己痛苦，」他警告我：「你最好別亂想。」

我多少也希望自己不動腦筋，重要的事情都不擔心、不在意，效法我們可憐的好兄弟瑞奇，開開心心，沒事奈何得了你，你也奈何不了一切。

「別擔心，小馬。」我說。「我不會有事的。」

小馬今晚聊天的興致不錯，他說：「記得我以前交往的那個女孩子？」

「蘇珊？」

他講出她的全名，一個字一個字慢慢說。「蘇珊．鮑依。」他聳聳肩。「我記得她跟家人搬走的時候，居然一句屁話也沒跟我提過。事情已經過了三年了……當時，我只要一想到這件事，整個人都要抓狂了。」他呼應我剛才的想法，「有些人，例如瑞奇吧，他一向不痛不癢。遇到這種狀況的話，他會罵那女的是婊子，然後喝罐啤酒，買張馬彩，」小馬苦笑，垂下頭，「然後，句點。沒了。」

我想跟他聊聊。

我想問問那女孩的事情，看看他是不是還愛著她，依然想念她。

然而，我一句話都沒說。我和小馬，願意讓對方瞭解自己多少事情呢？

靜默良久之後，我總算打破沉默。我想起有人把麵包擘開與人分享。而我現在呢，是把問題分給身旁的朋友。

「小馬？」我問。

「怎樣？」他的眼神讓我陡然一驚。

「如果你必須馬上趕到某個地方去，卻不知道怎麼去，你的感覺會怎樣？」

他思索著我提出的問題，暫且把蘇珊放到一旁。「比方說，來不及趕上年度雪橇盃球賽？」

這我還能容忍。「可以這麼說吧。」

「唔……」他全心全意地思考，粗糙的手搓著臉上金黃色的鬍鬚渣，顯示球賽對他有多麼的重要。

「我會不斷想像那裡正在發生的事情，心裡也明白自己無法改變情況，因為我人在遠處。」

「沮喪嗎？」我問。

「當然。」

我查過地圖，找出幾本我爸的舊書，閱讀了地方文史資料。然而完全沒有任何線索可以知道故鄉之石在哪裡。黑夜已深，白晝將近，我感到日月正在彼此交疊之處消蝕。每分每秒鐘都提醒著我，我必須去調整、協助或阻止的事情，正在持續發生。

我們玩牌。

我去了幾趟艾德格街，一切照舊，那男的沒有回來。我料想他是永遠都不會回來了。

我觀察母女倆人，她們看來很開心。之後我便不再介入她們的生活了。

有天晚上，我又去米菈家念書給她聽。

她見到我非常高興。再次假扮吉米的感覺真棒。我喝了茶，離去前，親吻米菈起了皺紋的臉頰。

星期六，我去看蘇菲跑步。她還是跑第二名，但她是光著腳跑的。她見到我，點了個頭，什麼都沒說，因為當時她正在賽跑。我站在沿著直線跑道圍欄的後方，在她經過的瞬間，我們認出彼此，這樣就夠了。

「艾德，我想念你。」我聽見那天下午她在公園所說的話。即使是今天，當她跑過，我也從她臉上看出她正在說：很高興你來了。

我也很高興，然而比賽一結束，我便隨即離開。

那天晚上開車時，事情發生了。

我找到故鄉之石了。

還是該坦白說。

它找到了我。

在城裡開車時，我留意尋找愛麗絲的身影，尤其是在靠近大碼頭旅館或十字旅社的時候。然而，到處都不見她的蹤影，我有點失望。我載到的乘客，都是自以為知道哪條路比較近的老男人，不然便是一面看錶、一面講電話的雅痞商務人士。

時間已晚。凌晨四點左右，我在回程路上載了一個年輕男子。他招手叫車的時候，我在車上先評估他。他看來站得滿穩的，不太像是會吐的人。我最討厭的就是快要交班時，有人吐在車上，讓人憾恨的幾秒鐘時間便可讓我一晚上的努力都泡湯。

我靠邊停下，他上了車。

「到哪？」我問。

「往前開就好，」他一開口就充滿威脅。「載我回家。」

我緊張不已，卻還是問了。「家在哪裡？」

他瞪著我，一副凶神惡煞的模樣。「你住的地方。」他眼睛黃得好詭異，好像貓眼。他有一頭黑短髮，一身黑衣服。他又說了五個字：「往前開，艾德。」

我當然照著他的話做。

他知道我的名字，我知道他要帶我到梅花A要我去的地方。

我們坐在車裡沒講話，看著車窗外的光線往後斜退。他就坐在前座，每次我打算偷看他都沒成功。我察覺到他的目光似乎準備好了要逮住我。

我想挑起話題。

「喲。」我說。很遜，我知道。

「喲什麼喲？」

我孤注一擲，換另一個角度切入。「你認識戴瑞跟契斯嗎？」

「誰？」

他的嘲弄讓我心生恐懼，但是我還是接著說：「你知道的啊，戴瑞跟——」

「聽好，老兄，你講第一次我就聽見了。」他的語氣更加嚴峻。「我跟你保證，再提起那兩個名字，你連家都回不了。」

聽到這句話，我自問：怎麼所有來找我的人，不是有暴力傾向就是愛吵架？彷彿不論我怎麼努力，最後總是在我的破屋子或車上遇到這種人。

我們快抵達小鎮時，我便閉上嘴。我只管開車，偶爾想偷偷摸摸多看他幾眼，卻是白費心機。

我們開到商店街，他吩咐我：「開到底。」

「靠河邊那裡？」

「別自以為聰明，只管開車就好。」

車子經過了我家。

又經過奧黛麗的家。

往河邊開下去。

「這裡。」

我靠邊停。

「好，謝謝。」

「總共是二十七塊半。」

「什麼？」

我得鼓起勇氣才開得了口，這個傢伙看起來想宰了我。「我說：總共是二十七塊半。」

「我才不付。」

我相信他。

我相信他的話，因為他就這麼坐在位子上，任由眼珠子在那黃顏色中變得又圓又黑。這個男的不付錢，沒有商量的餘地，沒有討價還價的空間。不過我總得試看看。

「為什麼不付？」我問。

「我沒錢。」

「那我要拿走你的夾克。」

他慢慢逼近我，首次展露可說是友善的態度。「他們說得沒錯啊，你是個固執的狗崽子。」

「誰跟你說的？」

不過，我沒有得到答案。

他的眼神狂野起來，他打開車門，跳出車外。

凝滯。

當下我覺得中了圈套，接著跳出車外，跟著他往河邊跑。

潮溼的草地，軟弱的言語。

「回來！」

奇怪的想法。

我想著：艾德，你剛是說回來？「回來」這句話耳熟能詳，是每個計程車司機遇到這種情況會大喊的話。你得想句新臺詞出來啊。剛才沒有在最後加上「窩囊廢」這幾個字，還真是奇蹟……

我的雙腿緊繃。

空氣吹拂我的嘴，我卻好像無法呼吸。

我跑步。

跑著跑著，我想起以前曾有同樣感受——肚子裡的恐懼感。

那時我還小，追在我弟弟湯米後面，就是那個住在城裡、前景比我光明、挑選矮桌的品味比我高尚的弟弟。不用說，他當時跑得就比我快，比我優秀，使我好尷尬。有個跑步比較快、身體比較強壯、腦筋比較聰明、表現比較傑出，樣樣事都比你優秀的弟弟，我覺得是可恥的。結果湯米就是這樣，事情就是這樣。

我們以前常去河上游一帶釣魚，比賽看誰能先跑到，我從沒贏過。我跟自己說過，要是我全力以赴，我會贏得了他。

因此就只有那麼一次。

我全力以赴。

可是輸了。

湯米那天不曉得學會了什麼技巧，少說贏了我四到五公尺。

當時我十一歲。

他十歲。

將近十年之後，我又舊地重返，依然追趕著一個比我快、比我壯、比我厲害的人。

跑了將近一公里之後，我喘不過氣來。

他回頭一看。

我的雙腳撐不住了。

我停下來。

結束了。

他從嘴裡迸出一聲笑，大概在我前方二十公尺吧。

「艾德，你運氣不好。」他又轉身，然後走了。

我站在原地，往記憶攀爬，看著他的兩條腿消失在黑暗中。

一陣陰沉的風穿過樹林間。

藍黑色的天空飄忽不定。

我的心臟在耳朵裡鼓掌，起先如一群鼓譟的群眾，接著頻率減慢，降低到像一個孤獨的人在拍手，毫不保留他的挖苦之意。

拍手。拍手。

拍手。

幹得好啊，艾德。

放棄了，可真是帥啊。

我站在草上，聽到河流的聲響，像是喝水的聲音。當我往河那邊看過去，望見河面上的星斗，彷彿是畫在水面上似的。

我想到車子，門是開著的。鑰匙還在裡面，這是計程車司機在追逐落跑乘客不該犯下的頭號過失，其實是最根本的過失。大家都會拿起鑰匙，都會鎖門。只有我例外。

我腦海裡出現車子的畫面。

停在路上。

兩邊的門都開著。

「我得回去。」我喃喃說，卻沒有移動。

我待著原處，直到第一道光芒出現，我看到我與弟弟在賽跑。

我，輸了。

在想像中，我又看見我們一塊在河岸邊釣魚，接著又往上游處走去，直到附近都沒有房屋的地方，到了得用爬才上得去的上游處。我們站在岩石上釣魚。

岩石。

平滑的岩石。

更像是——

我一開始慢慢走過去，接著腳步變得激動走來。我奮力往上游處走。

我隨著弟弟與自己往上爬。

我手腳並用，推著身體前進，往下流動的河水碎成片片水花。天地逐漸亮起，輪廓出現，色彩展露，好像有人為我周遭的世界上了色。

我的腳好癢。

從冰冷變得溫暖。

我見到它了。

見到我們。

在那裡，我用手指著，岩石在那裡，巨大的岩石。老天，我看見我們站在那裡把釣魚線往下拋，又蹦又跳，偶而還哈哈大笑。我們立下誓言，不能跟任何人說我們來這裡。
我快要到了。
遠處，計程車的門還敞開著。
太陽升起來了，如紙板般的天空中，一個裁剪後所遺留的橘色窟窿。
我跪下來。
我的雙手碰到冰涼的石頭。
我吐出一口氣。
好開心。
我聽見河流聲，往上一看，這才發現自己正跪倒在故鄉之石的中間。

那塊大石頭上刻了三個名字。
我再度仰頭望了半晌，然後朝著它們走過去。
是這幾個名字：

湯瑪斯．歐瑞利
安姬．卡魯索
蓋文．羅斯

河水奔騰聲穿過我的耳，汗水在我的胳膊底下，沿著左身淌下，流過我的胸腔，到了褲頭。

明知身上沒帶紙筆，我卻還是找了找。就像是你提供了他人錯誤的答案，雖說不太可能成真，卻希望有什麼奇蹟發生，答案突然變成對的。

事實證明，我什麼都沒帶。所以我先用鉛筆把名字寫到我腦袋中，接著用墨汁再描繪一次，然後將字刻出來。

湯瑪斯・歐瑞利

安姬・卡魯索

蓋文・羅斯

三個名字都沒聽過。好極了。要是我認識要找的人，困難度會增加。

看了最後一眼之後，我離開岩石，一面反覆背誦名字，以免忘記。

我花了近四十五分鐘時間才返回車上。

回到車子旁，車門關著卻沒上鎖，鑰匙也沒插在引擎開關上。我坐到駕駛座上，拉下遮陽板，鑰匙掉到我的膝蓋上。

♣7 神父

「歐瑞利，歐瑞利……」

我正在翻閱本區的電話簿，時值正午時分，我已經睡了一覺。

姓歐瑞利且第一個字母為T的有兩位，一位住在高級區，一位住在貧民窟。

我暗想：一定是這個，住貧民窟的。

我有把握。

為了確認，我先跑去位於高級住宅區的那個地址。那是一棟水泥豪宅，附有一條寬敞的私人車道。我敲敲前門。

「誰啊？」

一位彪形大漢開門，透過紗門盯著我瞧。他穿著短褲、襯衫與拖鞋。

「不好意思打擾你，」我說，「不過——」

「你要推銷什麼？」

「不是。」

「你是耶和華見證人會的？」

「不是。」

他嚇了一跳，馬上換了種語氣：「噢，那樣的話，你可以進來。」他眼睛開始露出友善的眼光。我考慮要不要接受他的邀請，結果是決定不要。

我們各自站在紗門內外，我在考慮該怎麼做才好，後來決定直截了當。「先生，請問你是湯瑪斯·歐瑞利嗎？」

他向我靠過來，猶疑了半天才回答。「不是，老弟，我叫做湯尼。湯瑪斯是我哥哥，他住在下面一條叫亨利街的爛房子裡。」

「好的，不好意思耽誤你的時間。」我準備要離開。「謝謝你。」

「嘿。」他打開紗門，跟著我後頭走過來。「你要找的人是我哥哥嗎？」

我停下腳步。「我還不清楚。」

「假使你去了那裡，」他說，「見到他的時候，可不可以幫我一個忙？」

我不置可否，「沒問題啊。」

「可不可以告訴他，我這人還沒有被貪婪淹沒。」這句話如同癟氣的球落在我們之間。

「當然，沒問題。」

我快要走出柵門外時，湯尼·歐瑞利又喊了一聲。我轉過身看著他。

「我覺得應該警告你一下，」他走近我，「我哥哥是神父。」

我們兩人僵了幾秒鐘不動，我思量這句話的含意。「謝謝。」說完，我離開車道。

我一面走遠一面思考：就算是這樣，也比打老婆的強暴犯好吧。

「你要我跟你說幾次？」

「你確定嗎？」

「不是我，艾德。是我的話，我就跟你說了。」

我正在電話上跟我弟弟湯米進行這段對話。自從被神祕客引到河邊的故鄉之石以後，我一直想起他。就我所知，湯米是除我之外，唯一有可能知道我們去過那裡的人，因為我們從沒告訴過別人。我們一直認為獨自走到那麼上游、那麼遠的地方，被爸媽知道的話一定會遭到一頓痛打。話說回來，也許有人知情，卻沒理會這件事情。我們兩人可能都眼花沒看見。

之前，我跟他說了撲克牌的事情，他的反應是：「這種怪事怎麼會一直在你身上發生啊，艾德？有什麼稀奇古怪東西飄來飄去的話，怎樣也老是會落在你身上？你就像是吸引狗屁倒灶事情的磁鐵。」

我們哈哈大笑。

我想了一下。

計程車司機、本地游手好閒的傢伙、平庸之輩、性愛侏儒、無聊的撲克牌玩家。現在還加上吸引狗屁倒灶事情的磁鐵。

說真的。

我慢慢累積的頭銜還不賴。

「好啦，那你最近還好嗎，湯米？」

「還可以，你哩？」

「不錯。」

對話結束。

這不像湯米。

我們好久沒玩牌了，所以小馬安排大家晚上好好玩一場，地點選在瑞奇家，他老爸老媽剛好出門度假。

去瑞奇家之前，我先去了亨利街一趟，前去親眼目睹湯瑪斯．歐瑞利的模樣。當我往他家走去的時候，心裡很不安，手在口袋裡摸來摸去。這條街讓人毛骨悚然，這也是它赫赫有名的原因。這裡只有碎屋瓦、破窗戶、心灰意懶的人，就連神父家看了都讓人難過，我遠遠就感覺到了。

紅色的屋頂褪了色。

白色的水泥牆壁髒兮兮。

油漆起了像是膿包的氣泡。

損壞的柵欄拼著老命撐著不要垮下來。

還有在垂死掙扎的柵門。

我覺得自己無法靠近那棟房子的時候，人已經差不多走到那裡了。

三個大塊頭從巷子裡站出來，開口跟我討東西。他們一句恐嚇也沒有，但是光是出現在我眼前，就使我覺得非常尷尬、非常孤單。

「嘿，老兄，有沒有四毛錢？」其中一個問道。

「還是香菸？」下一個說。

「你真的需要那件夾克嗎？」

「別這樣嘛，老兄，一根香菸而已啊。我知道你有抽菸啦。就借我一根，不會讓你少一塊肉……」

我愣了一下子，接著轉身走開。

媽的，走得飛快。

在瑞奇家，其他人發牌閒聊，我不斷想起那段過程。

「瑞奇，你老爸老媽去哪？」奧黛麗問。

他這問題想了好久。「我不知耶。」

「你開玩笑吧？」

「他們跟我說過，不過我一定忘了。」

奧黛麗搖搖頭，小馬對著雪茄煙霧笑。

我想著亨利街。

今晚跟平常不同，我贏了。

有幾局我贏不了，不過總結來看，我還是四個人裡面最大的贏家。

小馬依然心滿意足談論即將到來的雪橇盃球賽。「你聽見沒？」他朝著瑞奇跟我吐煙圈。「獵鷹隊今年找了來個新人，大家說他好像有一百五十。」

瑞奇道：「一百五十什麼？公斤？」

瑞奇和我們一樣，過去幾年都有參賽，打的是邊鋒，但是他對這個球賽的興致比我還低落。讓我替你建立一點概念：球賽打到無聊的時候，他會跑去跟觀眾分享一、兩罐啤酒。

「沒錯，瑞奇。」小馬證實他的猜測，這不是鬧著玩的事情。「一百五十公斤的大個兒。」

「你會參加嗎，艾德？」

是奧黛麗問的問題，她明知我有參加，提這個問題的用意，只不過是要讓她自己在我面前感到自在一點。自從那次「只是艾德而已」事件之後，她還不是很清楚要怎麼面對我。我的視線從桌面移到她臉上，對她淺淺一笑，她知道這表示我們之間沒事了。

「有啊。」我跟她說。「我會參加。」

她對我露出一個「很好」的微笑。很好，我們之間沒事，就這樣。奧黛麗一點也不在乎年度雪橇盃球賽，她討厭橄欖球。

打完牌之後，她回到我家。我們在廚房裡喝酒。

「跟新男朋友交往還順利嗎？」我一面問，一面把土司碎屑倒進水槽裡。我轉身想聽她的答案時，注意到地上還有些乾掉的血漬：我腦袋瓜子上流出的血，還在那堆狗毛之中。到處都有線索提醒我發生過的事。

「不錯啊。」她回答。

我想跟她說抱歉，那天早上那樣讓彼此難堪，不過我選擇不提。我們現在沒事了，再提這些我無法改變的事情，也於事無補。我好幾次差點脫口而出，卻還是算了。那樣比較好。

我把烤麵包機放回原位，在上面看到自己倒映的影像——儘管畫面有些微的骯髒。我的眼睛閃爍不定，彷彿受了傷。就在那一瞬間，我領悟到我人生的悽涼本質：我無法擁有這個女孩，我覺得無法成功傳達這些信息……然而，接著我看見這對目光變得堅決，我見到未來的我再次走上亨利街，勇敢會見湯瑪斯·歐瑞利神父。我穿著又髒又舊的夾克，沒錢，沒香菸，就跟上次一樣。只是下一次，我要走到他家前門。

我內心暗想：我一定要去，並且對奧黛麗開口說：「我知道我該去的地方了。」

她喝著我請的葡萄柚口味氣泡酒，問：「噢，哪裡？」

「還有三個人。」

那三個刻在大岩石上的名字出現在我心底，但是我不想跟她提。我已經說過了，跟她說是沒用的。

她很想問是哪幾個名字。我看得出來。

不過，她隻字未提。我必須為奧黛麗說句話，她從不為難他人。她也知道若是她逼得太緊，我什麼都不會說的。

我只跟她說了一件事情，就是我在哪裡找到名字的。

「我碰上一個沒給錢就跑掉的乘客，就是在他跑去的地方……」

奧黛麗只能搖頭。「不管是誰，一定會遇上許多麻煩。」

「他們似乎對我非常瞭解，簡直就像是我對自己的認識。」

「是噢。不過，」奧黛麗說，「有誰真的非常瞭解你呢，艾德？」

沒錯。

「沒人。」我說。

看門狗走進來問：連我都不瞭解嗎？

我往後張望，回答牠問題。

聽好，兄弟——幾杯咖啡不表示你瞭解我。

有時我甚至認為我不瞭解自己。

我的眼睛又遇上了我的影像。

它說：可是你知道該做什麼。

我同意它的話。

第二天晚上開完車之後，我前往亨利街。走到了前門，歐瑞利神父的房子果然為「毛骨悚然」四個字增添新的意涵。

我自我介紹一番，沒多說什麼，神父便請我入內。

在走廊上，我脫口而出一句話。

「媽呀，偶爾打掃一下環境，不會要了你的命吧？」

我剛講了這種話？

但是我無需擔憂，因為神父隨即回應。

「嗯，那你又如何？你身上那件夾克，什麼時候洗過啊？」

「說得好。」我說，感激他迅速回嘴。

神父的頭髮稀疏，年約四十五，不像他弟弟那麼高大，一對玻璃瓶般的綠眼睛，龐大的耳朵。他穿著袍子，我懷疑他為什麼住在這裡，而不住教堂。我一直以為神父是住在教堂裡的，如此一來，有人需要救助或建言，便可以上那兒去。

他帶我走進廚房，我們在餐桌前坐下。

「喝茶？喝咖啡？」他的語調好像我非喝不可，只是看喝哪一種。

「咖啡。」我答道。

「加牛奶？加糖？」

「都加，麻煩你。」

「幾顆糖？」

我有點不好意思，「四顆。」

「四——顆——糖！你是誰啊，大衛．赫夫考①嗎？」

「媽的，那是誰？」

「你知道的啊，鋼琴家，是個瘋子。」他很訝異我不認識這人：「他習慣一天喝十幾杯咖啡，每杯加十湯匙的糖。」

「他厲害嗎？」

「噢，厲害呢。」他把水壺放到爐上煮。「個性瘋狂，但是很行。」他玻璃般的眼睛變得友善起來，非常友善。「你是不是也是個性瘋狂，但是很行，艾德．甘酒迪？」

「我不知道。」我說。於是神父笑了，是不想讓人看見的竊笑。

咖啡煮好，神父拿過來，跟我一塊坐著。他喝下第一口之前，問：「外頭有人纏著你要香菸、要錢嗎？」他的頭朝著後面的馬路一動。

「有哇，有個傢伙一直跟我要夾克。」

「真的？」他搖搖頭。「沒道理，我猜想他眼光很差。」他繼續喝咖啡。

我低頭看著兩隻手臂。「真的有那麼破爛嗎？」

「沒啦。」他的口氣認真起來。「我只是跟你亂開玩笑，小子。」

我又檢查衣袖與拉鍊旁的布料，黑色的仿麂皮差不多已經磨破了。

我們陷入一陣不安的沉默，該切入正題了。我想神父也感覺到了，他一臉好奇，卻耐心等候。

我正要開口，隔壁的房子裡爆發一陣爭吵。

一個盤子摔得稀巴爛。

尖叫聲躍過圍欄。

爭執越演越烈，雙方放聲痛罵，門砰一聲關上。

神父注意到我的擔憂，說：「等我一下就好，艾德。」他走到窗前，把窗子打開一點。他大吼：「你們兩個能不能幫個忙，安靜！」他又說：「嘿，克蘭！」

一陣咕噥緩緩靠近窗戶，有個聲音傳進來。「我在這裡，神父。」

「今天又是在幹麼？」

那聲音回答：「她又惹毛我了，神父！」

「嗯，不用說也知道的，克蘭，但是要不要——」

另一個聲音——一個女的——傳來。「神父，他又在酒吧混到很晚。喝酒、賭博，沒完沒了。」

神父換了種令人尊敬的嗓音——正直且堅定。「這是真的嗎，克蘭？」

「唔，是啦，可是——」

「沒有可是，克蘭。今天晚上留在家裡，好嗎？手牽手，看電視。」

第一個聲音：「好，神父。」

第二個聲音：「謝謝，神父。」

---

① David Helfgott（一九四七—），澳洲出身鋼琴家，一九九五年電影《鋼琴師》（Shine）即是根據他的人生故事編寫。

歐瑞斯神父接著搖搖頭，回到我身旁，說：「這兩位是帕金森夫妻，他們這些該死、沒有用的傢伙。」他的用語嚇壞我了，我從沒聽過神父這樣說話的。我其實從沒跟任何神父說過話，但是我打包票，並不是每個神父都這樣講話的。

「那種事情常發生嗎？」我問。

「一個星期至少幾次。」

「你怎麼能容忍那種事情？」

他只是攤開手，打手勢指著他的袍子。「那就是我在這裡的理由。」

神父和我聊了一會兒。

我告訴他開計程車的事。

他跟我談神職人員的工作。

他所屬的教堂是小鎮邊上的那棟老教堂，我明白他為什麼住在這裡。那間教堂太遠了，無法提供人們實質的幫助，因此，對他而言，這裡是最好的地方，到處都需要幫忙，四面八方，各個角落。神父該出現的地方是這裡，而不是在那養蚊子積灰塵的教堂。

我對他講話的方式很好奇，他跟我說明教堂狀況的時候，證實了我的感受。他坦承，若是他掌管的教堂是商店或餐廳，早就關門大吉了。

「近來生意難賺啊？」我問。

「要聽實話？」他眼裡的玻璃碎裂，刺穿了我。「生意爛到爆。」

在那時候，我不得不問了：「你真的可以這樣講話嗎？同時還要維持類似虔誠的態度？」

「啥？因為我是神父？」他喝光杯中殘留的幾滴咖啡。「當然囉，上帝知道什麼才重要。」

他並沒有繼續說上帝認識我們每個人、每個人都是獨特的等等布道內容，讓我鬆了一口氣。他沒有說教，一句也沒提到。甚至我們沒話聊的時候，他堅定看著我說：「但是，今天不要侷限宗教話題，艾德，來聊點其他的事情。」他變得有點拘謹。「來，告訴我，你為什麼來這裡？」

我們凝望著餐桌。

只有短暫片刻。

看著彼此。

片刻無語，時間過得好慢。接著我才向神父坦言，我還不清楚到這裡來的原因。我沒告訴他口信這回事。我只告訴他，我在這裡有個任務，任務會主動出現。

他全神貫注傾聽，手肘放在桌上，十指交扣撐著下巴。

過了好幾分鐘，他才相信我沒有其他要說的事。於是換他開口說話了，語氣冷靜清晰。他說：「艾德，別擔心。你一定會知道在這裡該做什麼事。我有種感覺，以前你也是這樣的。」

「是的。」我同意。

他說：「幫我個忙就好，記住一件事情——」我可以看得出，他盡量不要表現出神父的虔誠口氣。

「艾德，要保持你的信心，好嗎？」

我低頭看馬克杯，裡面的咖啡已經一滴不剩。

他陪我走出他家，順著街走。一路上，我們遇到了討香菸、討錢、討夾克的無賴，神父把他們全都集合起來，一起說服他們。

他說：「喂，聽好，各位。我希望你們認識艾德。艾德，這是喬、葛瑞米、裘夏。」我和他們握手。

「夥伴，這是艾德．甘迺迪。」

「你好，艾德。」

「嗨，艾德。」

「你好嗎，艾德？」

「聽著，你們幾個，」神父嚴厲地說：「艾德是我的朋友，你們別跟他討香菸或錢，尤其別跟他要夾克。」他很快對我咧嘴一笑。「我是說啊，你想想看，喬，這種行為會冒犯人家，是不是？媽的，這樣很差勁。」

喬活力十足地回答：「當然是，神父。」

「很好。那麼我們都明白彼此的想法了？」

他們全都懂了。

「很好。」神父跟我繼續走向街角。

我們握手道別。這時我想起神父弟弟交代過的事，我一轉身，他已經快要走出我的視線外了。我一面跑回去一面大喊：「嘿，神父！」

他聽見我，轉過來。

「差點忘了。」我停下來，站在他前面約十五公尺的地方。「你弟弟。」神父的雙眼略微瞇起來。「他交代我告訴你，他還沒有被貪婪淹沒。」

神父的眼睛亮了起來，眼底出現一絲絲的遺憾。「我弟弟湯尼……」他的語氣溫和，結結巴巴地說：

「我很久沒見到他了，他好嗎？」

「不錯。」我以莫名的信心說。直覺告訴我，這才是正確的答案。我們站在原地，處於尷尬與垃圾之中。

「你沒事吧，神父？」我問。

「我沒事，艾德。」歐瑞利神父回答。「謝謝你的關心。」

他轉身走開。在我眼裡，他第一次看起來不像個神父。

我甚至不認為他是個男人。

在那一刻，他只是沿著亨利街走路回家的人。

現在的氣氛與當時完全相反。

我在小馬家，把電視音量轉小，觀看電視影集《海灘遊俠》。我們不關心劇情，不在意對話。

我們正在聽著他最喜愛的樂團，雷蒙斯樂團。

「我可以放別的音樂來聽聽嗎？」瑞奇問。

「可以啊，放普萊爾的片子來聽。」小馬說。最近我們叫吉米・漢醉克思為瑞奇・普萊爾。〈紫色迷霧〉一曲響起，他問：「奧黛麗去哪了？」

「我在這裡。」她走進來。

「那是什麼味道？」瑞奇問，他往後退縮，「聞起來很熟悉。」

毫無疑問，小馬知道答案。他的手指指著我，指責我說：「你把看門狗帶來了，對不對？」

「我沒辦法啊。我要出門的時候，牠看起來好寂寞呢。」

「你也知道，這裡不歡迎牠來。」
看門狗在敞開的後門外，探頭往裡看。
牠對著小馬汪汪叫。
牠唯一會吼的人，就是小馬。
「牠不喜歡我。」小馬指出重點。
又是汪汪一聲。
「因為你一直給牠擺臉色，吐槽牠，你要知道，牠懂得的。」
我們又爭論了一會兒，奧黛麗發牌打斷我們。
「男士們？」她清清嗓音。
我們坐下，我開始撿牌。
玩到第三盤，我撿到梅花A。
我心想：歐瑞利神父。
「小馬，這個星期天你要幹麼？」
「這個星期天你要幹麼？你是什麼意思？」
「你認為我是什麼意思？」
瑞奇說：「小馬，你真是個呆頭鵝，我相信艾德只是問你這個星期天忙不忙而已。」
小馬現在把目標換成瑞奇。因為我今天把看門狗也帶過來了，所以他整個人很不客氣。「你別惹我，普萊爾。」接著他看著奧黛麗，「妳也可以嘴巴閉緊點。」
奧黛麗嚇了一跳，「我又怎麼了？」

我插嘴，「不是只有你，小馬。你們三個全部。」我把牌蓋在桌上。「我需要幫忙。」

「什麼忙？」小馬說。

他們三個都在聽。

等我回答。

「唔，我在想啊，我們可不可以全都——」我趕緊把話說出，「——一起上教堂。」

「啥？」

「那有什麼不對？」我爭辯。

小馬努力要從驚嚇中復原。「你要我們去教堂做什麼？」

「是這樣的啦，有一個神父還有——」

「他該不是騙人的吧？」

「不，他不是。」

「為什麼說是騙人？」瑞奇問，卻沒人答。反正他不會真的在意，而且還會忘了這個問題。

下一個開口的是奧黛麗，在這一片反應中，她終於提出一些理智看法。她說：「這樣啊，為什麼，艾德？」我想她已經盤算出來，上教堂的這個要求，跟梅花A有很大關係。

「神父是好人，所以去教堂可能也不錯啊，就算去當作消遣也好。」

「那牠去嗎？」

小馬用手比比看門狗。

「當然不會去。」

接著，瑞奇成了我的救星。他遊手好閒，甘願領救濟金不工作，愛賭博，手臂上有全世界最俗豔的刺青；可是，他幾乎什麼事情都同意。他以一貫的親切口吻說：「幹麼不去，艾德。我跟你上教堂。」接著點點頭，「當作消遣，對吧？」

「當然。」我說。

接著，奧黛麗說：「沒問題，艾德。」

換到小馬，他知道自己進退維谷。他不想去，但若拒絕了，他也知道自己會成為名符其實的混蛋。他終於把肺裡的空氣吐出來，說道：「天啊，我不敢相信。我會去的，艾德。」他露出笑容，不開心的笑容。「星期天上教堂。」他搖搖頭。「我的老天啊。」

我拿起我的撲克牌，「星期天，正是要去教堂見見老天。」

那天稍晚，電話又響起，我沒有被它嚇到。

「喂？」

「嗨，艾德。」

是老媽。我鬆了一口氣，做好接受連珠砲怒罵的準備。我好久沒聽到她的消息了，所以她一定準備了兩個星期到一個月份的濫罵要對付我。

「妳好嗎，媽？」

「你打電話給凱薩琳了嗎？今天是她生日。」

凱薩琳是我姊。

「噢，糟糕。」

「艾德，沒錯，你真糟糕。現在你給我打電話給她。」

「好，我會——」

電話掛了。

沒有人可以像我媽這樣謀殺一通電話。

我唯一犯的錯誤是：腦筋動得不夠快，沒問一下凱薩琳的電話號碼，免得我找不到。我有種不祥的預感，我會找不到號碼。我搜遍每個抽屜、廚房的每條裂縫之後，證實我的預感是真的。到處都沒有，電話簿裡頭也沒有登錄她的名字。

噢，不要。

你已經猜到了。

心驚膽跳打回去給老媽。

我撥了號碼。

「喂？」

「媽，是我。」

「艾德，你要幹麼？」她的嘆氣告訴我，她有多麼受不了我。

「她號碼幾號？」

你料想得到我的下場。

星期天到了，來得比我想像的快。

我們坐在靠教堂後面的位置。

瑞奇滿心歡喜；奧黛麗很滿足；小馬在宿醉，又是喝了他父親的啤酒；我則是在緊張，為什麼緊張也不知道。

除了我們以外，教堂裡差不多只有十來個人，空蕩蕩的使人有點沮喪。地毯蛀蝕出一個一個洞，靠背長椅看起來很孤僻。只有窗戶既嚇人又神聖。其他都是駝著背坐著的老人家，彷如殉道的聖者。

歐瑞利神父走上臺說：「謝謝大家今天來到這裡。」他看起來精疲力盡。接著，他留意到後頭有四個人，「特別歡迎我們這個世界的計程車司機。」

他光禿的頭皮在窗戶射入的一線閃光下閃爍。

他抬起眼睛跟我打招呼。

我呵呵笑，唯一笑起來的人。

瑞奇、小馬、奧黛麗全轉頭瞪我，小馬充血的眼睛好嚇人。

「昨晚玩得很兇喔？」我問他。

「說了你會嚇死。」

神父整理好思緒，眼光掃視聽眾。我發覺他正在鼓起力氣，要以活力說出真心話。歐瑞利神父發自內心深處，開始他的布道。

後來，我們一票人全坐在外頭。禮拜結束了。

「那一整段講到牧羊人的廢話，重點是什麼啊？」小馬問。他躺到草地上，連聲音聽來都像宿醉。

我們坐在大柳樹下，垂柳落在我們四周。剛剛還在教堂裡面，就在我們要離開之前，他們傳一個盤子出來，要大家放錢進去奉獻。我放了五塊進去，瑞奇沒錢，奧黛麗交出了幾塊錢，小馬翻遍了口袋，然後放了一個二十分的銅板，還有一個筆蓋。

我看著他。

「幹麼？」

「沒事，小馬。」

「最好是。」

我們坐在樹下時，奧黛麗自顧自唱歌，瑞奇往後斜躺在臺階上。小馬睡著了，而我在等人。

不久，一個身影從我後方出現。歐瑞利神父開口都還沒開口，我就知道是他，這就是這個男人給人的印象：安靜，令人發噱，做事實際。

他在我身後說：「艾德，謝謝你來參加。」他接著看小馬一眼。「那小夥子看來狀況比你還慘。」他臉上閃過一抹惡作劇的神情。「我的老天啊。」我們全都笑了，除了小馬外。小馬醒來。

「噢！」他抓抓手臂。「嗨，神父，布道說得不錯噢。」

「謝謝。」他又看看我們。「謝謝你們都來了，下星期再見囉？」

「可能吧。」我說。小馬決定替自己回答。

「門都沒有。」他說。

神父很有風度地接受這句話。

我不太確定神父需要什麼，但是我知道要執行的計畫。回家後，我跟看門狗坐在一塊，不時看幾頁書，瞧瞧電視上的相框。我打定了主意。

我要把他的教堂裝滿人。

問題是要怎麼做。

♣8 幼稚

幾天過去了，我反覆思索如何讓人上教堂。我想請奧黛麗、小馬與瑞奇帶家人與朋友前去；然而，第一，他們這幾個人都不可靠，第二，光想到要把他們再次弄到那裡，我就夠頭大了。

這星期的前幾天，我一面開車，還在左思右想這件事情。

等到我載了個男子前往機場，才想出了點子。

快到目的地的時候，他說：「嘿，老弟，我其實預留了一點時間。你可以在過去一點的那間酒吧我放下來嗎？」

我看看照後鏡，明白他的意思。

「好！」我告訴他。

「只要在真正的酒吧裡喝一杯啤酒就行了，」他說：「我受不了機場裡的酒吧。」

我靠邊停，讓他下車。

「你想不想來一杯？」他問：「我買單。」

「不了。」我說。「我還得去接人。不過要是你願意，我可以跟你進去，聊個半小時。」

「好好好。」他非常開心。

說實話，我也好開心，因為我要告訴你一件事：在澳洲，只有一樣東西可以吸引一大票人馬出現。毫無疑問。答案是？

啤酒。

免費啤酒。

我去找神父，差點沒從他的前門撞進去，告訴他說，這個星期日我們來舉辦盛大的活動。我把點子全跟他講了。「免費啤酒、給小孩的禮物、食物。我剛有說到免費啤酒嗎？」

「你提過了，艾德。我相信你提到了。」

「你覺得如何？」

他冷靜地坐著思考這個點子。「聽起來很棒，艾德，但是你忘了一件事情。」

今天沒有事情能讓我掃興的。「什麼事？」

「我們要錢才能辦活動。」

「我以為天主教會的口袋滿滿的，那些大教堂裡面那些金啊銀啊……」

他哼哼笑了兩聲，「你在我的教堂裡有看見任何黃金嗎，艾德華？」

艾德華？

我這輩子，只會讓神父一個人喊我這個名字。連我的出生證明上，都是簡簡單單叫做艾德。

我繼續說：「你確定沒有把錢埋在附近嗎？」

「不是真的沒有錢啦，艾德。我把錢全都給了未成年單親媽媽基金會，還有酗酒的、無家可歸的、嗑藥的等等，另外，我投資了不少給斐濟度假村。」

我猜想斐濟假期是開玩笑的。

「那麼沒關係啦。」我說。「我自己籌錢，我存了一些，我提供五百。」

「五百？這是筆大數目耶，艾德。你看起來不像是有錢人。」

我快步從他的前門倒退出去。「不用擔心，神父。」我甚至笑了起來：「保持一點信心。」

嘿，說真的。

碰上這種情況，有個行為幼稚的朋友果然派得上用場。要讓想做的事情一傳十、十傳百，有好幾個方法可以用。不必費心弄海報，不用花錢在報紙上刊廣告。你知道只有一個實際的答案，可以讓這個消息烙印在鎮上每個人的心頭……

噴漆。

小馬轉眼之間對星期天上教堂有了興趣。我跟他解釋完計畫，就確定我可以信賴他。這是小馬既拿手又有興趣的項目之一，未成年的幼稚舉動是他的專長。

我們偷了我媽跟瑞奇家的烤肉架，打電話租了一組充氣彈跳城堡，向小馬在酒吧工作的朋友借一臺卡拉ＯＫ。我們還弄了幾桶啤酒，從肉販那裡用划算的價格買了香腸。一切準備就緒。

噴漆時間到了。

星期四下午，我們從附近五金行買了油漆，當天半夜三點襲擊小鎮。小馬的車一搖一晃停到我的住處，我們從那裡走到鎮中心。在商店街馬路前後兩端，我們用斗大的字寫了同樣的話：

聖麥克教堂
本周日上午十點
來認識本堂神父喔

吃吃喝喝、唱歌跳舞
還有
免費啤酒
一定要來，不然就錯過精采的聚會噢

我不知道小馬心裡怎麼想，但是我們跪著噴漆時，我感受到男性之間的情誼。寫著這幾句話時，我們好像充滿了青春朝氣。漆到一半，我轉過去看我的朋友——愛爭辯的小馬，小氣鬼的小馬，女朋友消失無蹤的小馬。

噴完漆之後，他拍拍我的肩頭，我們像是身手俐落的小偷，迅速開溜。我們兩個邊笑邊跑，那一刻的氣氛包圍著我，我想就這樣讓它帶著我走。

我喜愛今夜的笑聲。

我們奔啊跑啊，我希望我們的腳步別停。我想要這樣跑啊、笑啊，想要這個感受持續到永遠。我不想面對現實，人生的現實會把我們牢牢困住，因此我只想留在此時此刻，待在這一瞬間，不去其他的地方，因為在其他的地方，我們不知道要做什麼、說什麼。

現在，就讓我們飛奔吧。

我們一路奔跑，穿越今夜的笑聲。

隔天，大街小巷都在談論這件事。絕對是人人都在談。

警察去拜訪神父詢問他是否知情。他承認知道當天的活動，但對於下面幾位教徒的宣傳手段一無所知。

星期五下午，在他家裡，他把警察來訪的情形全都說給我聽。

「你想也知道，」他告訴警員：「我服務的會眾裡，有些人的手段不太正當，哪個窮人的教堂沒有這種人呢？」

想當然爾，他們信了他的話。誰會不相信這個人呢？「好吧，神父，要是你得知任何消息，通知我們，好嗎？」

「一定，一定。」連警察已經移步要離去，神父還補充最後一個問題：「星期天我會見到你們幾個小夥子嗎？」

警察顯然也不過是凡人。

「免費啤酒啊？」他們回應：「沒辦法拒絕的。」

讚！

一切準備就緒，人人都會出席：家人，酒鬼，混蛋中的混蛋，不相信上帝的，信奉撒旦的，附近沒教養的。每一個人。免費啤酒能吸引所有人，你可以信靠它，它穩當得不得了。

星期五晚上我依然開車，但星期六休假。

那天，發生了兩件事情。

第一，神父到我家，我給他碗湯當午餐。喝到一半，他停下來，他臉上漸漸露出某種情緒。他扔下湯匙，說：「艾德，有件事我得問問你。」

我也停止喝湯。「什麼事，神父？」

「你知道的，大家都說，有許許多多的聖人不想與教會扯上關係，對神幾乎一無所知。但是大家也明白，儘管這些人自己不知情，神卻與他們同行。」他的目光看入我的心坎，接著說：「艾德，你是這種人，認識你是我的榮幸。」

我震驚不已。

我聽過許多不同形容我的說法，但是從沒人對我說，認識我是種榮幸。

我忽然想起蘇菲問我是不是天使，我回答說我不過是另一個愚蠢的凡人。

這次，我讓自己同意這句話。

「不客氣。」

第二件事情是，我到鎮上探訪幾個人。首先，我去見了蘇菲，問她星期天能否前往。她回答：「當然可以，艾德。」

「帶妳家人來。」我建議她。

「我會的。」

接著我去米菈家，問她願不願意讓我星期天護送她上教堂。

「吉米，我會開心得不得了。」簡而言之，她興奮萬分。

接著。

最後一處探訪。

我不知不覺站到湯尼．歐瑞利門前敲門，我並不太樂觀。

「噢！」他說：「是你啊。」他顯然非常開心見到我。「你有把我的口訊帶給我哥哥嗎？」

「有。」我說。「對了，我叫艾德。」

我有點難為情，我不喜歡吩咐他人，連要求別人也不樂意。儘管如此，我看著湯尼．歐瑞利說：「我有點……」後面的句子突然中斷。

「什麼？」

我撿回剛才的句子保留不說，反而換了一句話講。

「湯尼，你知道我要說什麼。」

「我是知道，」他同意，「我看到噴漆了。」

我先是低著頭，接著又抬起眼。「所以呢？要不要來？」

他打開紗門，我擔心他會出來痛罵我一頓，結果他卻邀請我進屋。我們坐在他的客廳，他穿著與上次類似的短褲、背心、涼鞋。他看起來並非惡棍，但是我對那種打扮的人有深信不疑的看法——最厲害的罪犯全都穿著短不隆咚的褲子、背心、夾腳拖鞋。

沒先問我，他便拿出一罐冰涼的飲料。「橘子甜酒，可以嗎？」

「當然。」裡面甚至還有碎冰，他肯定有臺什麼東西都可以處理的豪華冰箱。

我聽見後院有小孩跑來跑去的聲音，不久，便見到他們的臉偶爾冒出來，他們在蹦蹦跳。

「小混蛋。」湯尼竊笑說，他的幽默感跟他哥哥相同。

我們看了幾分鐘的《體育世界》節目，是一段關於拔河的精采特別報導。不過，當廣告出現在大螢幕的電視上時，湯尼把注意力轉回到我身上。

「告訴我吧，艾德。我猜你在納悶我哥跟我之間為什麼有嫌隙。」

我不能隱瞞，「唔，是啊。」

「你想知道發生了什麼事情嗎？」

我看著他。

我很誠實。

我搖頭，「不想，不關我的事。」

湯尼重重吐了一口氣，喝了一小口酒。我聽見他在嚼碎嘴裡一大堆冰塊。我不明白他的反應，不過我已經給他適切的回覆。

有個小孩哭著來到客廳。

「爸爸，雷恩他一直——」

「噢，少給我哭哭啼啼，滾開！」湯尼大吼。

這孩子本打算哭得更淒慘點，卻幾乎馬上挺直身體，恢復情緒。「爸爸，那是甜酒嗎？」

「是。」

我本來還以為這個孩子在詢問他爸爸能不能對他好點，能不能別擺出這種難以親近的模樣。接著，我想起了那杯酒。

「我能不能喝幾口嗎？」

「通關密語是什麼？」

「請？」

「沒錯，放到句子裡。」

「能不能請你讓我喝幾口甜酒？」

「對，好多了，喬治。給我滾到廚房，自己倒好嗎？」

小孩露出微笑，「謝謝，爸爸！」

「死孩子，」湯尼笑笑說：「都是沒大沒小的……」

「我明白。」我說，我們哈哈大笑。

我們一面笑著，湯尼一面說：「聽好，艾德，要是你明天仔細點找找看，大概有可能見到我。」

我內心狂喜，但沒有顯露。

很好。

「謝謝，湯尼。」

「噢，爸爸！」喬治從廚房大喊，「我打翻了啦！」

「我他媽的，早就料到了。」

湯尼起身搖頭。「我去處理處理，你能自己出去嗎？」

「沒問題。」我離開了大螢幕電視、大房子，鬆了一口氣。結果令人愉快。

我睡得很沉，而且早早醒來。昨天晚上我讀著一本優美卻古怪的書，書名叫做《萬物之桌》①。我伸手找書，才發現它卡在床與牆壁中間。我想起就是今天——認識神父的日子。於是放棄找書的任務，起床。

奧黛麗、小馬、瑞奇八點抵達我這兒，接著我們往教堂出發。神父已經到了，神經兮兮地走來走去，複誦他的布道講詞。

其他人也來了：小馬的同事帶著酒桶與卡拉ＯＫ。充氣彈跳城堡出租公司。我們弄好烤肉架，另外安排了瑞奇跟他幾個朋友在布道進行時看守著啤酒。

九點五十，開始有人興高采烈出現，我想到得去接米菈了。

「嘿，小馬……」我不敢相信我說得出口：「借用你的車十分鐘，可以嗎？」

「啥？」我看得出來他打算好好利用這次機會。「你，想借我的那輛破銅爛鐵？」

我沒時間跟他扯。「對，小馬。我對那輛車的每一句評語，現在都收回。」

「還有呢？」

還有？

我懂了，「我絕對不會再說它的壞話。」

勝利的他皮笑肉不笑，把鑰匙拋給我，「要照顧它噢，艾德。」

我沒有想到他會這麼說，小馬知道我得克制自己不接腔，他居然還等著看好戲，這臭小子，但是我一

---

① Table of Everything。作者為Trudy White，與本書作者同為澳洲當代作家。本書作者另一部作品《偷書賊》當中的插畫，即出自Trudy White之手。

聲不吭。

「乖孩子。」他說完，我便走了。

米菈正焦慮地等著我，我還沒踩上前廊臺階，她已經打開門了。

「哈囉，吉米。」她說。

「嗨，米菈。」

我為她開車門，接著開車返回教堂。一陣舒服的微風從破窗吹拂進來。

我們在九點五十五分抵達，我又驚又喜。教堂裡人擠人，我甚至看見老媽穿著綠色洋裝在裡面走動。

我認為她並不是想喝啤酒，只是不願錯過好戲。

空位子沒剩幾個，我找到一個，請米菈坐下。

「那你呢，吉米？」她緊張地問。「你要坐在哪裡？」

「不用擔心。」我告訴她。「我會找到位置的。」不過我沒坐下，我加入了教堂後面那群站立的人，等候歐瑞利神父出場。

十點一到，教堂的鐘聲吸引了大家的注意力。每一個人——小孩，手拿提包、臉擦香粉的婦女，醉漢，青少年，以及每週固定來的那幫人——全都安靜下來。

神父。

走出來。

他走出來，每個人都等候他開口。

他先朝群眾看過來，然後臉上露出踏實的笑容，他說：「大家好。」所有人的情緒一陣狂躁，又是拍掌，又是歡呼。神父比以往更生氣勃勃；而且，我還不知道，原來他自己也準備了幾招把戲。到目前為止，除了「大家好」之外，他都沒說話。沒有禱告。

等到會眾安靜下來之後，他從袍子裡掏出一把口琴，吹起一段靈魂樂風的曲調。吹到一半，三個穿著西裝的流浪漢也出現了。一個敲打垃圾桶蓋，一個拉提琴，第三個也吹奏口琴——好大的一把口琴。他們演奏著樂器，音樂聲傳遍了整間教堂，一種我以往從未感受過的氣氛在全體群眾之間蔓延。

演奏停止後，群眾又是一陣喧鬧。神父等候著。

最後，他說：「那首曲子是獻給上帝的，祂創造音樂，這首曲子獻給祂。阿門。」

「阿門。」群眾重複。

接著神父說了一段話，我喜歡話的內容與他說話的方式。他的布道不像在「烈火與硫磺②」教堂裡那種傳教者，那裡簡直就像是在放狗屁。神父以令人著迷的真誠布道，談的不是上帝，而是鼓舞大家要常常聚集在一起，一起活動，彼此扶助，光是在一起就好。他邀請大家每個星期天前來教堂聚會。

他讓喬、葛瑞米、裘夏那幾個傢伙朗讀幾段經文。他們讀得真糟，又拖拖拉拉，但是朗讀完畢後卻得到了如英雄般的掌聲。他們臉上浮現驕傲的神情，跟要錢、討菸、索取夾克的模樣有天壤之別。

我納悶了好一會兒湯尼在哪裡。我環視人群裡面，注意到蘇菲，我們雙雙舉起手打招呼，然後她繼續專心聽講。我沒找到湯尼。

---

②「烈火與硫磺」一語出自於《啓示錄》（The Revelation），為不信奉上帝所受之嚴懲。

快結束時，神父領軍表演守舊派的最愛——唯一眾人皆知的福音詩歌〈世界在祂手中〉，會眾都跟著哼唱鼓掌。曲子快唱完，我終於找到了湯尼。

他擠過人群，站到我身旁。

「嗨，艾德。」他跟我打招呼，兩手各牽著一個孩子。

「有沒有甜酒？」他問，「讓小孩喝。」

「甭擔心。」

大概五分鐘後，神父看見我跟湯尼站在後頭。

他正在為布道做結論，到目前為止，我們還沒禱告。湯瑪斯．歐瑞利終於有空說禱文了。他說：「各位，我要帶大家做禱告了。大聲禱告完了之後，我就會閉上嘴。接著，你們不要拘束，你們每個人說出自己的祈禱。」他低頭說：「主啊，我感謝祢。我感謝祢賜給我們這麼榮耀的時刻，感謝這些了不起的會眾。我感謝祢賜給我們免費的啤酒——」（會眾都笑了）「我感謝祢今天賜與我們音樂與聖經的經文。不過，最重要的，主啊，我要因為我的弟弟今天在這裡感謝祢，我也要因為世上有人挑選夾克的品味很差勁而感謝祢……阿門。」

「阿門。」群眾跟著覆誦一次。

「阿門。」我說，晚了他人一步。接著，跟這裡許多人一樣，我開始這幾年來頭一次的禱告。

我禱告上帝說：主啊，讓奥黛麗平安，還有小馬、老媽、瑞奇與所有家人平安。將我爸帶入祢的懷抱中，並且請求祢，求祢協助我完成必須傳達的口信。協助我做得對……

約一分鐘之後，神父說了最後幾句話。

「各位，謝謝你。聚餐開始！」

群眾一片吵雜。

瑞奇與小馬負責烤肉，奧黛麗和我負責啤酒，歐瑞利神父掌管小孩子的食物跟飲料，並且確認大家各獲所需。

食物飲料分光之後，我們搬出卡拉OK。好多人上臺唱歌，各種歌曲都有。我陪著米菈好久，她在會場遇見幾位女士，據她的說法，都是她的同學。她們全坐在一條長凳上，其中一個腿短到連地面都踩不著。米菈的兩隻腳踝勾著，一前一後晃盪著，這是當天我見到的最美麗畫面。

我甚至請奧黛麗跟我一起唱披頭四的〈一週八日〉。瑞奇跟小馬在表演邦喬飛的〈你壞了愛情的名聲〉時，當然是引起了哄堂大笑。老實說，這地方的人還真是趕不上流行呢。

我跳了舞。

我跟奧黛麗、米菈、蘇菲跳舞，最喜愛的是把她們一圈圈旋轉，聽到她們聲音裡的笑意。

結束之後，我帶米菈回家，然後又返回教堂。大夥一起打掃善後。

那天我最後看見的畫面是，湯瑪斯．歐瑞利與湯尼．歐瑞利坐在教堂的臺階上一起抽菸。他們接下來幾年很有可能又不會碰面了，但是這個畫面已經讓我心滿意足。

我不知道神父會抽菸。

♣9 警察找上門

當晚，我家來了幾組客人。首先是歐瑞利神父，後來是警察。

神父敲了我的門，站在外頭，不發一言。

「什麼事？」我問他。

神父沒說話，光是站著看我，在我身上搜尋答案，想知道今天發生了什麼事。最後，我猜想他放棄了語言的表達，他前往一步，把手搭在我的肩膀上，熱切凝望我的眼。我從他臉上看出他內心情緒的轉變，他安祥又虔敬的面容有點扭曲著。

我猜想，長久以來，這是神父首度有機會向人道謝。平時，是別人在感激他。我想，這就是為何他的表情這麼不自然的原因了。他想讚許我，卻表達不出來。

「沒事的。」我說。無言的喜悅在我們之間延展，當下我們都感覺到滿足。

他轉身離去時，我望著他順著馬路往上走，直到消失為止。

差不多在十點半，警察出現了。他們手上拿著硬毛刷以及液態溶劑一類的東西。

「洗馬路上那些油漆用的。」他們說。

「太感謝了。」我回答。

「我們最多能幫這麼多囉。」

凌晨三點，我又站在商店街上，這回，我在洗刷路上的油漆。

「為什麼是我？」我問上帝。

上帝不語。

我莞爾一笑，星星看到了。

活著真好。

♣ 10 簡單的差事與冰淇淋

接下來幾天，我的胳臂與肩膀酸痛不已，我依舊感到值得。

這段期間內，我開始尋找安姬・卡魯索的下落。電話簿裡，姓卡魯索的只有幾個人，我一個名字一個名字排除可能性，最後終於找到她。

她生了三個孩子，兩男一女，看來與我們這裡常見的未成年媽媽境遇類似。她在藥局打工，留著一頭深褐色短髮，穿上工作袍時很像一回事。她的工作袍是臨床工作所穿的及膝白袍，藥劑師的助理似乎都穿這種。我喜歡這種服裝。

每天早上，她打點小孩出門上學，送他們走路到學校。她一個星期工作三天；其他兩天，她送完小孩後又從學校走路回家。

我遠遠觀察她，發現星期四是她的領薪日。那天下午，她接孩子放學之後，便帶他們到公園去玩，就是我曾經跟看門狗坐著、蘇菲跑來找我說話的那個公園。

她給每個孩子各買一支冰淇淋，他們吃的速度之快，真讓我不敢相信。吃完一支，馬上再討一支。

「不行，你知道規定。」安姬告訴孩子。「下個星期才能吃。」

「拜託？」

「行行好嘛。」

有個孩子鬧起脾氣來，我本來想，這次的任務是不是要我出手教訓這孩子。幸好，這孩子想要的只是等下能去玩溜滑梯，所以很快就不再鬧脾氣了。

安姬端詳他們一陣子，覺得百般無聊之後，拖著他們離開。

我知道了。

我已經知道了。

我暗忖：*這件差事很容易。*

跟吃冰淇淋一樣容易。

我望著她走遠。看著她的雙腿，我心裡湧起一股哀傷。我猜想是因為那雙腿移動得比較緩慢。她深愛這幾個孩子，他們卻拖累了她的步履。為了握住女兒的手，她略微歪著身體走路。

「媽咪，晚餐吃什麼？」一個男孩問。

「我現在還在想。」

她輕輕把眉毛上一綹深色的頭髮揮開，繼續往前走，一面傾聽女兒講話。她正在告訴安姬說有個男同學一直捉弄她。

至於我，我繼續望著安姬漫無目標的小碎步。

它們依然使我覺得很悲傷。

那次之後，我有好幾次剛好輪到白天班，利用晚上的時間到處巡視。我第一站到艾德格街，燈是亮著的，見到母女兩人在裡面用餐。我忽然想到，家裡沒有了那男人，她們或許沒有足夠的收入支付帳單。但是，在另一方面，說不定他喝酒花掉的錢更多。況且我深信，她寧願窮一點，也不願他在家。

我還走去米菈家附近。之後，我去探望歐瑞利神父，他還在為了那天「結識神父日」的大聚會而興奮不已。雖然隔周參加禮拜的人數明顯減少，不過教堂裡依然比以往增加了許多人。

最後，我去查訪姓羅斯的住處。大概有八戶人家都姓這個姓氏，走到第五個地址時，我就找到我要的人了。

蓋文．羅斯。

他年約十四歲，穿著舊衣服，露出一成不變的冷笑。他的頭髮長歸長，還算過得去，整件絨布襯衫像破布似的披在身上。

他有去學校。

他還沒成年，會抽菸，耍流氓。

他的眼睛是藍色的，與加了藍藍香的馬桶水相同顏色，臉上胡亂長了十來處的雀斑。

噢，還有一件事情——

他是個超級大混蛋。

舉個例子，他常走進街角那幾家商店，對著移民過來、英文不流利的老闆做出無禮的舉動，偷店裡的東西。只要是能藏在他胳膊下或是褲子裡的物品，一律都偷。一逮到機會，便欺負比他瘦弱的小孩，朝他們吐口水。

學校上課前，我在觀察他，並且小心翼翼不讓蘇菲看到我。先前的恐懼又浮現了。一想到她如果發現我、誤以為我喜歡在學校操場晃蕩，我就感到畏懼。不管了，繼續觀察。

大部分的時間裡，我觀察蓋文．羅斯在家的活動。

他跟他媽媽及哥哥住在一起。

他媽是個老菸槍，穿的鞋子醜死了，喜歡喝酒。他哥哥呢，就跟蓋文一樣惡劣，事實上，要說這兩兄弟誰比較惡劣，還真讓我左右為難呢。

他們住在小鎮最裡面那一帶，在一條又髒又冒泡的臭河溝附近。到那裡我只見到一個鄉土特色：羅斯兩兄弟唯一會做的事情就是打架。假使我是在上午前往，他們兩個一定在拌嘴；倘若我晚上到達，他們一定正在拳打腳踢。無論何時，他們總是脣槍舌彈，惡言相向。

做媽的管不了他們。

她用喝酒解決他們的問題。

電視螢幕正在播出最晚一檔的連續劇，她視若無睹——她睡著了。

整個星期裡，我目睹了這兩兄弟至少幹了十來次架。有天晚上——星期二晚上——他們打得比往常更激烈，從前門打出來，一路K到房子的旁邊。哥哥丹尼爾把蓋文打得慘不忍睹，蓋文弓著身軀，丹尼爾抓著衣領拎起他。

他邊罵弟弟，邊前後搖晃他的頭。

「我告訴過你，不要碰我的東西，聽懂沒！」

碰一聲，他把蓋文扔到地上，大步走回屋子裡。

蓋文留在原地，幾分鐘之後爬起來，雙手與膝蓋撐著地，而我人在對街觀察他。

他摸摸臉上的血跡之後，終於開口大罵髒話，順著街道半走半跑。一路上，他嘴裡嘮叨念著恨啦，要殺他哥哥啦等等。最後他停下來，坐在斜坡最底的排水溝旁。矮樹叢在那一帶的路旁四處雜亂生長。

我的機會到了。

我走過去要站到他前面。真的，緊張情緒偷偷摸摸挨近我身旁，那孩子可是個流氓，不會白白讓我得到什麼好處的。

上方有盞街燈望著我們。

一陣微風冷卻了我臉上的汗。慢慢地，我看到自己的影子一步步接近蓋文·羅斯。

他抬起眼睛一看。

「你，究竟想幹麼？」

熱淚在他臉上翻滾，他的目光會咬人。

我搖搖頭，「沒幹麼啊。」

「好，那離我遠點，你這個沒人比得上的王八蛋。要不然，我會把你打得半條命沒了。」

我心想：他十四歲，記不記得艾德格街？這太容易了。

我跟他說：「這樣啊，那你動手吧，因為我是不會走開的。」我的身影覆蓋他的全身，他沒有動靜。就像我料想的，他只有那張嘴厲害而已。他從地上抓起一把草，往馬路上扔去，他那一雙手的動作狂野，拔草像扯頭髮似的。

過了一會兒，我在不遠處的排水溝上坐下，開口打破沉默。

「你到底怎麼了？」我問，眼睛卻沒瞧他。我不看他，他才會理我。

他的回答簡潔。

他說：「我哥哥是大混帳，我想殺死他。」

「噢，這個想法很棒。」

他勃然大怒，「你是在諷刺我嗎？」

我搖搖頭，還是沒看他。「沒有，我沒有。」我心裡暗罵：你這個小混球。

他重複起那句話：「我想殺死他，我想殺死他，我想——殺——死——他。」頭髮憤怒地覆蓋他的臉龐，雀斑在街燈照射下發亮。

我望著這個男孩，思索該做的工作。

我不知道羅斯兩兄弟究竟是否曾嘗過人情的冷暖。

但是，機會到了，他們即將有機會體會人情世故了。

♣J　她的唇色

星期四下午看來很順利。

安姬．卡魯索完成平日固定的工作後，從學校接了孩子，陪他們走到公園。他們討論著要買哪一種口味的冰淇淋。有個孩子做了一個狡猾的決定，想挑個便宜的口味以便能買兩球。他告訴安姬這個想法，她回答說他還是只能吃一球。因此他又換回貴的口味。

他們走進店裡，我則在公園等候。我坐在遠處的長椅子上等著他們出來。他們一出來，我自己走進店裡，想找出安姬．卡魯索會喜歡哪種冰淇淋口味。

我心裡嘀咕：趕快呀，不然你回到外面，他們都走了。最後，我選了兩種口味：薄荷巧克力碎片與百香果，放在脆皮甜筒上。

我走到店外，小孩還在大口大口吃著自己的冰淇淋。所有人都坐在長椅上。

我走過去。

我張嘴發問，同時驚訝於自己的語氣竟然這麼彬彬有禮。

「不好意思打擾，我——」安姬跟孩子都轉頭看我。近距離一看，安姬．卡魯索面容姣好，表情尷尬。「我在這裡見過你幾回，注意到妳自己從沒有買冰淇淋吃。」她看我的樣子好像我瘋了。「我覺得妳應當也吃一支才是啊。」

我笨手笨腳把冰淇淋拿給她，甜筒外側已經留下一道綠、一道黃的融化冰淇淋了。

她慢慢伸出手，小心翼翼接過冰淇淋，表情既驚訝又有幾許落寞。她看了好幾秒鐘後，舌頭才拯救了甜筒側面一道道淌下的冰淇淋。

舔乾淨側面之後，她臉上出現了好想吃冰淇淋，又好有罪惡感的表情。我該不該吃呢？把牙齒往薄荷巧克力咬下去之前，她再次擔憂地望著我。此時兩個兒子已經跑去玩溜滑梯了，她的脣染也已經成了淺綠色。只有小女孩停下來說：「媽咪，看來妳今天也有冰淇淋耶。」

安姬輕輕把女兒眼前的瀏海撥開。「對啊，凱西，看來我也有冰淇淋耶，去——」她吩咐女兒，「跟妳哥哥玩去。」

凱西走了，只剩下我跟她在長椅上。

天氣溫暖又潮溼。

安姬．卡魯索吃著冰淇淋，而我兩隻手不知道該擺哪裡好。她的嘴在薄荷巧克力上左右移動，接著換吃百香果口味，動作非常緩慢。她用舌頭把冰淇淋壓進甜筒裡，甜筒看來滿滿的，看來她無法忍受甜筒出現空隙。

她邊吃邊留意孩子。小孩幾乎沒住意到我的存在，一心一意對他們的母親大喊，吵著誰在鞦韆上盪得比較高。

「他們好可愛，」安姬對著甜筒說：「大多數的時候很可愛。」她搖搖頭，接著下去：「我年輕的時候，愛跟誰交往就跟誰交往。現在我有三個孩子，卻孤單單一個人。」她望著鞦韆，我看得出來，她正在想像若沒有孩子，那會是怎樣一幅畫面。這個念頭讓她內心暫時出現了內疚。她好像常有那種想法，儘管她深愛孩子，卻無法不這麼想。

我領悟一件事情：什麼事情都不再屬於她了，她卻屬於一切。

她看著孩子，流下幾滴淚水，好歹她讓自己偷偷掉個淚。她臉上有淚滴，脣上有冰淇淋。味道跟往常吃起來不一樣。

儘管如此，安姬．卡魯索起身向我致謝。她問了我的名字，我告訴她名字不重要。

「不。」她說：「很重要。」

我心一軟，「艾德。」

「謝謝，艾德。」她說。「謝謝你。」

她又說了謝謝。我本來以為今天的故事就這樣結束了，卻聽見這一整天以來最動聽的一句話，它出自小女孩凱西的嘴。她扭著身體靠到安姬身邊說：「媽咪，下個禮拜我給妳吃一口我的冰淇淋。」

我覺得有點兒難過又空虛，也覺得自己做了件該做的事情。就這麼一次，買冰淇淋給安姬．卡魯索。

我永遠不會忘記冰淇淋在她脣上的顏色。

♣Q 羅斯與血

接著，我得處理羅斯兩兄弟。我說過了，我認為他們沒嘗過世間的人情冷暖，從來沒想過外人的陌生拳頭，會插手干預他們的打架。

我有地址。

我有電話號碼，我準備好了。

接下來那個星期我排了日班，晚上有空就過去那裡。這幾天他們只有吵架，沒有真正打起來，因此我敗興而歸。回程途中，我尋找離他們家最近的電話亭，找到了，在幾條街之外。

接下來的兩個晚上我得開車，我覺得也好。他們不久前才激烈地幹過一架，或許需要幾天時間來醞釀另一場，我只要蓋文再次離開房子就好。我討厭我的任務。

星期天晚上，打架了。

我等了快兩個小時，房子左搖右擺，蓋文又像一陣旋風衝出。

他回到老位置，再度坐在排水溝旁。

而我再度走過去。

我的影子才貼近他，他便說：「又是你。」卻連瞄我一眼都懶。

我手往下伸，從領子處一把抓住他。

我覺得自己脫離了軀體。

我看見自己把蓋文．羅斯拖進矮樹叢裡揍他，他跌到草地上，落到泥土裡，摔進地上的枯樹枝之間。

我的拳頭如雨般打在他臉上，還朝他肚子扁了一拳。

他哭著求饒，聲音抽咽。

「不要殺我，不要殺我……」

留心他的眼睛，特意不直視他的目光，而且往他鼻子揮一拳，讓他可能看得見的視力都消失。他受傷了，我繼續毆打。我的目標是在我打完之後，這個人必須動彈不得。

光用聞的，就知道他有多害怕。

那股恐懼的味道從他身體瀰漫出來。

往上飄移，鑽進我的鼻子。

我也明白，我這樣做可能引起可怕的反效果，但我別無選擇。

我該解釋解釋了。在我迫不得以出面處理艾德格街事件之前，我從來沒有這樣海扁過人。這種感覺很難受，特別是當你面對的是一個沒有機會還手的年輕小孩子。然而，我不能讓我的情緒受到干擾，我鎮定地繼續朝著蓋文．羅斯的身體與臉蛋揮拳。天黑了，風越來越強，朝著草叢吹襲而來。

沒有人幫得了他。

除了我以外。

結果我是怎麼幫他的？我最後踢了他一下，確定他至少五或十分鐘之內動彈不得。

我氣喘吁吁地收了手。

蓋文．羅斯哪裡都去不了。

我雙手沾了血，快步從矮樹叢爬上街，匆忙走過羅斯家，我聽到電視聲響。我拐了個彎，看見電話亭，發現問題大了——裡面有人。

「我不在乎她怎麼說——」一名體格壯碩、帶著肚臍環的少女在亭子裡大聲說話。「我跟這件事情毫無瓜葛……」

我束手無策。

我心裡罵：妳這個愚蠢的賤女人，給我滾出來。

她卻越講越起勁。

我決定了。一分鐘，再給她一分鐘時間，然後我要進去。

她見到我，顯然壓根不在意，轉過身去繼續講電話。

好，我要進去了。我敲敲玻璃。

她聽了，轉過頭問：「幹麼？」語氣像是在開槍。

我先試試看「禮貌」這東西管不管用。「不好意思打擾妳，可是我有通緊急電話，一定要打。」

「滾開，老兄！」不用多說，她心情不佳。

「妳聽我說——」我把手舉高，讓她看看手掌上的血。「我有個朋友剛出了意外，我必須打電話叫救護車來——」

她又對話筒說話：「凱爾啊？喂，剛沒有在聽。聽好，我一分鐘後再打給你。」她說這句話的時候，肆無忌憚瞪了我一眼。「行嗎？」

掛上電話後，她從容不迫走出來。到了亭子裡，我聞到一股汗水與體香劑雜混的味道，不怎麼好聞，不過也不像看門狗那麼臭。

我關起門撥電話。

電話響了三聲，丹尼爾．羅斯接起來。

「喂，喂。」

我壓低音量，厲聲說：「喂，聽好。往下走到你家街底的矮樹叢，你弟弟被人打得頭破血流。我強烈建議你去那裡一趟。」

「你是誰？」

我掛上電話。

「謝謝妳。」出來時，我跟那個女孩說。

「電話上最好別沾上血。」

真是個好女孩。

我返回羅斯家那條街，剛好趕上這一幕。

丹尼爾．羅斯扶著弟弟走路回家。我離得很遠，卻看得見做哥哥的扶著弟弟，手臂搭在他的肩膀上。

這是頭一回這兩人看起來像是兄弟。

我居然還幫他們編了幾句對白。

「加油，小蓋，你行的。我會帶你回家，讓你好起來。」

我手中有血，街上有血。我期盼他們兩個都明白自己在做什麼，在證明什麼。

我想提醒他們，但是也明白自己要做的只是傳個信息給這兩兄弟而已。我不為他們解釋這個信息的意義，或者弄清其中的道理。他們需要靠自己來明白。

我走回家，找自來水與看門狗，心裡希望著他們能夠明白這件事的意義。

♣K 梅花撲克牌的臉

我實在太滿意自己的表現了。有三個名字刻在故鄉之石上面，而我確信已經完成了該做的工作。

我帶著看門狗往下走到河邊，朝著上游前進，前往寫著名字的石頭那裡。上坡路段對看門狗來講稍微吃力，我失望地看著牠：「你自己要來的，是不是？我跟你說過，這段路對你很難，我說的話，你有聽進去嗎？」

牠回我：我在這等就好。

牠趴下來，我拍拍牠，繼續順著流水往上爬。

我一面爬著大石頭，一面覺得滿心驕傲。上次來這裡的感覺是很不確定的，現在以勝利的姿態重返，這樣真好。

快到黃昏時刻，氣溫不高，所以我看見那幾個名字的時候，身上幾乎沒有在流汗。

我立刻注意到有點不同了。名字還是一模一樣，但是旁邊另外刻上了一個勾，顯然是確認我完成了每個任務。

見到第一個名字，我非常開心。

湯瑪斯．歐瑞利。大勾。

然後安姬．卡魯索。又是大勾一個。

接著……

什麼？

我看著岩石，不敢相信自己的眼睛，蓋文．羅斯這個名字還是原本的樣子，打勾的位置是空著的。

我站著不動，一隻手繞到身體後面抓背。

「我還有什麼該做的？」我問。「蓋文．羅斯的信息已經完全傳達了啊。」

答案應該很快就會出現。

幾天過去了，十一月底也到了，年度雪橇盃球賽即將到來。小馬一直打電話給我，我顯然興趣缺缺，使得他焦慮不已。

十二月到了，距離比賽還有兩天，我還在緊張蓋文．羅斯以及岩石上看不見的大勾。我又去了一趟，上面仍舊空著。不管誰在負責打勾，我希望他只是遲到了，但是，不可能過了三、四天還沒辦好，不管是誰在管理這工作，絕不可能讓這種事情發生。

我這幾天有點失眠。

容易對看門狗發脾氣。

星期四過後，我又睡不著，我走到商店街口那家二十四小時營業的藥局，想買個什麼幫助我入睡。我當初處理掉艾德格街那男人時，應該留幾顆安眠藥的。

我走出藥局，注意到一群男孩在馬路對面遊蕩。

快走到家時，我發現他們顯然是在跟蹤我。當我們一票人站在十字路口等著交通號誌變成綠燈，我聽到丹尼爾．羅斯的聲音。

「小蓋，是他？」

我想把他們打跑，不過他們人太多了，少說有六個人。他們把我拖進巷子裡，用類似我照顧蓋文的方式對付我，空手揍我，把我壓在地上，人人輪番上陣。我感覺鮮血蜿蜒流過臉龐，肋骨上上下下、大腿、肚子都出現了瘀傷。

而他們打得可開心的呢。

「你對我弟弟亂來的教訓。」這句話是丹尼爾．羅斯說的，他重重踢我的肋骨。兄弟情誼也是會傷害他人的。「來，小蓋，最後一個讓你來。」

小蓋照著吩咐辦。

他的腳往我的肚子一踹，拳頭朝我臉上一揮。

他們跑開，消失在夜色裡。

而我，想站卻站不起來。

我拖著腳步走回家，覺得自己首次完成了方塊A的差使之後，又繞了一圈回到原點。

我跌跌撞撞走進前門，看門狗露出震驚的表情，簡直像是在替我擔憂。我只能搖搖頭，露出微微的苦笑向牠保證我沒事。我猜想，這一切發生的同時，一個大勾正刻進蓋文．羅斯名字旁的岩石中。這件事情總算落幕了。

那天晚上，我後來盯著浴室的鏡子。

一對熊貓眼。

下巴腫起來。

一道血流到脖子上。

我看著自己，竭力要擠出一個微笑。

我跟自己說：幹得好啊，艾德。最後，我又盯著自己那張受傷淌血的臉。

不可思議地，我看見梅花撲克牌的臉。

艾德・甘迺迪的受難記

格雷安・葛林
莫里斯・韋斯特
希薇亞・普拉絲

♠A 球賽

一隻蚊子在我耳邊唱歌，我有點感激牠的作陪，甚至很想跟著一塊哼起來。天色昏黑，我臉上有血，這隻蚊子不用叮咬，便能輕輕鬆鬆坐下來飲血，牠可以跪下來，啜飲我右臉頰與嘴脣流下來的血。

我下床站起來，地板冰冰涼涼的，雙腳一陣舒爽。床單摸起來好像是混合著汗水織成的。我靠在走道的牆上，幾滴汗水流至腳踝，滾啊滾，滾到腳底。

我不覺得自己悽慘。

我看了時間，到浴室洗個冷水澡，憋不住笑了出來。冰涼涼的水刺激了傷口與淤青，但是我感覺萬事美好。將近凌晨四點，我不再提心吊膽，穿上一條破牛仔褲，走回床邊尋找那兩張A。我打開抽屜，拿起撲克牌。房裡的昏黃光線照著我，我低頭看著這兩張撲克牌，回想經歷過的故事。想起米菈與艾德格街的故事時，我情緒激動；我寄望蘇菲的人生會過得精采；想到歐瑞利神父、亨利街、結識神父日，我笑呵呵。接著回想起安姬·卡魯索，我希望能為她做的不只那些。還有，羅斯那兩個混帳兄弟。

我好想知道下一張牌會是什麼花色？

我預料會是紅心。

我等著。等著天光出現，等著下一張A。

這一回我希望它快點出現。

我現在就想拿到撲克牌，不要含糊不清，不要玩猜謎遊戲，直接給我地址，給我名字，派我過去。我希望是這樣。

我唯一的擔憂是，在過去的經驗中，每次我希望事情如何如何，結果卻是反其道而行，出現一大堆預料之外的事物考驗我的能力。我希望契斯跟戴瑞再度走進門來，我希望他們送來下一張牌，順便批評看門狗的氣味與身上的跳蚤。我甚至沒鎖門，好讓他們能用念過書的人的方式走進屋子。

不過，我知道他們是不會來的。

我找到了書，往客廳走去，兩張A也帶過去，閱讀的時候拿在手中。

我醒來時，人躺在地板上，兩張牌在我左手邊。已經差不多早上十點了，我覺得好熱，而且有人砰砰砰在敲我的門。

我心想：是他們。

「契斯？」我跪起來大喊。「戴瑞？是你嗎？」

「究竟誰是契斯啊？」

我抬起頭一看，是小馬站在我旁邊。我揉揉眼睛。

「你在這裡幹麼？」我問他。

「這是對朋友說話的態度嗎？」他這下看清了我的臉，還有肋骨上面一條青一條黃的瘀傷。我看得出他心裡在喊：天哪。不過他沒說出口，他用另一個問題的答案來回答我的問題，小馬就是這樣讓人掃興。

他沒跟我說他到這裡想幹麼，卻告訴我他是怎麼進來的。「門沒鎖，而且看門狗一改往常態度，居然讓我經過。」

「就跟你說過牠是很乖的。」

我走進廚房，小馬跟在我後面，詢問我的狀況。

「你怎麼會搞到這種地步啊，艾德？」

我把水壺放到爐子上。「咖啡？」

我要，麻煩你了。

不消說，看門狗剛走進來。

「我要，謝謝。」小馬回答。

我邊喝咖啡，邊告訴小馬發生的事情。「就是幾個年輕的小夥子，他們盯上我，從背後襲擊我。」

「你自己有沒有揍他們幾下？」

「沒有。」

「幹麼不？」

「他們有六個人耶，小馬。」

他搖頭。「天哪，這世界瘋了。」他決定要切回神智正常的話題：「你覺得你今天下午可以上陣嗎？」

對了。

雪橇盃球賽。今天是比賽的日子。

「可以。」我清楚地回答。「我會上場。」忽然之間，我渴望參加球賽，儘管我的情況慘不忍睹，我從沒感到如此強壯過，而且想到傷勢可能會加重，我居然好開心。別問我原因，我自己也不明白。

「走。」小馬站起來要去開門。「我請你吃早餐。」

「真的？」這根本不像是小馬會說的話。

出門時，我要他招來。

「要是我退出比賽，你會請我嗎？」

小馬打開車門坐進去，「想得美。」

好歹他講話很誠實。

車子發不動。

「一句話也沒先警告。」他看我。

我感覺這會是美好的一天。

我們走到商店街尾的一家蹩腳咖啡館，裡面有賣炒蛋、蒜味香腸、還有扁麵餅。服務生是個壯碩的女人，好寬的一張嘴，手裡還捏條手帕。我莫名地認為她叫做瑪格麗特。

「你們兩個爛人要什麼？」

我們嚇到了。

「爛人？」小馬問。

她對我們露出「沒空跟你們來這套」的無聊表情。「沒錯啊，你們兩個都是爛人，不是嗎？」這時我才明白，她想說的是「男人」。

「喂，」我喊小馬，「是男人啦。」

「什麼？」

「男——人——」

小馬仔細閱讀菜單。

瑪格麗特清清嗓音。

為了不想惹她更討厭我們，所以我就先點了。「方便的話，我要一杯香蕉奶昔。」

她皺起眉頭，「牛奶沒了。」

「牛奶沒了？開咖啡館的怎麼可以沒牛奶？」

「聽好，我牛奶沒了，要用牛奶的東西也不賣了，我只知道我們一滴牛奶也沒有。你要不要點別的東西來吃？」我感覺到這位女士熱愛她的工作。

「那有麵包嗎？」我問。

「別自以為聰明，爛人。」

我轉頭看咖啡館裡其他人在吃什麼。「我要點那邊那個人在吃的東西。」我們三個的頭全轉過去。

「你確定？」小馬警告我。「那看起來有點危險耶，艾德。」

「哎呀，至少他們有那種東西可吃，對不對？」

這下瑪格麗特當真火大了。她說：「嘿，給我聽著。」她用筆搔搔頭皮，我等著看她等下會不會用筆去掏耳朵。「要是這個地方對你們爛人來說不夠高級，你他媽的可以滾開，到別的地方吃去。」她的語氣真的很不耐煩。

「好好好。」我舉起手，想緩和緊張氣氛。「給我一份那個人在吃的，還有一根香蕉就好，行了吧？」

「這主意讚。」小馬同意。「為球賽補充鉀。」

鉀？

我覺得香蕉可能幫不了忙。

「那你呢？」瑪格麗特的注意力轉移到小馬身上。

他在椅子上挪了挪身體。「妳店裡的扁麵餅，配上這裡最上等的精選乳酪，妳看這樣行嗎？」他面對這種人，一定忍不住要露出自以為是的德性，這是他的天性。

但是，瑪格麗特可不是蓋的，她從頭到尾都有辦法處理像我們這種白痴到極點的行為。「這裡附近唯一跟乳酪一樣臭的，就是你。」她這麼回答，我們兩個人笑著獎勵她，她不想理會我們。「你們兩個爛人還要什麼？」

「就這樣了，謝謝。」

「好，一共是二十二塊半。」

「二十二塊半？」我們難掩激憤的心情。

「噢，對啊——你知道的啊，這可是間高級的餐館呢。」

「那是不用說的，服務品質一級棒啊。」

於是我們坐在咖啡館火燒似的室外座位，流著汗等吃這頓早餐。瑪格麗特好喜歡端著別人食物經過我們身旁，我們好幾次差點要問她，我們的食物究竟消失到哪裡去了，但是我們知道那樣做只會讓等待更漫長。等我們吃到早餐的時候，別人竟然都在用午餐了。此外，早餐終於端來時，瑪格麗特把東西往下一放，濺了一桌，彷彿是要餵我們吃堆肥。

「謝啦，親愛的。」小馬說。「妳今天表現得比以往還有水準耶。」

瑪格莉特鼻子擤一擤後，不屑一顧走了。

「你點的，味道怎麼樣？」小馬馬上問：「還是該這麼問：那是什麼東西？」

「雞蛋，乳酪，還有不知道是什麼的東西。」

「你想吃蛋啊？」

「不。」

「那麼你幹麼點？」

「唔，放在那個人的盤子上，看起來不像是蛋啊。」

「有理。你要來點我的嗎？」

我接受他的好意，啃了幾口扁麵餅。說真的，不難吃。我終於開口問小馬，為什麼別的日子不選，偏偏今天請我出來吃早餐。這種事情從來沒有發生過，我這輩子從沒在外面吃過早餐。除此之外，小馬其實從沒想過請我客，這根本是不可能發生的事情，在正常情況之下，他寧可死了算了。

「小馬，」我看著他說：「我們為什麼來這裡？」

他搖頭，「我——」

「你要確保我下午會出賽，是不是？你在巴結我。」

這種事情小馬無法對我說謊，他很明白。「原因差不多就是那樣啦。」

「我會去的。」我告訴他。「四點準時到。」

「太好了。」

時間悄悄流逝。謝天謝地，小馬准我在早餐後的幾個小時回家補眠休息。球賽時間接近時，我帶著看門狗走去運動公園。雖然我外表慘兮兮，牠卻看得出我最近心情很好。

我們在奧黛麗家門前停了一會兒。

沒人在家。

也許她已經去運動公園了。沒錯，她討厭橄欖球，不過每年球賽總是出席。

我們走進運動公園，時間將近三點四十五分。我想起蘇菲跟我到過這裡，在田徑區那邊。跟她一比，這場球賽似乎微不足道，也的確是微不足道。球場已經聚集了一幫人，田徑區則空曠無人，我只看見那女孩子光腳的畫面。

我觀賞她散發的魅力，直到球賽快開始了，才轉身面對現實。

我人越接近，啤酒的氣味越濃烈。氣溫大約高達三十二度。

兩隊聚集在球場的不同角落，觀眾約有一、兩百人，還在慢慢增加人數。雪橇盃球賽也算重大事件，於每年十二月的第一個星期六舉辦，我想這是第五年舉行了。而我，則是第三年參加。

我把看門狗留在樹蔭下，走向隊友，注意到我的人又多看了我一眼，看我的臉。不過，他們的好奇馬上消失，他們對瘀青跟血跡可看多了。

有人扔給我一件藍底、紅黃條紋的運動衫，背號十二號。我換下牛仔褲，穿上黑短褲，沒有短襪，沒有鞋子。這就是雪橇盃球賽的規矩，不穿鞋子，不做防護措施，只有運動衫、短褲、以及一張賤嘴。

我們的隊伍叫做公駒隊，對手是獵鷹隊，他們穿白綠相間的運動衫，同色短褲，不過沒人關心衣服。想想看，大家都是從附近的球會或偷或撿人家不要的運動衣，有得穿根本是很幸運的事情了。

參加雪橇盃球賽的有四十歲的男人、又壯又醜的消防員或煤礦工。還有幾個年紀居中的，幾個年輕的，例如小馬、瑞奇跟我。也有幾個人確實打得很好的。

瑞奇是我們這隊最後出現的。

「喲，看看是哪個稀客光臨大駕啊。」我們隊裡有個胖子說。他的同事告訴他，應當是「大駕光臨」才對。不過，講老實話吧，腦滿腸肥的胖佬是聽不懂的。那傢伙留著我們所謂的「球將墨夫鬍①」，如果不知道那是什麼鬍子，你只要想像那種又濃又密的小鬍子就會明白。最悲慘的是，他也剛好是我們的隊長。我想他的本名叫亨利・狄更生，跟大文豪查理・狄更生毫無瓜葛就是了。

瑞奇扔下他的袋子，答：「嘿，兄弟們，大家好不好啊？」他看著地上，沒人會認真回答好不好這種問題。還有五分鐘就四點了，大多數隊友正在喝啤酒，有人扔了罐給我，不過我留著待會再喝。

大夥持續往球場聚集時，我在附近逗留一下，瑞奇走過來。

他上上下下打量我一番，然後開口說。

「老天啊，艾德，你看起來好淒慘耶，全身是血，鼻青臉腫。」

「謝謝。」

他再仔細觀察，「出了什麼事情？」

「噢，沒什麼，幾個年輕小夥子玩玩罷了，沒什麼大不了。」

他拍拍我的背，下手重到讓我感覺很痛。「這樣給你一點教訓了吧，是吧？」

「什麼教訓？」

瑞奇對我眨眨眼，乾了他的啤酒。「不知道。」

---

① Merv Hughes（一九六一—）。前澳洲板球隊隊員，臉上的八字鬍為其個人外貌特徵。

瑞奇表現出這副德性，你真是不得不喜歡這個人。他不怎麼在乎事情如何發生，不然就是懶得問原因。他看得出來我不太想談這個事件，所以講了句俏皮話，然後我們就把事情拋到腦後。

瑞奇是個好兄弟。

我覺得好奇，居然連建議我去報警的人都沒有。在這裡，我們不做那種事，隨時有人遭搶、挨揍，多數情況下，你不是立刻還以顏色，不然就是逆來順受。

而我這一次呢，我會忍下去。

我無精打采做做伸展動作，順便觀察對面。對方比我們強壯，我注視著前不久小馬一直討論的那個大塊頭。他像巨人一般，而且說實話，我分不出是男是女。事實上，從遠處看過去，他像影集《寶貝一族》②裡擦藍色眼影的大嬸咪咪。

接下來。

最悲慘的是。

我看到他的背號。

十二號，跟我一樣。

「那個就是你要緊盯的人。」我的背後響起一個聲音，我知道是小馬，瑞奇也過來了。

「祝你好運啊，艾德。」他說，憋著不要露出開心的表情，害我嘴裡迸出一連串的笑聲。

「我他媽的見鬼了，他會把我壓扁的，一點也不誇張。」

「你確定那是個男的？」小馬問。

我彎下腰，翹起腳趾頭，伸展後腿的肌肉。「他壓在我身上的時候，我來問問看。」

奇怪的是，我卻不怎麼擔心。

群眾越來越不耐煩。

「好啦，上場吧。」小墨說。

沒錯，我是說小墨，不是小馬。我用球將墨夫的名字來稱呼肥仔，因為他是不是真的叫做亨利，我也不知道。不管怎樣，我覺得他的同事也因為小鬍子的緣故而喊他小墨。

隊友全緊貼站在一起，把手握住，一起上下搖晃，為比賽打氣。噁心的腋下汗水、啤酒氣味、缺牙、三天沒刮的鬍子統統聚在一起。

「好！」小墨說：「上場之後，我們要做什麼？」

沒有人回答。

「要做什麼？」

「我不知道。」終於有個人回答。

「我們要把那群蠢蛋打得落花流水！」小墨大吼，跟著出現一陣零零落落、有氣無力的應和聲，只有瑞奇沒喊，因為他正在打呵欠。有幾個也跟著吼了幾句，不過根本成不了什麼氣候。他們罵髒話啦，哼鼻子啦，什麼都聊，就是不說要把獵鷹隊殺得潰不成軍。

我心想：都是成年人了，人啊，永遠長不大。

②The Drew Carey Show。以俄亥俄州為背景的美國情境喜劇，自一九九五年播映，直至二〇〇四年畫下句點。

裁判吹了哨音，這一工作照舊由瑞基．拉．莫塔擔當。他是地方上相當受歡迎的人物，因為他嗜酒如命，擔任球賽裁判的唯一理由是——他能免費得到兩瓶我們全體合購的酒，兩隊各提供一瓶。

「上吧，來去宰了那群混球！」這是一般的共識，隊伍上場集合。

我快步走回看門狗所在的那棵樹下，牠睡著了，一個小男生正輕輕拍著牠。

「你想不想照顧我的狗？」我問。

「好啊。」他回答：「我叫傑。」

「牠叫看門狗。」我跑到球場上，加入球員的行列之中。

「喲，聽好，兄弟們——」瑞基口齒不清開始說話。比賽都還沒開始，裁判已經醉了，這實在是太好笑了。「要是發生跟去年同樣的狗屁事件，我會一走了之，你們自己來當裁判。」

「那你就拿不到你那兩瓶酒啦，瑞基。」有人說。

「聽你放屁，我會拿不到。」瑞基火氣上來了。「聽好，別亂來，聽見沒？」

大夥一一應諾。

「謝謝，瑞基。」

「是啊，瑞基。」

每個人往前移動，握握手。我跟敵隊同號碼的傢伙握手，他高高在上，我人在他的影子底下。我想得沒錯，他是個男的，沒錯，酷似《寶貝一族》裡的咪咪。

「祝你好運。」我說。

「只要給我幾分鐘時間，」咪咪以低沉的嗓音說——只要上點濃厚的眼妝就真的跟咪咪一模一樣——

「我會把你碎屍萬段。」

開始比賽吧。

獵鷹隊先發，沒多久我得到第一次持球跑打的機會。

我遭到封殺。

接著我再次抱球跑。

我又遭到封殺，而且大塊頭咪咪把我的頭壓到地面上，耳朵還接收到幾句恫嚇性的廢話。這就是雪橇盃球賽的精髓：一幫人不斷噓來哦去，又是哎的，又是喲的，髒話連連，笑聲不斷，這其中還要穿插喝啤酒、水果酒、吃餡餅、啃披薩。每年出來叫賣的都是同一個小販，他把攤子設在候補隊員坐的場外區，甚至提供汽水跟棒棒糖以滿足孩子所需。

獵鷹隊得了幾次分，轉眼間遙遙領先。

我們站在球門柱旁時，有人問：「搞什麼鬼？」是大個頭小墨。身為隊長，他認為自己多少要說些話。「老天爺啊，我們裡面只有一個人是有用的，那個——喂，你叫啥名字來著？」

我嚇了一跳，因為他正指著我。

我措手不及，答：「艾德・甘迺迪。」

「好，艾德是唯一有認真在跑、阻截對方球的人。好，上去。」

我繼續衝刺。

咪咪繼續威脅我、謾罵我。我很好奇，他究竟會不會跑到上氣不接下氣？在這麼熱的天氣裡，這麼大隻肯定是無法持續太久。

瑞基宣布上半場結束時，我人在場上，大夥散開拿啤酒去。等下半場開始後，每個球員都得費一番唇舌工夫才能說服自己回到球場上。

中場時間，我躺在看門狗與那個男孩旁的樹蔭下。就在那時候，奧黛麗出現了。她一句話也沒問我身上的傷，因為她知道那只不過是傳信人這份工作造成的。現在已經變成了常態，所以我就不多說。

「你沒事吧？」她問。

我開心地嘆了氣，說：「當然，我熱愛我的人生。」

下半場局勢逆轉，我們展開反擊。瑞奇在角落上得分，接著另外一個傢伙跑進了球門。現在平手。小馬也表現得很好，有好長一段時間，雙方勢均力敵。

咪咪終於累了。有次受傷下場，小馬過來激勵我。「喂，」他死盯著我，「你到現在還沒讓那個該死的胖姑娘受傷。」他滿頭的金髮黏呼呼，眼神堅定不移。

我提出抗議，「喂，看看他的體格，小馬，行行好，他比葛瑞普媽媽還大隻。」

「誰是葛瑞普媽媽？」

「你知道的啊，那本書裡面的人啊。」我緩和語氣。「那本書還拍成了電影，你不記得了嗎？強尼·戴普③啊？」

「隨便啦，艾德。站起來，給他點顏色瞧瞧！」

我站起來。

場上有個傢伙讓人攙扶下場，我朝著咪咪走過去。

我們注視彼此。

我說：「下次你搶到球之後，放馬過來。」

接著我走開。我根本在自取其辱。

比賽繼續，咪咪搶到了球來對付我。

他左彎右拐逼近，朝我衝過來，不管了，我知道我要出手了。他帶球強攻，我擋著他的行進路線，一個前衝，只聽見一個聲響。慘烈的撞擊，所有東西都在搖晃。觀眾瘋狂了，我才明白自己還站著，而咪咪倒成一團躺在地上。

不一會兒，每個人都圍繞著我，說著「幹得好」等等的話，但是我的肚子忽然感到一陣噁心，我好懊悔剛才做的事情。咪咪背上那個偌大的號碼「十二」淒涼地盯著我，一動也不動。

我吐了。

「他活著嗎？」有人問。

「誰管那個啊？」有人回答。

我慢慢走離球場，每個人都在爭論該如何弄走咪咪，好讓球賽繼續下去。

「弄個擔架來就行啦。」我聽見有人說。

「我們半個擔架也沒。還有，瞧瞧這個傢伙，怎麼說都太大隻了，媽的，我們需要一臺起重機。」

---

③此段指的是美國電影 What's Eating Gilbert Grape，中文譯名：《戀戀情深》，由強尼・戴普（Johnny Depp）與李奧納多・狄卡皮歐（Leonardo DiCaprio）飾演葛瑞普家兩兄弟，母親葛瑞普媽媽因為喪夫之痛，不斷進食，以至肥胖過度，無法自主行動。

「或是一臺牽引機。」

意見多到不行。這些人跟本不在意去調侃他人。體型、體重、體臭，只要你說得出來，他們就有辦法揶揄你，管你人已經被踩到滿地都是。

我最後聽見的是大個子小墨的聲音，他說：「這麼久以來，這是我目睹過最厲害的『別惹我』。」他的話中流露出萬般的興奮，其他球員附和他的說法。

我繼續走，依然感到難過與內疚。

對我而言，比賽結束了。

比賽結束了，另一件事情卻開始了。

我走回樹旁，看門狗不見了。

熟悉的恐懼感開始在我心底蠕動。

♠ 2 二十塊買狗與撲克牌

我留在原處，瘋狂地尋找，想找回我的狗跟那個孩子。

橄欖球場再過去有條小溪，我決定從那裡開始。我以當下身體狀況能允許的最快速度奔跑，球賽已被我拋到九霄雲外。我的眼角瞥見一個黃頭髮的女孩朝著我走來。

「看門狗，」我對奧黛麗大喊：「牠不見了。」我體會到自己有多愛那條狗。

她先陪著我跑，然後朝另一個方向移動。

溪邊空蕩蕩。

我回到球場，比賽還在進行，在我心思後方幾哩遠的某處，我還能聽見群眾的聲音。

「有找到什麼嗎？」奧黛麗問，她去了更下游找過了。

「沒有。」

我們停下腳步。

冷靜。

這是最好的辦法。結果我頭一轉，看見看門狗原本坐的地方，發現牠跟小孩子已經回來了。小孩拿著一罐飲料及一根細長的甘草糖，而且我注意到他們旁邊有個人。

她看見我。

一個年輕的女子。當她發現我在看她，迅速跪下來抓住那個孩子，給了他一樣東西，講了幾句話，就朝著我的反方向走了。

我跟奧黛麗說：「是下一張撲克牌。」接著，我拔腿就跑，這輩子從沒有那麼奮力跑過。跑到小男孩跟狗身邊，我停下來，發現我真的猜中了。小孩子的手中握著一張撲克牌，我看不到是什麼花色。我又繼續追趕那名年輕女子，她已經消失在人群中，但是我還是照追不誤，因為我有信心，只要追上她，就知道是誰在後面操縱這一切。

但是她走了。

消失無蹤。我只好氣喘如牛地站在場邊。

我大可追下去，但是沒有用的。她已經走了，我得回找撲克牌。就我所知，那個小男生搞不好會把它撕成好幾片。

謝天謝地，我回去時他還拿著撲克牌，緊緊握著，看來好像不打一架是不會放手的。

結果，我想得一點也沒有錯。

「不要。」他說。

「聽著——」我壓根不想跟這孩子鬼混。「給我撲克牌就好。」

「不給！」那孩子準備哭給我看。

「唔，那個大姐姐跟你說什麼？」

「她說……」他擦擦眼睛。「說撲克牌是這隻狗主人的。」

「噢，我就是狗主人。」我說。

「才不是——是我的啦，這隻狗是我的啦。」

我心想：不管是戴瑞、契斯，或者是改天又被痛毆一頓，都比這個孩子還好。

「好吧。」我調整作戰計畫。「我給你十塊錢，買你這條狗跟這張撲克牌。」

這孩子不笨，「二十。」

我只有表現出不高興，算是對他客氣了。我跟奧黛麗要了二十塊，她給了我。「晚點我還妳。」我跟她說。

「沒問題。」

我把二十塊交出去，收到了看門狗跟撲克牌。

「很高興跟你交易。」這孩子因為成功而歡天喜地。

我很想掐死他。

結果不是所我期待的。

「黑桃。」我告訴奧黛麗。

她貼近我，近到頭髮都觸碰到我肩膀了。看門狗呆站在我的腳旁。

「還有你——」我指責牠：「下次給我待在原地不准亂跑。」

牠答：好啦，好啦，接著猛然一陣咳嗽。果然，一塊甘草糖從牠嘴裡迸出，罪惡感從牠眼底爬出。

「這樣是要你學乖點。」我不懷好意指著牠，牠不想理我。

我們走開時，奧黛麗問：「牠沒事吧？」

「當然，」我回答，「牠會比我活得更久，這個嘴饞的混蛋。」我心裡在竊笑。

♠3 挖掘

我們顯然是贏了這場球賽，大塊頭小墨在他家舉辦一場慶功會。晚上小馬打電話來，吩咐我要到場，因為我解決了咪咪大哥，被選為最佳球員。

「你一定要來，艾德。」

所以我去了。

半途中，我又停在奧黛麗家門前，但是她不在，我猜想她跟男朋友約會去了。想到這，我差點打消去小墨家的念頭，結果我還是走到了那裡。

沒有人認出我。

沒有人跟我說話。

一開始，我連小馬都找不到。後來他在前廊找到了我。

「幹得好，感覺如何？」

我望著好友說：「爽得不得了。」我們聽到身後有爛醉如泥的人大吼鬼叫，有人在臨街的臥室裡做愛做的事。

我們坐了一會兒，小馬向我描述球賽後來的過程。他想問我到底消失到哪去了，我只跟他說，我覺得想吐，不能繼續打球。我們將我加諸咪咪身上那一擊的始末詳細討論一次。

「太厲害了。」小馬說了內心話。

「謝謝。」我把忐忑不安的內疚推回肚裡，我還是有點同情他——還是她？管他是男是女。

又過了十分鐘左右，小馬想進屋裡去了。

我的口袋裡放著新收到的撲克牌。

黑桃A。

想到它，我往街道更遠處望去，想找出即將發生的事件。我好快活。

「喂？」小馬說。「你張著嘴對什麼笑啊，爛人？」我心裡重複：爛人？我們兩個都笑了，一時心靈相通。「說嘛，」小馬繼續問，「什麼事，艾德？」

「挖掘工作的時間到了。」說著，我走下前廊。「小馬，我得閃了，抱歉，改天見。」

我覺得心情有點低落，因為這些日子我彷彿一直在遠離小馬。今晚，他留給我些許空間，我猜他總算明白到，他覺得重要的事情不見得對我來講也是重要的。

「再見，艾德。」他說。我從他的聲音聽出來，他非常開心。

夜色深沉卻迷人，我走路回家，在閃爍的街燈下駐足片刻，再次仔細研究黑桃A。不管是在我家還是小墨的前廊上，我已經觀察了好多次。我最不明白的是花色的選擇，我本來預計會是紅心。出現紅心的話，就會遵守一紅一黑的模式；還有，我以為黑桃——看似最危險的花色——會到最後才出現。

撲克牌上面有三個名字：

格雷安・葛林

莫里斯・韋斯特

希薇亞・普拉絲

這些名字很耳熟，只是我不太確定，但確實聽過這些名字。回到家，我在本區電話簿裡查詢，姓葛林的有一位，韋斯特的有幾位，但是名字皆不吻合。雖說如此，這些住址或者還有同姓氏的別人住著。我決定明天到鎮上各處走訪。

我跟看門狗到客廳輕鬆一下，一起吃烤箱烤出來的馬鈴薯片。我感覺到雪橇盃球賽所帶來的酸痛逐漸累積。還沒半夜十二點，我快要不能動彈了。看門狗在我腳邊，我坐著不動，等著入睡。

我的頭往後一翻。

黑桃A從我手中滑進沙發的縫隙間。

我做了個夢。

漫長的一夜，我整晚困在夢境裡，無法分辨是醒是睡。快天亮時我醒過來，人還卡在雪橇盃球賽中打球，追趕帶撲克牌來的女人，跟小孩子吵架、討價還價。

後來，我夢見我又在學校上課，學校裡沒有別人。只有我。教室瀰漫著黃灰色的空氣。我坐在教室裡，書本攤放在桌上，黑板上有草寫的字，我無法辨識。

有個女人走進來。

一位老師。她的腿又長又細，穿著黑裙、白襯衫、紫色的開襟羊毛衫，年近五十，某種角度看依舊相當性感。她不太理睬我，直到鐘聲響起——聲音之大，好像鐘聲就位在教室外——她才第一次承認我的存在。

她抬起眼睛。

「艾德，開始上課囉。」

我準備好了。「嗳？」

「請你念念黑板上的字。」

「我沒辦法。」

「為什麼呢？」

我更努力地看，依然無法辨識那些字。

我眼睛盯著桌子，看不見她對我搖頭，卻可以感受到她的失望。我目不轉睛好久好久，為了讓她失望而沮喪。

幾分鐘過後。

我聽見聲響。

我聽見一陣繩子的聲音，跟著聽到了咯吱咯吱聲。

我抬頭一看，眼前的畫面讓我大吃一驚，胸腔裡的氣息一口氣全吐出來。老師在黑板前面上吊了。

她死了。

盪來盪去。

天花板不見了，繩索緊綁在一根屋椽上。

我嚇得魂飛魄散，坐在位置上，瘋子似的竭力吸進似乎無氧的空氣。我的手緊黏在桌上，費了好大的力氣才讓手離開桌面，起身跑出去求救。我的手碰到門把，腳步慢慢停下，頭轉向懸吊在繩子上的女人。

悠悠地。

躡手躡腳，不敢聲張。

我走去看她。

我暗想，她的表情雖然冷漠，卻還算平靜。但她的眼睛突然睜開，嚇了我一跳。她開口說話。

被勒住的嗓子變得低沉。

「現在認得出這些字了嗎，艾德？」她說。我站著不動，注視她身後的黑板。我看到上面寫的標題，看懂上面的字。

「貧瘠之女。」

就在那時候，那具軀體往地板上一跌，落到我腳旁，然後，我就醒了。

在我腳邊的換成看門狗，客廳的空氣因外面冉冉昇起的太陽呈現黃灰色。

我張開眼之後，夢境踢了我幾下，我又看見那個女人、那些字、那個標題。我感覺到她跌到我腳旁，聽見她說：「現在認得出這些字了嗎，艾德？」

「貧瘠之女。」我低聲說。

我聽過這個標題。我其實知道我讀過的一首詩，詩名就是〈貧瘠之女〉。我在學校讀到的，因為我遇過一位性格憂鬱的英文老師，她喜歡那首詩。現在我甚至都還背得出幾行，像是「最後的腳步聲」、「沒有雕像的博物館」等句子，還有詩人將自己的生命比擬為一座噴高又落回原處的噴泉。

貧瘠之女。

貧瘠之女。

我靈光一現，立刻站起來，差點被看門狗絆倒。不過牠無動於衷，擺出「老兄，你把我吵醒了」的臉色。

「貧瘠之女。」我跟牠說。

那又怎樣？

我反覆背誦標題，這次我開心地抓住牠的鼻子，因為我知道黑桃A的答案了，至少快要找出答案來了。

〈貧瘠之女〉這首詩是一位自殺身亡的女性寫的，我肯定她的名字叫做希薇亞・普拉絲。

我到沙發上去找撲克牌，又見到她的名字，名單中的第三個。我心想：這些人是作家，他們全都是作家。格雷安・葛林、莫里斯・韋斯特、還有希薇亞・普拉絲。我很驚訝自己以前沒聽過前面兩個人，不過呢，我們不可能知道每個作家。但我確實聽過希薇亞，我現在甚至直接喊她名字呢，瞧，我有多得意啊。

這一刻讓我開心了好一會兒，自己意外解開了一個深奧的謎題。我一動就痛得要命，肋骨非常難受，但是我吃了玉米穀片，配著加一大堆糖以及恐怕有問題的牛奶。

七點半左右，我想起難題只解決了一半，我仍不知該去哪兒、該拜訪誰。從圖書館著手吧。可惜，今天是星期天，圖書館不會開到很晚。

奧黛麗來了。

我們看了一部她極力推薦的電影。好看。

我忍著不過問她昨晚上哪去了。

我告訴她黑桃與名字的事情，還提到我下午要上圖書館。我確定星期天是從中午開到下午四點。在她喝著我沖泡的咖啡時，我注視她的紅脣，希望自己就這麼站起來，走過去親吻她。我想感受那片脣，感覺它輕柔地貼上我的嘴巴。我想在她嘴裡呼吸，跟她一起呼吸。我想把牙齒挨上她的頸脖，想用手指觸摸她的背，十指梳過她淺黃色的秀髮。

說真的。

我不知道今天早上我是怎麼了。

不久，我就明瞭為什麼我有這個感受——我應該得到報償的。我四處解決他人的生活問題，即使只能暫時解決他們的問題。欠揍的人我就揍，然而引來的痛楚卻折磨我生活裡的一切。

我想，好歹我該獲得回饋吧，奧黛麗一定可以愛我，哪怕是一秒鐘就好。但是我知道，清清楚楚知道，這件事不會發生。她不會親我、不可能碰我。我在鎮上跑來跑去，被打被辱，到底為了是什麼？得到了什麼？其中有什麼留給艾德・甘迺迪的？

我跟你說到底留下了什麼吧。

什麼都沒有。

但是我在說謊。

我在扯謊。在這瞬間，我發誓要停止。我經歷了這一切，以為梅花A之後，我度過了難關。

我要停止。

停止這一切。

而且，我做了一件蠢事——

出於一時的衝動，我站起來，走到奧黛麗面前，親了她的嘴。我感覺到她柔軟的紅唇、她嘴裡的氣息。我閉著眼睛，只感覺到她一秒鐘。我感覺到整個的她，那種感覺一閃而過，穿透我，通過我，遍布我全身。我又冷又熱，打著哆嗦，無法思考。

聽見我的嘴滑離她唇之後，我腦中刷地一片空白，接著，沉默在我們之間搖擺。

我嘗到血。

接著，看到了血，在奧黛麗訝異的臉龐上的唇。

天哪，我連好好親吻她都不會，我連親吻她都會把她弄傷流血。

我閉上眼。緊閉上眼。

我停止一切的動作與思緒，說：「對不起，奧黛麗。」我避開她。「我不知道我在做什麼，我……」

我的話也停止了，自動切斷。我們兩個站在廚房。脣上都有血。

她不願意愛我，這我能接受。但我很想知道，她會不會有一天明白到，世上沒有人會像我這樣刻骨銘心地愛她。她抹去嘴上的血，我又重複自己深深的歉意。奧黛麗依然如故，寬容地接受了我的道歉，並解釋她就是無法跟我做那種事。我想，她寧可與人交往，不在乎愛情的意義或真相，反而只是想在一起就好，不願承擔情感的風險。倘若她不願意得到任何人的愛，我也必須尊重她的選擇。

她說：「不要緊，艾德。」她是說真心話。

有件好事：奧黛麗跟我之間永遠都不會留下芥蒂，似乎不管發生什麼，我們都能夠這樣。我想了想這項事實，老老實實說吧，我也懷疑這種情況能夠維持多久。當然不可能到永遠。

後來，她走之前說：「笑一個吧，艾德。」

我不能拒絕。

對她笑了一下。

「祝你順利完成黑桃的差事。」她說。

「謝謝。」

門關上。

將近中午十二點了，我套上鞋子，前往圖書館。還是覺得自己蠢得不得了。

是真的，我讀過很多書，不過主要是從二手書店買的。我最後一次使用圖書館的時候，搜尋的工具還是一長排的大目錄櫃。即使還在學校時，電腦一流行，成了標準設備之後，我依然使用目錄小抽屜。我喜歡抽出某個作家的卡片，看看上面列出來的書目。

走進圖書館時，我本來預期看見櫃檯後面是位老婦人，結果卻是個年輕人，大概跟我相同年紀，留著長捲髮。他口齒伶俐，不過我喜歡他。

「你們有那種紙卡嗎？」我問他。

「哪種紙卡啊？牌卡？圖書資料卡？信用卡？」他樂得很呢。「你到底指什麼？」

我明白了，雖然我並非真的需要他的協助，他卻想讓我露出沒念過書又沒用的模樣。「你知道的，」我跟他解釋：「上面有作家、作者一類的那種紙卡。」

「噢——」他哈哈大笑。「你很久沒到圖書館了，是吧？」

「對。」我說。我現在真覺得自己沒讀過書、沒有用。我還不如在自己身上掛一張告示，上面寫著我現在正在裝肖——「可是我念過喬伊斯、狄更生、康拉德。」

「這些人是誰？」

換我站了上風。「啥？你沒聽過這些人啊？你敢說自己是圖書館員？」

他臉上露出狡詐的微笑，承認了我的厲害。「說的好！真是犀利！」

說的好！真是犀利！

我最受不了有人這樣講話。

不過，這個人現在能幫上忙了。他說：「我們不用那種紙卡了，所有資料都在電腦裡。跟我來。」

我們走到電腦區，他說：「好，給我一個作者的名字。」

我竟結巴起來，因為不願跟他說黑桃A上面的名字，他們可是我的。我請他查莎士比亞。

他把名字打進去，所有的書名都出現在螢幕上。接著，他把《馬克白》旁邊的號碼輸入，說：「你要的東西在這兒，會用了嗎？」

我瞧瞧螢幕上的字，明白了操作方法。「謝啦。」

「要是需要我的話，大喊一聲就行了。」

「沒問題。」

他走了，剩我一人與鍵盤、作家及螢幕相依。

我先試試格雷安．葛林，按照撲克牌上的順序進行查詢。我想在口袋裡找張紙，卻只找到一張破舊的餐巾紙。桌上繫著支筆。我把名字敲進去，按下輸入鍵，格雷安．葛林的作品出現在螢幕上。有幾本書展現他的才華。

《人性因素》。

《布萊登棒棒糖》。

《事物的核心》。

《權力與榮耀》。

《哈瓦那特派員》。

我把書名全抄在餐巾紙上，還有第一本書的圖書編號。所有書都是同樣的編號。

接下來，我輸入莫里斯．韋斯特，他有幾本書的成就，如果沒超越葛林，也絲毫不遜色。

《沙灘上的絞刑臺》。

《漁夫鞋》。

《太陽之子》。

《馬戲團長》。
《神屬丑角》。
現在，換希薇亞。
我必須坦承，我對她有特別的喜愛，因為我讀過她的作品，而且夢中我所遇見的是她的文字。若不是她，我現在不會坐在這裡，找尋「要去哪裡執行差事」的答案。我希望她的作品是最出色的，不管是否存有偏見，它們是最出色的。
《冬船》。
《巨神像》。
《艾瑞爾》。
《渡河》。
《瓶中美人》。
我拿著餐巾紙到書架，按照次序，又把書籍再找一次。每一本書都漂亮，出版很久了，包在紅或藍或黑的素色精裝書皮中。我拿下全部的書，每一本書，然後帶著書坐下來。接著做什麼呢？
我如何才能在一、兩個星期之內把這些書看完？希薇亞的詩或許可以，但是其他兩位啊，一點也不誇張，寫了幾本很厚的書。希望這些書夠精采好看。
我拿著全部的書站在櫃檯前。「嘿，」圖書館的男子說：「你不能借這麼多本，有數量限制的噢。還有，你有卡嗎？」

「什麼樣的卡？」我忍不住說：「牌卡？信用卡？你指哪一種卡？」

「好啦，自以為聰明哩。」

這一番玩鬧，我們兩個心情都變得很好。他伸手到櫃檯下面拿出張紙給我。

「請填這張表。」

我一拿到借書卡，馬上試著討好他，讓我能帶走所有的書。

「謝謝，老兄。你工作表現得很好耶。」

他抬起眼看我。「你還是想借走所有的書，是不是？」

「沒錯。」我把書從地板上一路堆高到櫃臺。「基本上，我是真的需要它們，不管用什麼方法，我要帶走它們。只有在今日病態的社會，才會有人因讀太多書而遭到為難。」我往回一看，看著空無一人的圖書館。「這些書放在這裡，可能永遠不會離開書架，不是嗎？我想沒有別人想看書。」

他聽我說完話，內心一番交戰。「聽著，我講坦白話好了，」他說，「我個人根本不在乎你借幾本書，這是規矩，要是被我老闆逮到，我就完了。」

「怎樣完了？」

「我他媽的不知道啦，不過會死得很難看就是了。」

儘管如此，我注視他，一步也不肯妥協。

他投降了。

「好啦，好啦，拿來。讓我看看能幫你做什麼手腳。」他動手掃描書本。「反正，我老闆很討人厭。」

他掃描完之後，櫃檯上總計有十八本書。

「謝謝。」我告訴他。「非常感激你。」

我要怎麼把全部的書弄回家呢？我問自己。

我考慮打電話請小馬載我，結果還是設法靠自己。我沿路掉了幾次書，休息了幾趟。終於，每本書都回到家裡。

我的手臂酸得要命。

我不知道文字可以那麼重。

整個下午我都在讀書。

我睡著過一次，不是對作者無禮，而是羅斯兄弟的痛毆與雪橇盃球賽依然使我疲倦不已。

閱讀格雷安·葛林的小說讓我很過癮。書中雖然沒有透露出該上哪裡執行差事的線索，但我想一定沒那麼困難。我看一眼自己堆起來的幾座小書山，我不誇張，它們會讓我覺得有點沮喪。在那幾千頁之中，我倒底要如何尋獲所需的資訊呢？

我醒來時，外頭有陣南風呼呼大吹，以這種季節來說，氣溫確實頗涼的。十二月初了，我覺得穿上套頭毛衣有點奇怪。經過前門，我發現地上有張紙。

不會吧，是張餐巾紙。

我焦慮地閉了眼睛一下，然後彎下腰撿起來。果然，這下我確定了，這段期間一直有人跟蹤我。他們監視我走到圖書館，在圖書館裡、回家路上都監視我。他們知道我把書名寫在餐巾紙上。

我閱讀紙上的內容。

只有幾個字，用紅筆寫的。

嗨，艾德：

幹得好。別擔心，事情比你想得要容易。

我坐回書本旁，讀起〈貧瘠之女〉，直到一個字一個字記牢在心。

之後，看門狗想去散步，於是我們便出門了。我們在街道上閒蕩，我一面猜測下一個地址是哪裡。

「看門狗，來點提示吧？」我問。

沒有回應，牠忙著以鼻子進行勘查工作。

我到現在才認清一項事實，答案是以地址標示。每一條街口，每一個十字路口都有地址。我心裡想，要是口信是隱藏在書名裡呢？書名。我只需要將街名與每個作家的某本書配對就好了。

「比你想的要容易。」我跟自己說。那張餐巾還在我的口袋裡，與黑桃A放在一塊。我把兩件物品都掏出來，那些名字直視著我。當我想通的時候，我發誓它們也感覺到了。我彎下身子，興奮地跟看門狗說話。

「來吧，」我說，「我們得前進了。」

我們跑回家，至少是用看門狗能力所及的最快速度返回。我需要書、街道指南、幾分鐘時間——如果順利的話。

對，我們跑啊跑。

每一本書都在等我。我拿著破舊的《葛瑞格街道圖》坐下，想找出跟書名吻合的街道。我再次從格雷安的作品開始，沒有人性街、沒有因素街、沒有核心街。

約莫一分鐘之後，我找到了。

書握在我的手中。

是一本黑色的書，金色的書名寫在書背上。《權力與榮耀》。沒有權力街，我往回翻了幾頁，找到了！我的眼睛張得好大，那個名字簡直就像往我眼睛打來的一拳。榮耀街。

我眉開眼笑，把看門狗的毛撫弄得豎立起來。榮耀街，真是他媽的棒透了，我想住在榮耀街上。

從地圖上看來，這條街在小鎮往北的邊陲之處。

接著我一本一本檢查莫里斯·韋斯特的書，這回結果比較快出來。《神屬丑角》。

我在小鎮北區找到一條丑角街。

最後，希薇亞的是鐘街，從《瓶中美人》而來（英文書名The Bell Jar的第二個字）。根據街道圖，鐘街是小鎮商店街岔出的一條小路。

我再看一次，確認沒有其他與書名相同的街道名稱。不過，我不用擔心，只有那幾個。

只不過，每一條街都存著一個問題。

幾號？

按情形來看，我得來好好挖掘一下。

這張的花色是黑桃，英文的黑桃（Spade）另一個意思是鏟子，所以我必須挖掘。

線索一定在書中，所以我把其他書隨便放到一旁，集中精神在最後挑出的三本。說真的，對於被拋棄的幾本書，我感到有點抱歉。它們放在地板上，看似從一場熱鬧非凡、人聲嘈雜的比賽上敗落。假使它們是人，每本書的手都會抱著頭的。

首先，我伸手拿了《權力與榮耀》，一路讀到了深夜。當我眼睛離開書頁，已經過了一點鐘。我還是沒找到線索，沮喪開始慢慢爬上心頭。我心想：要是我沒看見，怎麼辦？但是，我肯定要是看見了，我會知道那就是線索。就我所知，榮耀街的門牌號碼可能只到二十號或是三十號，不過我繼續念下去，我覺得有必要這麼做。這就是重點：放棄是一種過錯。

在凌晨三點四十六分（時間烙印在我腦海中），我找到了。

第一百一十四頁。

在書頁左下角上，有個用黑色筆所畫出的黑桃符號。旁邊有一行字：

「幹得漂亮，艾德。」

耶！我往後倒在沙發上，感覺太痛快了。沒有石頭，沒有暴力，也該是改採文明方式的時候了。

跟著，我直截了當檢查《神屬丑角》，手指啪啪啪翻書。真不敢相信，我居然一開始沒有這樣做，這絕對比在每一頁每個字上尋找線索容易多了。「比你想的容易多了。」我提醒自己。

這次在第二十三頁，只有符號。《瓶中美人》是在第三十九頁。我有了地址，人也變得疲倦不堪。

挖掘工作結束。

我去睡了。

♠4 說謊的好處

星期四晚上，大夥在我住處打牌。瑞奇連連抱怨雪橇盃球賽害他鎖骨酸痛，奧黛麗玩得眉開眼笑，小馬則不斷贏牌，照舊讓人難以消受。

我去榮耀街一百一十四號勘查過了。那裡住著一戶玻里尼西亞裔人家，先生比艾德格街那傢伙還高大，在工地做事，把老婆像皇后捧著、孩子如神明般供奉，收工回家後，便抱起小孩往半空中拋，孩子們又笑又鬧，要跟他玩。

榮耀街又長又冷僻，一排相當老舊的屋舍，全是便宜的水泥牆所蓋成的。

我還不清楚在那裡要做什麼，不過有把握事情會主動出現。

「看來我又贏啦。」小馬洋洋得意，他手氣很好，嘴角還塞了一根雪茄。

「小馬，我討厭你。」瑞奇說。他只不過略微說出我們每個人的心聲罷了。

小馬腦筋轉得很快，想起要安排聖誕撲克牌聚會。

「今年輪到誰？」雖然他這麼問，我們都知道輪到他，也都明白他想逃避這項工作。要小馬煮一頓聖誕晚餐，除非天塌下來。不是因為他做不來噢，只因為他是鐵公雞，連掏錢買隻火雞救自己一命都不肯。雪橇盃球賽那天的早餐是絕無僅有的一次而已。

「換你啊，」瑞奇直截了當指著小馬說，「輪你啦，小馬。」
「你確定嗎？」
「確定啊，」他語氣堅決地說，「我確定。」
「可是你知道的，我老爸老媽會在家，我妹妹，還有——」
「少放屁，小馬，我們喜歡你爸媽。」瑞奇反應機靈，我們知道他根本不在乎聚會在哪裡辦，他不過是愛吐槽小馬。「而且我們也喜歡你妹，她跟夏天的沙子一樣熱情，席捲了我們。」
「夏天的沙子？」奧黛麗問。「席捲？」
瑞奇的拳頭往桌上狠狠一搥，「是的，小姐。」
我們三個都笑了，小馬坐立難安。
「你不像是沒錢的樣子啊，」我說：「三萬塊，不是嗎？」
「剛存到四萬了啦。」他的回答讓我們討論起小馬打算怎樣利用那些錢，他告訴我們，那是他的事，我們不用花太多心思去想。我想啊，也沒多少事情我們會花心思去想。
又過了幾分鐘，我大發慈悲。
「就在這裡辦吧。」我看著對面的小馬，「但是你必須忍受看門狗，老兄。」
小馬心裡雖然不願意，但是口裡也同意了。
我極力多凹他一點。
「行，小馬——」我說，「跟你說吧，就在這裡辦聖誕撲克牌聚會，我有個條件。」
「什麼？」
「你要帶個禮物給看門狗。」我忍不住多說幾句逗他，小馬這種人啊，你得揩揩他的油水。事情發展得比我所期待的還更有趣，我好滿意自己的表現。「你可以給牠帶塊鮮嫩多汁的牛排，還有……」更精采的來了，「你得給牠一個熱情的聖誕香吻。」

瑞奇手指一捻，啪嗒一聲，「太棒的點子了，艾德，我給你一百分。」

小馬一臉錯愕。滿心憤怒。

「那很丟臉耶。」他跟我說。儘管如此，那樣也好過掏腰包買火雞、花心思料理菜。他總算做出決定，「好吧，好吧，我會親牠。」他伸出手指對著我，「不過，你真是個心地惡毒的混球，艾德。」

「謝謝你，小馬，非常感謝你的讚賞。」我發現，這麼多年來，我頭一回期待聖誕節的到來。

依照我開車的班表，我在不同時段持續探訪榮耀街。這一家人顯然努力工作以維持生活家計，我還是不明白應當做什麼。有天晚上，我站在灌木叢後，那個爸爸朝著我走過來。他高頭大馬，只用一隻手就可以勒斃我。他一臉不悅。

「喂。」他大喊。「站在那邊的那個，我看過你。」他朝我快步走來：「聰明的話，給我從灌木叢裡出來。」他嗓門不大，讓人覺得他八成是個善良寡言的人。讓我擔憂的是他的體型啊。

我安撫自己。別擔心啊，你必須在這裡，該付出的就要付出。

我站出來面對這個男人，太陽在房子後面落下。他的肌膚平滑發黑，黑色捲髮，眼神令我膽怯。

「你一直監視我的孩子，老弟？」

「不是的，先生。」我抬起頭，我盡量讓自己看起來像是個有自尊又老實的人。

我提醒自己：撐著點，我是個老實人，唔，算老實啦。

「噢，那你為什麼在這裡？」

我抱著希望說了謊。「我以前住在這棟房子。」我說。哇賽，腦筋轉得真漂亮，艾德。我當時覺得自己真帥。「好多年前。後來我們搬到靠近商店街那一帶。有時候，我想回來這邊，看看這地方。」我心底祈求：拜託，希望這些人不要已經在這裡住很久了。「我爸不久前過世，到這裡，我就會想起他。我看到你跟你的小孩一起玩，你把他們拋到半空中、拋到肩膀上，我就會想到他。」

那個男人態度略微變得和藹起來。

神啊，謝謝祢。

太陽在他身後沉到地面，他走近我。

「對啊，那房子又老又破舊，」他用手比了比，「卻是我們目前負擔得起最好的住處。」

「在我看來，房子很好。」我說。

我們又多聊了一會兒，那個男人最後向我提出一個出乎意料的問題。他往後退，想了想，說：「嘿，你想不想進去，隨便看看？我們差不多要吃晚餐了，歡迎你留下。」

我的直覺反應是婉拒，卻硬是下了更難的決定：進去。

我跟他走進房子。進屋之前，他說：「我叫做魯亞。魯亞．塔土布。」

「我叫艾德．甘迺迪，」我答道。我們握握手，魯亞差點沒捏碎我右手的骨頭。

「瑪麗？」進屋後他大喊。「孩子們？」他轉頭看我，「這地方跟你記憶中一樣嗎？」

「你說什麼？」接著我想起來了，「噢，對啊，一模一樣。」

小孩子不知打從哪兒一個個冒出來，往我們全身上下又攀又爬。魯亞向小孩與太太介紹我。晚餐有馬鈴薯泥跟德國香腸。

用餐時，魯亞講笑話，小孩子不停地咯咯笑。根據瑪麗的說法，他們聽過同樣的笑話上千次了，依然笑個不停。瑪麗的眼底下生了皺紋，看來生活、孩子、每晚餐桌上要擺出的食物讓她憔悴了。她的膚色比魯亞略淺，深咖啡波浪狀頭髮。她曾經是美麗的，比現在還更美。她每天到超市工作。

他們有五個孩子，沒有一個吃東西時能閉上嘴，然而他們笑的時候，你在他們眼裡就能見到全世界。你可以明白，魯亞為什麼會那樣對待他們、深愛著他們。

「爸爸，我可不可以坐到艾德的肩膀上？」有個小女孩問。

我對他點點頭，魯亞因而說：「當然可以，小可愛。但是妳的句子裡面必須加上另外的東西。」我想起了歐瑞利神父的弟弟湯尼。

小女孩在前額上啪地打了一下，笑盈盈地說：「我可不可以請艾德讓我坐到他的肩膀上？」

「沒問題，小寶貝。」魯亞說。我讓小女孩坐上來。

瑪麗從最小的男孩子手中將我搶救下來之前，我用肩膀揹了十三趟小孩。

「傑西，我覺得艾德已經累壞了，嗯？」

「好吧。」傑西妥協。我往後倒在沙發上。

傑西差不多六歲，我坐在沙發上時，他對著我的耳朵低聲說話。

他說：「我爸爸最近就要把聖誕燈掛起來了耶，你一定要來看看，我好喜歡那些燈噢……」

是我要的答案。

「我保證，」我說，「我會來看。」

我最後一次環顧房子，差點說服我自己，以前住過這裡，甚至編織了跟我爸在這四面牆壁中發生的種種美好回憶。

我要離開時，魯亞睡了，送我出門的是瑪麗。

「謝謝妳，」我說，「謝謝今晚的一切。」

她溫暖真摯的眼睛看著我，說：「不用客氣，艾德。隨時再來。」

「我會的。」這次，我沒有說謊。

到了週末，天沒黑時我就去了一趟。聖誕燈已經掛起來了，又舊又破爛。幾個燈泡不見了，老式的燈組，不會一閃一閃的那種，整體來看，這組聖誕燈只不過是掛在前廊屋簷上、不同顏色的大燈泡。

我想，晚點再來看看吧。

果不其然，到了晚上，燈點著之後，只有一半的燈泡還能發亮；換句話說，只有四個圓型燈泡沒壞，今年只有四個燈泡能夠點亮塔土布家。這並非重要的事，不過我認為有件事情倒是真的——重要的事情往往只是被人留意到的小事。

我要等到白天每個人都去工作或上學的時候再回來。

這些燈應該處理處理。

我去了連鎖的平價超市，買了一組全新的燈，跟原本的完全一模一樣。漂亮的圓形大燈泡，紅的、藍的、黃的、綠的。那天是星期三，氣候炎熱。出乎意料，當我踏上塔土布家的前廊，站在倒立的大花盆上，居然沒有鄰居懷疑我。我扳正固定電線的釘子，把原本的燈泡拆下。整組燈取下之後，我才注意到插頭在房子裡面（我早應該料到的），所以我目前無法完成全部工作。我只好把舊的燈組裝回去，將新的留在前門口。

我沒有留字條。

該做的都做了。

我原先想在盒子上面寫「聖誕快樂」，後來決定還是算了。

這跟言語無關。

是發光的燈組與重要的小事。

♠5 權力與榮耀

當天晚上，我在廚房吃義大利水餃時，一輛貨車停在我的陋舍前面。引擎轟一聲熄滅，我聽見車門乒乒乓乓關上，接著，前門傳來輕聲的敲擊聲。

看門狗難得汪汪大叫，我要牠安靜，並且把門打開。

站在門外的是魯亞、瑪麗跟所有的孩子。

「嗨，艾德。」魯亞說完，其餘的人也跟著打招呼。他接著說：「我們在電話簿裡面找你，不過上面沒有你的名字，所以我們打電話給這一帶所有姓甘迺迪的人，妳母親給了我們地址。」

於是一陣沉寂，我懷疑老媽可能跟他們說什麼了。瑪麗打破沉默。

她說：「跟我們來。」

我搭上小貨車，擠在整票小孩子中間坐著。這是我頭一次跟這家人一起，他們個個都悶不吭聲，你可以想見，我感到相當不安。街燈輕輕閃過，像一頁一頁的光線，每盞光都朝我而來，又離我遠去。打烊時刻。我往前一探，無意發現魯亞用照後鏡注視我。

五或十分鐘之內，我們就抵達他們家。

瑪麗掌控大局。

「好了，進屋去，孩子們。」

她跟他們一起進去，留下我和魯亞在貨車上。

他再次從鏡子看我，視線與後方的我的眼神相接。

「準備好了嗎？」他問。

「準備什麼？」

他居然搖搖頭，「別跟我來這招，艾德。」他下了車，猛然關上門。「唔，來吧。」他往車窗戶裡喊，「出來，小子。」

小子。

我不喜歡他說那兩個字的語氣，有種不祥的預感。我最怕的是，我送上新的燈組汙辱到他，他可能認為那是他無法好好撫養自己家人的暗示。他可能以為我在說：「這個貧窮、沒錢的蠢蛋，連買一組燈好好裝上去都辦不到。」我跟著他站到路邊，不敢看那棟房子。我往身後一看，一片漆黑。

我們站著不動。

魯亞看我。

我看地面。

接下來我聽見紗門打開、又砰砰砰關上好幾次的聲音，小孩子對著我們猛衝過來，後面跟著腳步急促的瑪麗。

傑西。

我算了算孩子，發現有一個沒出來。

我在每個人臉上尋找答案，然後又看回地面。魯亞大聲呼喊，差點讓我跳起來。

「行了，傑西！」他大吼。

幾秒鐘的時間凝結，隨後散落開來。我抬眼一望，水泥搭的老房子點亮起來。那些燈好美，美得簡直要把房子抬起來了。小孩子、魯亞、瑪麗的臉龐灑上了紅的、黃的、綠的色彩。我感覺到一道紅光閃過臉，鬆了一口氣笑出來。小孩子喝采拍掌，直說這是他們度過最好的聖誕節。小女孩開始手牽手跳舞，就在那時候，傑西從屋裡跑出來看。

魯亞告訴我：「他堅持要負責開燈。」我看著傑西，他的笑容燦爛迷人，無人能比，又生動又活潑。我心想這一刻是屬於他的，屬於魯亞與瑪麗。「裝上那些新的燈之後，傑西說他希望點燈的時候你在這裡。所以，我們還能怎麼做？」

我搖搖頭，凝望閃耀在院子各處的顏色。

它們游過我的眼底。

我跟自己說：「權力與榮耀。」

♠6 美麗的時刻

在夜空與燈光下，小孩子在前院四周跳舞，當時，我目睹一個畫面。
魯亞與瑪麗握著手。
那一瞬間，他們望著孩子們，看著老房子的燈光，看起來幸福無比。
魯亞吻了她。
只是輕輕吻上她的脣。
她也回吻他。
有時候，人的美。
不在於外表。
不在於他們的言談。
只在於他們的本質。

♠7 說實話的時刻

瑪麗請我進去喝杯咖啡。我先是拒絕，她卻堅持不下。「一定要進來，艾德。」

我退讓一步，進屋喝咖啡、聊聊天。

一切都非常愉快，直到過了一會兒，閒聊到一半，瑪麗站起來。她攪拌咖啡，說：「謝謝你，艾德。」她眼睛周遭的皺紋變得有點不安，眼裡似乎滿是火花。「非常感謝你。」

「謝我什麼？」

她搖搖頭。「別要我說出口，艾德。我們知道是你做的——就算把傑西的嘴用膠水黏緊，他也保守不了祕密。我們知道是你做的。」

我全全投降，「你們應得的。」

她還是不滿意，「但是為什麼？為什麼是我們？」

「嗯，」我跟她說實話，「我不知道。」我喝了一小口咖啡。「這個故事非常非常長，無法解釋清楚。我只知道，我站在這棟老房子外面，其他的事情就這麼發生了。」

魯亞不理會我在說話，插嘴道：「知道嗎，艾德，我們已經在這裡住了將近一年了，沒有人，完完全全沒有人順手幫過我們忙，沒有人讓我們覺得受到歡迎。」他喝了口咖啡。「現在，我不再抱怨這點了，這些日子我們不再期待，人人都有太多的困難要應付……」他凝視我的眼一秒鐘。「你卻出現了，不知道從哪裡出來，我們就是無法理解。」

在那時候，我眼睛瞬間認清一件事實。

我說：「你也別費神想去瞭解了，連我自個兒都不明白。」

瑪麗接受我的說法，卻還是說：「有道理，艾德，但是我們真的想謝謝你。」

「對。」魯亞說。

瑪麗對著他點個頭，他站起來走到冰箱旁。冰箱上用磁鐵黏了一只信封，上面收信人寫著：「艾德．甘迺迪」。他走回來交給我。

他說：「我們有的不多，這是我們能表達感謝的最好方法。」他把信封放在我手中。「不知道為什麼，我覺得你會喜歡，只是我的感覺啦。」

裡面是張手工做的聖誕卡，每個孩子都在上面畫了圖案：聖誕樹、燦爛的燈、玩耍的孩子。有些圖案好可怕卻還是很感人。裡面還有文字，也是某個孩子寫的：

親愛的艾德：

聖誕快樂！我們希望你也能擁有你送給我們那樣漂亮的燈。

塔土布一家　上

看完之後，我笑了。我站起走進客廳，小孩子全都懶洋洋地在看電視。

「喂，謝謝你們的卡片。」我對他們說。

每個人都回答我說：「小事，艾德。」講得最大聲的是傑西。沒幾秒鐘，他們注意力又全回到電視上。他們正在看錄影帶，一個動物冒險的故事。每個孩子都在關心紙箱中順著小河漂流而下的貓咪。

「改天見囉。」我說，卻沒有人聽見。結果我又專心地看一次圖畫，然後走回廚房。

到了廚房，禮物還沒送完。

魯亞站著，手中拿著一個黑色小石頭，上面有個像是十字的圖案。

他說：「艾德，這是朋友送我的——會帶來好運。」他把石頭給我，「我希望你擁有它。」

起先，我們三人皆默默低頭望著石頭。

我的聲音嚇了自己一跳。

「不行，」我說，「我不能拿，魯亞。」

他的語調平緩而真切，他的眼神既熱忱又誠懇。「不，艾德，你必須收下。你給了我們那麼多東西，比你知道的更多。」他又拿起石頭，放在我的掌心中，闔起我的手。「是你的。」

「除了給你帶來好運，」瑪麗告訴我，「還有紀念的意味。」

於是我收下了石頭。我看著它，對他們兩人說：「謝謝你們，我會好好保管。」

魯亞把手搭在我的肩膀上，「我知道。」

我們三人站在廚房，三個人在一塊兒。

要走以前，瑪麗親吻我的臉頰，然後道別。

「要記得噢，」她說，「隨時再來，這裡永遠歡迎你。」

「謝謝。」我回答，然後往前門走去。

魯亞想開車載我回家，我拒絕了，因為我今晚真想用走的。我們握握手，魯亞再次捏碎我的骨頭。

他陪我走到前院草地的盡頭，想得到最後一個問題的答案。

「讓我問你一件事情，艾德。」我們相隔幾步路。

「沒問題。」

在黑暗中，他離我一小步。在我們身後，聖誕燈依然驕傲地在夜色中發亮。這是說實話的時刻。

魯亞說：「艾德，你沒有住過我們的房子，對吧？」

現在無須隱瞞，無路可退。

「沒有，」我回答，「沒住過。」

我們彼此注視著。我發現魯亞還想問別的事情，但他吞下那些問題，不讓它們攪亂這一刻。

事實就是事實。

「再見，艾德。」

「再見，魯亞。」

我們握握手，各自走向不同的方向。

在街道的盡頭，就在轉過街角之前，我轉身最後一次觀賞那些燈光。

♠8 丑角街、馬鈴薯片、看門狗、還有我

今天是本年度最炎熱的一日，我排到日班，在城裡開車。計程車裝有空調，但是我載到的每個客人都氣炸了，因為空調壞了。每次乘客一上車，我就先開口警告他們，卻只有一個人打了退堂鼓——一個男人，他嘴裡啣著差一口就抽光的溫費德香菸。

「該死，這樣就沒輒了。」他跟我說。

「我知道。」我聳聳肩膀，同意他的話。

魯亞·塔土布給我的石頭放在左邊口袋。身處於擁擠的都市交通之中，即便是綠燈，所有車輛依舊動彈不得，我卻因這顆石頭而心情愉快。

我把車子駛回車行後不久，奧黛麗的車也開進停車場。她搖下窗戶跟我說話。

「坐在裡面，汗流得跟下雨似的。」她說。

我幻想她身上的汗水，多想嘗嘗那滋味。我面無表情，不知不覺陷入更寫實的想像之中。

「艾德？」

她的頭髮油膩，卻是好看，美麗的金髮如乾草。我看見她臉上零散冒出三、四處的晒斑，她又喊了一聲：「艾德？」

「對不起，」我說，「剛才在想事情。」我見到她男朋友站著等她。「他在等你耶。」我轉頭要看奧黛麗的臉，沒見到，卻無意中瞥見她手指擱在方向盤上，沐浴在陽光中，好美。我好奇他是否注意過這些小事？我沒有看著奧黛麗，只是說：「晚上玩得愉快。」然後把車後退，駛離她的車。

「你也是，艾德。」她把車子開走。

稍晚，太陽下山，我走回鎮上，轉進丑角街，眼前所見居然還都是奧黛麗。我想著她的手臂、結實的雙腿，想她跟男朋友聊天說話時的笑容，幻想他在她廚房用手指餵她吃東西，她一面吃，一面讓美麗的唇模糊了他的臉。

看門狗伴著我。

我忠實的伴侶。

沿途中，我給我們倆買了熱呼呼的馬鈴薯片，灑上大量的鹽跟醋，這是古早味吃法。整份用報紙的賽馬版包起來，小道消息提到一隻叫做貝肯．洛雪的兩歲大母馬，我真想得知牠的成績如何。另一方面，看門狗不在乎，因為牠聞到馬鈴薯片的味道了。

我們走到丑角街二十三號，那是家小餐館，叫做梅魯索，賣義大利料理，附近有幾間店家聚集，並且效法小餐館的老規矩——燈光昏暗。聞起來味道很香。

街道對面有張公園長椅，我們坐在那裡享用馬鈴薯片。我手往下伸進包裝，穿過沾了汗水與油漬的報紙。我好喜歡當下的每一分、每一秒，每當我扔一片馬鈴薯片給看門狗，牠先讓食物落到地面，才靠過去舔起來。這條狗來者不拒，我認為牠不怎麼關心膽固醇的問題。

今晚無事。

隔夜也沒事。

我們好像正在一點一滴浪費時間。

丑角街、馬鈴薯片、看門狗與我——成了一種常規。

餐館老闆年老又有威嚴，我肯定我到這裡要找的人不是他，我感覺到有事情即將發生。

週五夜晚，我在餐廳外面站著。打烊之後才返家，卻發現奧黛麗早已經坐在前廊等我。她穿著海灘褲、淺色襯衫，沒穿內衣。奧黛麗胸部不大，卻很美。我停下腳步，遲疑一會兒，然後才繼續往前走。看門狗喜歡她，一個小跑步，朝著她身上撲過去。

「嘿，看門狗。」她說，熱情地蹲下來迎接牠。這兩個傢伙是好朋友。「嘿，艾德。」

「嗨，奧黛麗。」

我打開門，她跟著我進來。

我們坐下。

在廚房。

「這麼晚了，你上去哪了？」她問。這話害我差點笑出來，因為這問題通常是老婆輕蔑地質問沒信用的混球老公所用的。

「丑角街。」我回答。

「丑角街？」

我點點頭，「那裡有幾間餐館。」

「真的有一條街叫做丑角街？」

「我知道妳怎麼想。」

「有事情發生了沒？」

「還沒。」

「我明白了。」

她眼光移開，我下了決心，問道：「奧黛麗，妳來這裡做什麼？」

她低下頭。

不看我。

最後，她總算回答：「我猜是因為我想念你，艾德。」她淺綠色的眼睛變得溫潤。我想跟她說，離我們上次在一起幾乎還不到一個星期的時間，不過我明白她的意思。「不知為什麼，我覺得你好像正在悄悄溜走，自從這一切發生之後，你變了。」

「變了？」

我明知問題的答案，我是變了。

我站起來凝視她。

「對。」她肯定地說。「跟妳以前的樣子不同。」她說話的口氣不像是要解釋什麼，而只是想把話說出來。「你現在了不起了，艾德。我不清楚你完成的每一件事情、你經歷過了什麼。我不知道啊——你好像現在又離我們更遠了。」

這話好諷刺，你不覺得嗎？我一直盼望的就是更親近她，甚至絕望地努力過。

她說出結論：「你變得更好了。」

有了這句話，我才能從奧黛麗的角度看這件事情。她喜歡我就是艾德的樣子，比較安全、穩定。我卻改變了情況，在這個世界留下自己的足跡——不論有多渺小——這使得奧黛麗與我之間的平衡被打破了。

也許她擔心我若得不到她，便不會想念她了。

就像這樣。

像我們以前那樣。

她不想要愛我，卻也不願意失去我。

她希望我們之間就像以前一般。

但這件事已經不能確定了。

我好希望我能答應她：我們一定會像以前那樣。

我希望我是對的。

我還留在廚房，手指在口袋中又摸到魯亞送的石頭。我想著奧黛麗剛才說的話，也許我真的慢慢褪下舊日的艾德·甘迺迪，變成一個充滿意志、並非無能的另一個人。也許有天上午我醒來，從軀殼中站出來，轉回頭看見往昔的我，死氣沉沉地躺在床單中間。

我知道這是一件好事。

可是一件好事怎麼能忽然間讓人覺得好難過？

打從一開始，這就是我希望的。

我走去冰箱拿出酒。我下了結論——我們必須要喝醉。奧黛麗同意。

稍後我在沙發上問：「我在丑角街的時候，妳在做什麼？」

我發現她的思緒在旋轉。

她醉到至少敢以羞答答的口吻告訴我。

「你是知道的咩。」她不好意思。

「不，」我嘲弄她一下，「我不知道。」

「我跟賽門在我住的地方，我們……兩、三個小時。」

「兩、三個小時？」

我覺得好受傷，卻不讓聲音洩漏祕密。「妳從哪生出的力氣走到這裡？」

「我不知道，」她承認，「他回家之後，我覺得好空虛。」

我心想：所以妳才到這裡來。但是我不會無情，這一刻我不會。我告訴我自己，肢體行為沒有那麼重要。奧黛麗現在需要我，看在舊日的情誼上，這樣就很好了。

後來她叫醒我，我們還在沙發上。幾支酒瓶聚集在桌子上，像是看熱鬧的，像在查看意外事故。

奧黛麗認真看著我的臉，猶豫不決，然後丟給我一個問題。

「艾德，你恨我嗎？」

我肚子裡還有氣泡跟伏特加，腦袋依然愚蠢，我回答她，非常認真地回答。

「恨啊，」我低聲說，「我恨你。」

我們雙雙噗嗤一聲，用笑打破了忽然降臨的沉默。氣氛再次安靜，我們就再笑。笑聲不斷，連連破壞沉默的氣氛。

笑聲不再響起時，奧黛麗悄聲說：「我不怪你。」

我再次醒來，是被大門上的猛擊聲所吵醒。

我跌跌撞撞走去開門，站在我眼前的是從我車上落荒而逃的那個傢伙。感覺那已經是好幾個世紀前的事情了。

照舊。

一臉厭煩。

他手抬高要我別出聲，他說：「請——」為了效果，他頓了一下，「閉上嘴聽我說。」他繼續說下去，口氣不光只是厭煩而已。「聽著，艾德。」他戴黃色鏡框的眼睛讓我不安，「現在是凌晨三點，居然還潮溼像什麼似的，而且我們人在這裡。」

「對啊。」我同意。一片喝醉的雲在我頭頂上，我差點以為要下雨。「我們人在這裡。」

「嘿，別嘲笑我，小子。」

我感到暈眩，步伐往後退。「對不起，你找我什麼事情？」

他停頓片刻，我們之間的氣氛似乎很激動。

他說：「明天，八點整，梅魯索。」走之前，他想起一件事情。「還有，能不能幫我一個忙？」

「沒問題。」

「少吃點馬鈴薯片，行行好，你害我好想吐。」他威脅地指著我，「趕緊把這檔事處理好。你可能以為我沒有其他更重要的事情要做，事實上我有的，好嗎？」

「好，好。」恍惚之間，我想再問出其他消息，於是大喊：「誰派你來的？」

這個年輕人——金框眼鏡、黑色套裝、性格粗暴——轉過頭來說：「甘迺迪，我怎麼會知道呢？」他笑了笑，搖搖頭。「你有沒有想過，信箱中收到撲克牌A的人可能不只你一人？」

他又停了一下，接著轉身，步履艱難走了，消失在黑暗中。

奧黛麗出現在我身後，她站在門口，我有些事情要思考。

我記下他說的，有關梅魯索的事情。

八點，明天晚上，我必須到那裡去。

把便條紙貼在冰箱上後，我爬上床，奧黛麗也爬上來。她睡覺的時候，把腿橫跨在我身上，我喜歡她的氣息吹在我喉頭上。

過了大概十分鐘之後，她說：「艾德，告訴我。告訴我你最近到過哪裡。」

我跟她提過一次方塊A的任務，只是簡單帶過。我現在累得要命，卻把故事從頭到尾告訴她。

我告訴她米菈的故事，漂亮的米菈。我一邊說，一邊看見她臉上渴望知道的表情，看見她懇求我告訴她，她帶了吉米幸福。

說到蘇菲的故事，光腳的女孩——

奧黛麗睡著了。

她睡著了，我卻繼續下去。我告訴她艾德格街，還有其他的故事。岩石。扁人。歐瑞利神父。安姬・卡魯索。羅斯兩兄弟。塔土布一家人。

就在這一刻，我覺得我好開心。我想要保持清醒，夜色不久後就落下，沉沉將我打入了睡夢中。

♠9 女人

一名年輕女子的呵欠居然能美得讓人心生畏懼。

尤其是當她站在你家廚房，穿著內褲跟襯衫在打呵欠。

奧黛麗現在就是這副姿態。在我洗碗、沖盤子時，她站著揉眼睛、打哈欠，然後露出微笑。

「睡得好不好？」我問。

她點頭說：「你很舒服，艾德。」

我大可認定這是一句負面的評語，其實那是讚美。

「坐。」我說。出於反射動作，我看著她的襯衫扣子、她的臀部，順著她的腿往下看到膝蓋、小腿、腳踝，一下子全映入眼簾。奧黛麗的雙腿又軟又細緻，簡直像是會融化到廚房地板上。

我幫她弄了些玉米穀片，她一面吃著，發出嘎吱嘎吱的聲音。我不需要問她想不想吃一點，有些事情我不用問就知道。之後，奧黛麗沖了個澡，全身穿上衣服之後，我證實了以上那一點。

她站在門口，說：「謝啦，艾德。」停了一會兒補充道：「我跟你說，你是所有人之中最瞭解我的，對我最好，我覺得跟你在一起最舒服。」她居然還靠過來，在我臉頰上吻了一下。「謝謝你收留我一個晚上。」

她走遠了，但我感覺到她的唇還留在我的肌膚上。嘴脣的滋味。

我望著她沿著街道一路走遠，直到她轉彎。在她轉彎之前，她知道我還站在原地，又回過頭一次，揮揮手。當我抬高手要跟她揮手，她已經走了。

緩緩地。

有時候強烈地。

奧黛麗讓我心好痛。

「還有，能不能幫我一個忙？少吃點馬鈴薯片。」

我又聽見那傢伙昨天晚上的話。

我整天不停想起這句話，還有他的另一段話：「你有沒有想過，信箱中收到撲克牌A的人可能不只你一人？」

沒錯，句子最後打上的是個問號，但是我知道這是一段直述句。於是我想起我碰到的每個人，是不是全跟我一樣是傳信人呢？我不知道他們的信箱中是否也收到撲克牌與手槍，還是各自收到不同工具呢？我猜想，依照個人而有所不同吧。我收到撲克牌，因為我玩牌，戴瑞與契斯大概收到頭套，昨晚現身的夥伴收到黑衣服與壞脾氣。

七點四十五分前，我要再去一趟梅魯索，不帶看門狗隨行。這回，我要走進餐館裡。離去之前，我必須跟牠解釋清楚。

牠看著我。

問我：什麼，今天晚上沒馬鈴薯片吃？

不好意思，夥伴。我保證，我會帶東西回來給你。

出門前，牠十分開心，因為我給牠泡了杯咖啡，裡面還加了冰淇淋。我把咖啡放下去給牠喝時，牠雀躍不已。

牠在廚房告訴我：「讚！」我們還是好朋友。

往丑角街跟梅魯索的路上，我確實有點想念牠，彷彿這份任務原是我們兩個人的，現在我必須獨力完成，享受所有的榮耀。

沒錯。

如果有榮耀的話。

我差點忘了，可能會出現意外或遭遇困難。佐證一：艾德格街。佐證二：羅斯兄弟。

走進梅魯索餐館的門，步入義大利麵醬、麵條、大蒜濃烈的味道與溫暖之中，我納悶這回要傳達的口信是什麼。我剛才一路注意跟在我後面的人，卻沒發現特別的人，只有忙著處理日常事務的人。

講話。車子停歪了。

罵髒話。命令小孩動作快、別哇哇叫。

諸如此類的事情。

到了餐廳，我要求豐滿的服務生將我安排在最陰暗的角落。

「那邊好嗎？」她驚訝地問，「靠廚房？」

「好，煩麻妳。」

「從來沒有人想要坐在那裡，」她說：「你確定嗎，老弟？」

「確定。」

我想像她心中自忖：「怪人一個。」儘管如此，她還是領我過去。

「酒單？」

「妳說什麼？」

「你想喝點酒嗎？」

「不，謝謝。」

她手迅速一揮，把酒單從桌上拿走，接著告訴我今日特餐有哪些。我點了義大利肉醬麵、肉丸子、以及一份千層麵。

「你在等人嗎？」

我搖頭。「沒有。」

「所以你要吃兩份啊？」

「噢，沒有。」我回答。「千層麵是給我的狗吃的，我答應要帶東西回家給牠。」

我猜想，這次她會露出「真是個沒錢、可憐、寂寞的宅男」的表情，我可以體諒她。沒想到她卻說：

「你走之前，我再把千層麵拿過來給你，好嗎？」

「謝謝。」

「要喝什麼嗎？」

「不用，謝謝。」

我不喝餐廳的飲料，因為我覺得飲料哪裡都可以買，我到這裡是為了我自己不會烹調的食物。

她走開之後，我研究餐館內的情形。一半以上的座位上有人，有人自顧自地狼吞虎嚥，有人啜飲餐酒。一對年輕情侶在接吻，還合吃一盤菜。唯一讓人感到興趣的，是一名跟我坐在餐館同一邊的男子，他喝著酒在等人，沒吃東西。他穿著西裝，灰白相雜的捲髮往後梳。

肉丸子與肉醬麵送上桌後不久，今晚的重點人物出現了。

那名男子的客人抵達時，我險些被叉子噎住。他起身親吻她，把手放在她的屁股上。

那個女人是碧芙麗・安・甘迺迪。

碧・甘迺迪。

在別的地方，人家知道那是我老媽。

我心想，噢，真她媽的該死。順便把頭垂得低低的。

我莫名有種想吐的感覺。

老媽穿著一件好看的洋裝，深藍色的布料帶有光澤，簡直就是暴風雨的顏色。她彬彬有禮坐下，亮麗的頭髮圍繞著臉龐。

說白一點，這是生平頭一遭她在我眼裡看起來是個女人。平常的她是嘴巴很賤的，濫罵我，批評我一無是處。不過，今晚她戴了耳環，微黑的臉龐與棕色眼睛露出笑意，笑的時候，浮現出幾道皺紋，但是，沒錯，她神情愉快。

做為一個女人的她，神情愉快。

那個男人可算是有教養，他為她倒了酒，詢問她想吃什麼。他們輕鬆愉快地交談，我聽不見他們說什麼。說真的，我不要自己聽見。

我想起了我爸。

一想起他，我心情瞬間低落。

別問我理由，可是我認為這樣對他是不公平的。沒錯，他是個酒鬼，尤其是最後那段日子。可是，他是那麼友善、大方、溫和。我凝視著肉丸子，看見他黑色短髮與近乎透明的眼睛。他個頭相當高，外出工作時，向來穿著絨布襯衫，嘴裡啣根香菸。在家裡他是從不抽的，不在屋內抽。撇開其他的事情不說吧，他也是個有教養的人啊。

我還想起，當酒吧打烊之後，他搖搖擺擺穿過大門，偷偷摸摸走向沙發。

老媽一定是對他又吼又叫，可是已經起不了作用。

不管怎樣，她永遠對他碎碎念，他工作到累得像條狗也沒用。記得矮桌子事件？我爸每天都得忍受那種事。我們小時候，他常帶我們到小孩子玩的地方，例如：國家公園、海灘，位於幾哩外、有個超大金屬火箭船的遊樂場。不像現在窮人家的小孩，只能在令人作嘔的塑膠玩具遍布的遊樂場中玩耍。他帶我們到遊樂場，靜靜看著我們玩。我們一回頭，就見到他開心地抽菸，也許在做白日夢吧。我最早的記憶是當我滿四歲的時候，葛瑞格．甘迺迪——我爸——讓我騎在肩上。那時候，世界不怎麼大，每個地方我都看得見。那時候，我爸是英雄，不是普通人。

我現在卻坐在這裡，問自己下一步必須怎麼做。

第一步，肉丸子不吃了，盯著老媽開心約會就好。他們兩人顯然以前來過這裡，服務生認得他們，停下來攀談了幾句。他們很自在。

我想讓自己不要不滿、生氣，卻發現自己錯了，趕緊鎮定下來。那有什麼用？她畢竟是個人，跟每個人一樣有權得到幸福。

不久，我才明白，為什麼一開始我本能地忌妒她的幸福。跟爸爸無關。

是我。

在忽然湧上的一陣噁心之中，我明白一定要說的話是什麼——當下處境帶給我無從逃脫的空虛：那是我老媽，五十多歲，跟某個傢伙在外面到處晃來晃去。而我，坐在這裡，青春年少，形單影隻。

對著自己。

我搖了頭。

♠10 前廊上的低氣壓

服務生端走肉丸子，拿來裝在廉價塑膠盒裡的千層麵，這是給看門狗的。我預料這道料理會讓牠眉開眼笑。

溜到櫃臺付帳時，我一面小心翼翼別被發現，一面回頭看老媽跟那男人。她一顆心都在他身上，凝望著他，傾聽他說話，我根本不用多費力氣就能讓自己不被發現。我付了錢，出了餐館，卻沒有回家。我走去老媽家，在前廊守候。

這棟房子有我童年的味道，坐在冰涼的水泥地上，我甚至可以從門底下聞到那氣味。

夜空滿布星辰，我躺下往上看，迷失在其中。我感到好像在墜落，往上墜落，落進天空的深淵中。

接著，我感覺有人的腳輕輕戳著我的腿。

「你在這裡幹麼？」她說。

是老媽。

還是跟平常一樣有禮貌的咧。

我一隻手肘撐起身體，決定不拐彎抹角。「我過來問問妳，在梅魯索吃得還開心嗎？」

儘管她設法不動聲色，一抹驚訝神情從她臉上迸出，掉了下去，好像被她接在手中心煩意亂地玩弄。

「吃得很開心啊。」她說。我卻看出她在爭取時間，考慮怎麼回應。「女人必須過日子。」

我坐起身。「嗯，妳說的是有道理。」

她不置可否。「這就是你來這裡唯一的理由——來盤問我跟男人出門吃晚餐？我有需求，你要知道。」

需求。

你聽聽看她說的話。

她經過我身邊，走到門口，把鑰匙插進去。「那麼，不好意思，艾德，我非常累了。」

於是。

這一瞬間。

我差點兒讓了步，但是今晚我要抵抗。我很明白，在這個女人生的孩子之中，我是唯一她在這種情況不會被邀請進屋的那個。假使姊姊在這裡，她已經在煮咖啡了。如果是湯米，她會問他學校好不好，請他喝可樂或是吃蛋糕。

然而，面對我，艾德·甘迺迪，身體髮膚與她其他孩子的相似度一樣高，她卻擦肩走過，謝絕善意，更別說邀我進去。就這麼一次吧，我希望她能讓我更親近她一釐米就好。

門就要關上了，我用手擋下，啪一聲，像是臉上挨了巴掌的聲響。

我看著她，她臉上湧起了憤怒的表情。

「媽？」我問。

「怎樣？」

「妳為什麼這麼恨我？」

這個女人，她看著我，我特意不讓眼神洩漏出我的情感。

她回答我，既冷漠又直接。

「艾德，因為你讓我想起他。」

他？

跟我想的一樣。

他——我爸。

她走進去，「碰」一聲關上門。

我把一個男人弄到教堂，意圖殺死他。職業殺手在我廚房吃餡餅，被我看見了，他們就出手把我打昏。一群青少年流氓把我海扁得七葷八素。

然而，我覺得此刻才是我人生所經歷過最黑暗的時刻。

站著。

痛苦不堪。

在我母親家的前廊上。

天空四分五裂。

我想用手、用腳搥門。

但是沒有。

我只有跪到地上，剛才那句話有如一拳將我打倒在地。我努力想從這句話找出讚美，因為我愛我爸爸，撇開酗酒這部分不論，我認為像他不是全然可恥的事情。

那麼，為什麼我如此難過呢？

我沒有離開。

事實上，我發誓，在我得到答案之前，絕不離開這個殘破的前廊。如果得睡在這裡才能得到答案，那睡在這裡吧，明天一整天在高溫下等待。我站起來大喊。

「媽，我是不會走的！」再說一次：「妳聽見了嗎？我是不會走的。」

過了十五分鐘，門又打開，我卻沒有看她。我轉身對著馬路說：「你對其他人都那麼好——小嵐、凱薩琳、湯米，就像是……」我不能讓自己顯得懦弱，我來回踱步。「妳跟我說話，卻一點也不尊重我，結果我卻是陪著妳的那個人。」我轉身看著她。「如果妳有需要，我是陪著妳的那個人。每一次，我人都會在，對不對？」

她同意我的話。「對，艾德。」她卻突襲我，以她所認知的真相攻擊我。她的話刺耳難耐，我以為我的耳朵會流出血來。「沒錯，你都會在。這就是重點！」她伸出手。「瞧瞧這個爛地方，這棟房子，這個地方，這一切一切。」她語氣深沉地說：「而你的爸爸，他承諾過有一天我們會離開這裡，他說過，我們打包行李就走人。而你看看我們現在在哪裡，艾德。還在這裡，我在這裡，你在這裡。艾德，你就跟你老頭一樣，滿嘴的承諾，卻沒有實現過。你——」她惡毒地指著我，「你可以跟他們任何一個一樣好，跟湯米一樣好，甚至——但是，你人還在這裡，你會留在這裡五十年。」她的話好無情。「你會一事無成。」

四周安靜下來。

「我只希望你，」她打破沉默，「有點出息。」她緩緩走到屋前的臺階上，說：「有件事情你必須瞭解，艾德。」

「什麼？」

她小心翼翼地說：「隨你相不相信，要像這樣恨你，需要很深的愛。」

我試著去瞭解。

我往下走到前院草坪，轉過頭一看，她還在前廊上。

天啊，夜色昏暗。

如黑桃A一般。

「爸還在的時候，你就跟那個男的約會了嗎？」我問她。她看著我，希望自己不用面對我的問題。儘管她一句也沒說，我明白答案。我知道她不光只恨我爸，還恨她自己。就在那時候，我瞭解到她錯了。

我心想：跟這地方無關，是人的緣故。

不管到哪裡，我們都還是同一副德性。

我又開口提出最後一個問題。「爸知道嗎？」

她躊躇著，遲遲不語。

在老媽轉身哭泣之前，她的躊躇使我心如刀割。夜色如此深沉晦暗，我不知道太陽會不會再升起。

♠J

打電話

「媽？」

「嗯？」

我低頭看著看門狗，牠正在吃千層麵，一臉只能用「欣喜若狂」來形容的神情。時間是凌晨兩點零三分，我把電話筒貼近耳朵。

「妳沒事吧，媽？」

她顫抖的聲音傳過來，答案如我所預期。

「唉，我沒事。」

「好極了。」

「只是你吵醒我啦，你這個沒用的——」

掛了她的電話，我卻笑了。

我本想跟她說我依然愛她，不過，掛電話也許是更好的表達方式。

♠Q　鐘街戲院

昨夜，我忍不住一直想著老媽跟我說的每一句話。

到了星期天上午，我幾乎沒睡。看門狗跟我各自喝了幾杯咖啡，神智卻依舊迷迷糊糊。我不知道丑角街與我母親的口信是否已經傳達，但是我認為是完成了。她必須告訴我那些話。

當然，老媽認為我一事無成，讓我的心情大受影響。

儘管她應該反省，但是她覺得自己也很失敗，也使得我不怎麼好受。這事件或多或少讓我領悟到，這輩子不可能一直都開計程車，我會瘋掉。

這是第一次，有個口信從某種角度開始涉及我的個人生活。

這個口信是要幫誰？

老媽？還是我？

我又聽見她的話：「要像這樣恨你，需要很深的愛。」

她告訴我這句話時，我覺得在她臉上見到了解脫。

這份口信是給她的。

看門狗與我到教堂探望歐瑞利神父，前來參加他聚會的人依然相當踴躍。

後來，他興奮不已地說：「艾德！我還擔心你不來了，過去幾個禮拜我都一直想到你。」他輕輕撫著看門狗。

「我們在忙。」我說。

「主在你身邊嗎？」

「不算啦。」我回答。我想起昨天晚上，想到老媽出軌，痛恨我爸不守承諾，瞧不起她唯一留在這裡的孩子。

「噢，」他堅持地說，「每件事情的發生，都有一個目的在。」

說得真是太好了。每件事情的發生都有理由，於是我把心思集中在下一件差事上。

只剩鐘街。我下午過去。三十九號是一間老舊的電影院，上方是一排年代久遠的連棟住宅，有個看板固定在雨棚上。今天看板上寫著：「《北非諜影》，下午兩點半」與「《熱情如火》①，晚間七點」。往下走進去，窗上張貼著老電影的海報，海報邊緣都發黃了。走進去之後，還有更多海報。

我聞到過期爆米花與地板裂開的味道，似乎沒有人。

「有人在嗎？」我大喊。

沒回應。

幾年前「大聯盟戲院」在小鎮另一頭開幕之後，這地方就沒落了，乏人問津。

「有人在嗎？」我更大聲再喊一次。

我朝裡面房間一瞧，發現有位老人在睡覺。他穿著西裝、繫著領結，看來像傳統的帶位員。

「你沒事吧，大叔？」我一問，他猛然驚醒。

「噢！」他從椅子上跳起來，把外套拉直。「我能為你服務嗎？」

我看著櫃檯上方的布告板，說：「請給我一張《北非諜影》的票。」

「老天爺啊，你是我這幾個星期以來的第一個客人。」

這位老人眼睛周圍有很深的皺紋，眉毛異常濃密，白髮梳得一絲不苟，雖然頭頂日漸稀疏，卻沒有來個「瞞天過海頭」企圖遮蓋頭皮，神情真摯。他眉開眼笑，老實說，他受到莫大的鼓舞。

我拿十塊給他，他找我五塊。

「爆米花？」

「好，麻煩你。」

---

① Some Like It Hot。一九五九年美國電影。

他興奮不已，把爆米花舀起來放在桶子裡。「我請客。」他對我眨眨眼。
「謝謝。」
觀眾席很小，銀幕很大。我得等上一段時間才開演。大約兩點二十五分，老人走進來。「我想沒有別人會來了。如果我們提早開始，有沒有關係？」他大概怕我等太久會對他不滿。
「沒關係。」
他急忙跑走，順著走道往上走回去。
我差不多就坐在觀眾席正中間，真要說的話，我是在中間偏前一排。
電影開始放映。
黑白片。
放了一會兒，影片斷了，我轉過身，仰頭查看放映室的窗子。他忘了換片盤。我放聲大喊。
「嘿！」
沒反應。
我想他又睡著了。我走出觀眾席，找到一個上頭寫著「非工作人員禁止進出」的門走進去。裡面是放映室，老人正低聲打鼾，坐在椅子上，往後面靠，倚著旁邊的牆壁。「先生？」我說。
「噢，不！」他對自己大喊。「該不會又發生這種事情了吧！」
他顯然很懊惱，急忙到處找片盤，又是自責又是道歉。
「沒關係。」我跟他說。「冷靜點。」但是他什麼都聽不進去。
他一次又一次跟我說：「別擔心，小老弟，我會退你錢，我還讓你免費再看一場。片子你自己選。」
他如熱鍋上的螞蟻，說：「你想看什麼都行。」

我別無選擇，只得接受。

他急急忙忙往走前，說：「你趕快下去，就還來得及，不會錯過任何鏡頭。」

我覺得回到觀眾席前，應當自我介紹。我說：「我叫做艾德・甘迺迪。」並且伸出我的手。

他停下來握握我的手，真摯地瞧著我的臉。「對，我知道你是誰。」一時之間，他忘記了片盤的事，親切萬分地看著我的眼。「有人跟我提過你會來。」

然後，他又開始忙他的。

我站在原地。事情越變越有意思了。

我觀賞接下來的電影，同時跟自己說：要查出是誰通知這個老頭說我會來，我才肯離開這裡。

我從放映廳出來時，他問：「好看嗎？」但是我不讓他有討論這種事情的餘地。

我說：「誰跟你說我要來的？」

他想避開這個問題。

「不，」他驚慌失措，「我不能說。」他準備要脫身。「我答應過他們的，他們人那麼好……」

我把他拉回來看著我。「誰？」

他看著鞋子跟地板，看起來比剛才更蒼老。

「兩個男人嗎？」我問。

他看著我，眼神像是說「對」。

「戴瑞跟契斯？」

「誰？」

我換個角度調查。「他們吃了你的爆米花？」又是一個「對」。

「那就是戴瑞跟契斯。」我確認我的猜測，那兩個貪吃的王八蛋。「他們沒有傷害你吧，是不？」

「沒有，沒有。沒，他們人非常好，客客氣氣的。差不多是一個月前來看《艦上風雲》②。走之前，他們跟我說，有個叫做艾德·甘洒迪的人會來，還有，你辦完事情之後，會有東西送來給你。」

「我什麼時候會辦完事情？」

他攤開手。「他們說你會知道。」他悲哀地歪著臉。「你辦完了嗎？」

我搖搖頭。「沒，好像還沒。」我移開視線，接著又看回他身上。「我必須為你做件事情。以你的角度來講，是件好事。」

「為什麼？」

我差點就跟他說我不知道，不過我不能說謊。「因為你需要。」

他跟歐瑞利神父一樣，需要來場觀眾踴躍的聚會嗎？

我不相信，同樣事情不會發生兩次。

「也許——」他靠近我，「你回來看那場免費電影時就能辦到了。」

「好吧。」我同意。

「你可以帶女朋友來。」他建議我。「你有女朋友吧，艾德？」

我陶醉在這一瞬間。

「有啊。」我說。「我有女朋友。」

「那就帶她一起來吧。」他搓搓雙手。「什麼都比不上只有你跟你女朋友在寬大的銀幕前面。」他露出一個頑皮的微笑。「我還年輕時，常常帶女孩子到這裡來。這就是我從建築業退休之後，買下這個地方的原因。」

「這裡有讓你賺過錢嗎？」

「噢，天啊，沒有，我不需要錢。我只是喜歡放電影、看電影、打瞌睡。我老婆說，要是這地方能讓我不跟她吵架，何樂而不為呢？」

「有道理。」

「你什麼時候可以再來？」

「也許明天吧。」

他給我一本百科全書大小的目錄，要我翻一翻，建議一部電影。但是我不需要目錄。

「不，謝啦。」我跟他解釋。「我知道我想看什麼。」

「真的？已經想到了？」

我點點頭。「《鐵窗喋血》③。」

他又搓搓手，咧嘴大笑。「選得好，很棒的片子。保羅·紐曼的表演精采，還有喬治·甘迺迪——跟你同姓——令人難忘。明天七點半？」

「好極了。」

「太好了，明天到時候我就會見到你跟你的女朋友。你女朋友叫做什麼名字？」

「奧黛麗。」

---

② Mister Roberts。一九五五年美國電影。

③ Cool Hand Luke。一九六七年美國電影。

「噢，好，好。」

正要離開的時候，我發現我還不知道這位老人的名字。

他向我道歉。「噢，我真抱歉，艾德。我叫做伯尼。伯尼・普萊斯。」

「噢，很高興認識你，伯尼。」我往外走。

「我也是。」他說：「很高興你來了。」

「我也是。」我走到外面，踩進傍晚炎熱的空氣中，踏入了夏天。

今年聖誕夜剛好是星期四，到時每個人都會來打牌、吃火雞、觀賞小馬熱吻看門狗。

我為了明天的事情打電話找奧黛麗，她取消了跟男朋友的約會。我想，從我迫切的聲音，她知道我需要她跟我出門一趟。

我們把事情商量妥當之後，我立刻散步到米菈位於哈里森大道上的住處。

她打開門，看來這幾個星期她的身體變虛弱了。離上次我來訪已經有段時間，一看到我來了，她的臉亮了起來，原先駝著背站著，看了我的臉，卻打直了腰桿。

「吉米！」她語氣昂揚。「進來，進來！」

我照她的話做，進到客廳，發現她本來想自己閱讀《咆哮山莊》，但是還沒讀多少。

「噢，對。」她拿茶進來時說。「我一直想在沒有你的幫助之下讀這本書，不過念不太下去呢。」

「你希望我現在念幾頁給妳聽嗎？」

「好好好。」她笑笑說。

我喜歡這個老婦人的笑容，喜歡她臉上的皺紋與眼睛裡的喜悅，她的皺紋和眼睛裡可以看見人性。

「聖誕節那天，妳願不願意到我家玩？」我問她。

她放下茶，回答：「願意，當然好，我願意去，日子……」她縱情地望著我。「吉米，沒有你，日子越來越寂寞。」

「我知道。」我說。「我知道。」

我把手放在她的手中，輕輕揉著它。這種時刻，我祈禱靈魂往生後能尋獲彼此——米菈與正牌的吉米。我祈禱這會成真。

「第六章——」我念道。「辛德理先生返家參加葬禮。有件事情讓我們驚訝不已，鄰居們四處說閒話——他帶著妻子一塊兒歸來……」

星期一，我整日在城裡開車，載了許多客人，難得能在車流中穿梭自在。身為一名計程車駕駛，我的目標往往只有別去招惹其他駕駛。今天的目標順利達成。

我剛好在六點前回到家，跟看門狗一起吃了東西，七點左右去接奧黛麗。我穿上我最好看的牛仔褲、靴子，還有一件已經褪成橘色的紅色舊襯衫。

奧黛麗應門，我聞到了香水味。「妳聞起來好香。」我說。

「噢，謝謝你，好心的先生。」她讓我親吻她的手。她穿了黑裙子，好高的鞋，配上黃棕色襯衫，全身上下搭配得很漂亮。她的頭髮往後紮成辮子，幾絡髮絲落在兩側。

我們順著街道走，她手挽著我的手臂。

我們看著自己的模樣，忍不住笑了。

「妳聞起來真的好香噢，」我又跟她說一次，「而且人好漂亮。」

「你也很帥。」她回答，想了想又說：「雖然是穿著破爛襯衫也帥。」

我低頭看一眼。「我知道，很恐怖吧？」

但是奧黛麗不在意，手足舞蹈地走著。她說：「喲，我們要看什麼電影？」

我憋著不露出賀喜自己的表情，因為那是她最愛的電影之一。「《鐵窗喋血》。」

她停下腳步，表情美到我險些大叫。「艾德，你今天的表現比以往還有水準噢。」上回我聽見這個說法是小馬跟服務生瑪格麗特說話。這次，這句話沒有挖苦的意味。

「謝謝。」我回答。我們繼續走去，轉了彎走到鐘街，奧黛麗的手還依然勾著我的手。我希望電影院更遠一點。

我們抵達時，伯尼．普萊斯說：「他們來了！」他興高彩烈，我真的很訝異他沒有在睡覺。

「伯尼，」我禮貌地說，「這是奧黛麗．歐尼爾。」

「很高興見到妳，奧黛麗。」伯尼咧著嘴笑。她去洗手間時，伯尼興奮地將我拉到一旁，低聲說：「噢，你很中意她噢，艾德？」

「是啊。」我同意。「那是當然的。」

我買了過期的爆米花，應該說我本來要買的（因為伯尼——用他的話說——是不會容許這種事情）。然後走進去，在我昨天觀賞的附近位置坐下。

他給我們一人一張票。

「《鐵窗喋血》：晚間七點。」

「你的『血』頭上是不是少了一撇？」奧黛麗詢問。

我覺得有趣，低頭一看，是寫錯了，很適合今晚的氣氛。

我們坐下，不久放映室窗口傳來敲打聲。「你們兩個準備好了？」我們聽見模糊的聲音。「好了！」我們雙雙朝後面大喊，然後又轉身面對銀幕。

電影開始。

我們觀賞電影的時候，我希望伯尼在上面開心地想起他在我這年紀時，到電影院的心情。

我希望，他看著坐在大銀幕前的兩個人——兩個剪影而已——依然相信奧黛麗真的是我女友。

我暫時把傳口信拋諸腦後。

我到這裡完成了口信，卻沒見到伯尼的表情，我設法從銀幕裡演員的臉上看到。

是啊，我希望伯尼快樂。

我希望他銘記在心。

奧黛麗隨著銀幕裡的音樂輕輕哼唱，在這一刻，她是我的。我自己相信她是。

今晚，是屬於伯尼的，不過我也拿了一小段留給我自己。

我們兩人都看過這部電影幾次，是我們的最愛。在某些片段，我們幾乎可以跟角色一起講對白，但是卻沒那樣做。我們只是坐著欣賞，享受空曠無人的戲院，我還享有奧黛麗的陪伴。我喜歡只有她跟我獨自在一起。

我想起伯尼昨天說的話：「只有你跟你女朋友。」我明白伯尼今晚真正應當享受的不光是坐在上面的放映室。我跟奧黛麗低語。

「我請伯尼下來跟我們一起坐，有沒有關係？」

她的回答如我所預期：「好啊。」

我跨過她的雙腿，往外走上放映室，伯尼在那裡睡著了，我用手輕推喚醒他。

「伯尼？」我問。

「噢。唉，艾德啊？」他從倦意中清醒。

「奧黛麗跟我……」我說，「我們在想啊，你想不想下來跟我們一起看電影？」

他往前一坐，提出抗議。「噢，不，艾德。我絕對不能那樣做，絕對不行。我這裡工作一大堆，你們年輕小朋友應該單獨坐在下面。你是知道的——」他說，「幹些調皮的事。」

「來嘛，伯尼。」我說。「我們想邀你跟我們一起坐。」

「不，不，不行。」他固執不通。「我不可以。」

又爭執了一分鐘左右，我放棄了，走回放映廳，又坐回奧黛麗身旁，她問我他人呢？

「他不想打擾我們。」我說。可當我坐到椅子上，想調整出舒服的姿勢，後方的門打開了，伯尼站在光線中。他緩緩朝我們走下來，坐在奧黛麗另一手邊。

「很高興你下來了。」她壓低聲音說。

伯尼轉頭看著我們兩人。「謝謝你們。」他疲倦不已的眼睛閃爍著感激，他面向銀幕，精神奕奕。

大概十五分鐘後，奧黛麗摸著我放在椅子扶手上的手，悄悄地將手放到我的手中，握住了我的手。她輕輕捏著我的手，我看過去，發現她也握著伯尼的手。奧黛麗的友善偶爾恰如其分，她偶爾知道該怎麼表現。

她時間抓得剛剛好。

直到需要更換片盤之前，一切進行順利。

伯尼又睡著了，我們喚醒他。

「伯尼。」奧黛麗輕聲喊著，略微搖了他幾下。

他醒來後，從椅子上跳起來大喊：「片盤！」他快步走向放映室，我抬起頭一看，我注意到了。

有人在裡面。

「嘿，奧黛麗。」我說。「妳看。」我們兩人都站起來，目不轉睛看著窗子。「有人在上面的房間裡。」我們四周的空氣好像凝結了，直到我手腳終於能動了，空氣才又開始流動。我往走道走去。

奧黛麗起先不知該做什麼，但是我馬上聽見她的腳步聲跟在我後面。我沿著走道往跑上，眼睛死盯著放映室的人影不放。那人見了我們，隨之加快動作，我們還沒跑到觀眾席門口，那人瘋了似的離開了放映室。

走到戲院前廳，我聞到過期爆米花的味道，地板中間尚有人來了又走了的緊張氣味。我往「非工作人員禁止進出」的門走去，奧黛麗緊跟在我後頭。

我們走到房間，首先看見的是伯尼搖晃的雙手。他的臉嚇得顫抖。嘴脣也顫動著，一路抖到喉嚨上頭。

「伯尼？」我問。「伯尼？」

「他讓我嚇得半死。」他說。「跑出去的時候，差點把我撞倒。」他坐下來。「我沒事，艾德。」他立刻指著房間另一端的一疊片盤。

「什麼？」奧黛麗問。「那是什麼？」

「最上面那個。」伯尼回答。「那個不是我的。」

他走過去拿起來研究，上面的小標籤寫著模糊的字，兩個字：「艾德。」

「我們應該放來看嗎？」

我怔住片刻，回答說好。

「你最好下去觀眾席，」伯尼建議，「比從這裡看清楚多了。」

走之前，我問了一個我認為伯尼能夠回答的問題。

「為什麼，伯尼？」我問。「為什麼他們一直對我做這種事情？」

結果，伯尼只是笑了笑。

他說：「艾德，你還是不明白是麼？」

「明白什麼？」

他抬起眼看著我，慢條斯理地說：「他們這麼做，是因為他們可以這麼做。」他的聲音疲憊卻真誠、堅定。「這個局很久以前就布好了，至少一年以前。」

「他們跟你說的？」

「對。」

「用這幾個字眼說？」

「對。」

我們站在原地想了想，伯尼打發我們離開。「去，去。」他說：「你們小朋友回去下面，我一分鐘之內就會把片盤放出來。」

回到前廳，我靠在門上，奧黛麗開口說話了。

「一直都是像這樣嗎？」

「差不多。」我回答。她只能搖搖頭。「我們進去吧。」我告訴她，我費了幾番口舌工夫，說服她回到觀眾席。「快要結束了。」我說。我認為奧黛麗會以為我講的是電影。

而我呢？

我不再想著電影。不再想著別的事情。

只想撲克牌。

只想著A。

♠K　最後的片盤

我們步下走道，銀幕還是空白的。

當上面出現了畫面，鏡頭一片漆黑，我看到幾個年輕男子移動的腳步。

這些腳步往前逼近街上一個孤獨的身影。

那條街是在我們的小鎮！

那個身影也是住在這裡——

我停下腳步。

登時停下。

奧黛麗又多走了幾步路，才轉身發現我的眼睛盯著銀幕。我只能用手比著銀幕。

接著，我說：「畫面裡的那個是我，奧黛麗。」

在銀幕上，我們看著羅斯兄弟與友人的腳步猝然接近我，在大街上狠狠地痛打我一頓。

我站在走道上，感覺到臉上的傷疤。

我的手指在尚未癒合的肌膚上徘徊，我覺得刺痛。

「是我。」我喃喃重複一次。奧黛麗在我身旁，她忍不住在陰暗的戲院中哭了起來。

在下一幕中，我拿著書本步出圖書館。接下來是榮耀街的燈，只有一個鏡頭，在夜裡單單拍攝燈組。權力與榮耀。原本畫面一片漆黑，接著燈啪一聲打開，照亮了整間觀眾席。接下來的場景是默然無聲的前廊低氣壓，我看著老媽說出那些傷人的話，幾乎用言語挖開我的臉，接著銀幕上的我慢吞吞地走遠，彷彿直接走進觀眾席來。我們注視著我走向鐘街戲院。

最後的畫面是直接寫在片盤上的幾行字。上面寫著：「艾德．甘迺迪的受難記。幹得好，艾德。該繼續接下來的工作了。」

銀幕又回到了黑色。

一片漆黑。

我依然無法移動腳步。奧黛麗想拉我走，幾乎拉不動。我一動也不動盯著銀幕站著。

她說：「回到座位上吧。」我聽出她聲音裡的擔憂。「我覺得你最好坐下來，艾德。」

我緩緩抬起一隻腳。

接著另外一隻。

「我可以繼續放電影嗎？」伯尼往下喊。

奧黛麗詢問的眼神望著我。

我稍微仰起臉後點頭，表示同意。

「可以，伯尼！」接著她對我說：「好主意，這會分散你的注意力。」

我一度考慮跑回外頭。不管剛剛是誰在這裡，把房子拆了也要揪他出來。我想問伯尼，是否又是戴瑞跟契斯。我想知道，為什麼他們告訴伯尼他拿到什麼，卻把我蒙在鼓裡呢？

但我知道那是白費力氣。

他們這麼做，是因為他們可以這麼做。

這句話湧上心頭數次，我知道戲院才是我應該停留的地方。黑桃撲克牌的最後任務就是這個：我們必須留下。

銀幕開始閃爍，我期待看到《鐵窗喋血》最有名的一幕——路克總算越獄，結果人人都遺棄了他。

「你們在哪裡？」我等著，他很快便會從床鋪上放聲大喊。

我們走回座位時，路克拖著腳走向銀幕另一邊，心死又孤寂。他轉身在床鋪旁倒下。「你們在哪裡？」他喃喃地說。

你們在哪裡？我問。我轉過身，期盼有個身影站在觀眾席的某處，期望有人的腳步聲落在我們身後的地板上。我猛然轉頭一看，處處有人，卻又處處沒人。在我看得見的每處黑暗空間，我以為我找到了誰，每一次，黑暗卻變得更加黑暗，只有黑暗。黑暗。

「怎麼了，艾德？」奧黛麗問。

雖然我一點也沒有把握，卻答：「他們在這裡。」傳口信的經歷讓我學到了這點，「他們一定在這裡。」可是當我匆忙看著觀眾席時，我什麼也沒看見。倘若他們人在這裡，我是見不到他們的。

我馬上就明白了。

我們返回座位上，我明白他們現在不在這裡，但是他們已經來過了。

他們確實已經來過了，因為在座位上——我的座位上——是一張紅心A。

「你們在哪裡？」路克在銀幕上大喊，回應他的是我的心跳，它在我體內搖晃，像是一座鐘，發出宏亮的鏗鏘聲。我吞嚥口水，心跳的音量越來越強，散發出光與熱。

我拿起撲克牌握在手中。

「紅心。」我低聲說。

那是我現在的位置。

我極想看看撲克牌上寫了什麼，但是我強迫自己先握著它，看完剩下的電影。

我看電影。

我注視奧黛麗，享受當下，或至少享受接下來的這段時間。

紅心撲克牌在我手中等著，我幾乎可以感覺到它的脈搏。

紅心撲克牌的聲音

皮箱

狼城脂粉俠

羅馬假期

♥A　紅心撲克牌的聲音

我腦海裡響著音樂，顏色有紅又有黑。

隔天清晨。

紅心A出現的隔天清晨。

我有種宿醉的感覺。

昨晚確定伯尼沒事之後（我們任他睡在放映室裡），我們上樓走回鐘街，走回黑暗之中。氣候溫暖且潮溼，附近只有一個年輕人，坐在一條骯髒老舊的長椅上。

起先，我迷茫茫想著剛才發生的一切，轉頭要再看他一眼，人已不見蹤影。

他消失了。

奧黛麗提出一個問題，我卻沒聽見，我耳中忽然響起一陣噪音，她的聲音落在那陣聲響之外。我一開始不知道那是什麼聲音，接著，確定了那是紅心與黑字的敲擊聲。

紅心撲克牌的聲音。

我肯定剛才那兒的年輕人就是被派往戲院的人。

也許，他原本可以帶我到送撲克牌的人那兒。

也許，有很多也許。

我們往下走，我耳中的巨響漸漸沉靜，腳步聲與奧黛麗的聲音又變得清楚可聞。

現在，天亮了，我又聽見那聲響。

撲克牌在地上，看門狗趴在撲克牌旁。

我緊閉眼睛，眼前一片紅與黑。

我告訴自己：這是最後一張撲克牌。我不理會紅心在床上敲打的聲音，翻身又入睡了。

我夢見飛馳。

駕車飛馳，看門狗在前座。

大概是因為聞到牠在我床邊的關係吧。

好美的夢，就像美國電影的結局，男主角與紅粉知己開車消失在世界另一方。

只不過，我獨自一個人開車。而且沒有紅粉知己。只有看門狗與我。

悲慘的是，在睡夢中，我相信夢的真實；醒來之後，我猛然一驚，因為人已經不在開闊的道路上了。取而代之的是看門狗的鼾聲，以及牠壓在撲克牌上的後腿。我想伸手拿牌，又覺得算了。看門狗睡的時候，我不喜歡驚動牠。

其他撲克牌在抽屜等候，等候最後一張。

每一張撲克牌上的任務都完成了。

我心想：再一張而已，接著起身跪在床上，把頭深埋於枕頭中。

我沒有祈禱，但是差一點便說出了口。

起床之後，我推開看門狗，再看一次撲克牌上的內容。黑色的字與我已知的其他內容筆跡相同。這次筆跡寫著以下的電影片名：

皮箱
狼城脂粉俠
羅馬假期

雖說我沒有一部片子看過，我很有把握那全是電影片名。記憶中，《皮箱》是一部頗新的片子，鐘街戲院不可能上映過。不過，我確定城裡那間路不好找卻熱門的戲院上映過一段時間，也記得看過幾次宣傳海報。我想它是從一部西班牙片改拍的，屬於犯罪喜劇，影片中充斥著子彈、職業殺手，還有一只裝滿瑞士法郎贓款的皮箱。其他兩部電影我不知道，但是我很清楚誰能幫上忙。

我準備好要著手進行，但是在聖誕節的前幾天，工作忙到讓我無法進行。這種時節一向熱鬧，所以我多排了幾個班次，幾個晚上都在開車。我把紅心A收在襯衫口袋裡，不管我車開到哪去，它就跟著我一起去。除非完成差事，否則我不會放開它。

然而，一切會隨著紅心A而落幕嗎？我問自己。它會放了我嗎？我早瞭然於心，這一切將跟隨我直到永遠，纏繞我的心思。但是，我又擔心它會讓我感激這段經歷。我用「擔心」二字，因為我有時候的確希望在事情還沒有結束之前，它不要先變成一段我鍾愛的記憶。我還擔心，到了最後，事情沒有完全結束，只要記憶力揮動它的斧頭，總是在心思上找到柔軟處劈開進入，事情就是會不停地發生。

這幾年來，我頭一次送出聖誕卡片。

不同的是，我沒有寄出畫著聖誕老公公或聖誕樹的卡片。我找出幾組老舊的撲克牌，把A全部拿出來。在撲克牌上，我為我曾造訪過的每個地點寫了幾句話，放在小信封裡，寫上「艾德祝你聖誕快樂」。連羅斯兄弟的卡片我也準備了。

輪夜班之前，我開車四處發送撲克牌。在大多數的地方，我放下卡片就悄悄溜走，沒讓人察覺。在蘇菲家，我則被逮見了。我承認啦，我略微期盼她會發現我。

我對蘇菲有種莫名的特殊感情，或許我多少因為她總是落敗——非常像我——而喜愛她。但是，我明白這不是唯一的理由。

她人好美。

她現在的樣子好美。

我把信封放在她家信箱，就像其他地方一樣，然後轉身離開，她的聲音卻從上方傳來。她在窗前。

「艾德？」她往下喊。我轉回頭，她又喊了我一聲，叫我等一下。她立刻從前門出來，穿著白色T恤、藍色的慢跑短褲，頭髮綁在腦後，瀏海飄向臉頰。

「只是拿張卡片來給妳，」我說，「聖誕節。」我呆若木雞，站在她家車道上，好生尷尬。

她打開信封，閱讀撲克牌上的字。

在她的撲克牌上，我在方塊下方多寫了幾個字。我寫著：「妳很美。」當她讀時，我發現她的眼睛略微溼潤了。那是她在運動場打赤腳流血那天，我跟她說過的話。

「謝謝你，艾德。」她說。她望著撲克牌，「我從沒收過這種的卡片。」

我答道：「聖誕老公公跟聖誕樹的卡片都缺貨。」

將撲克牌送給這些人，讓我覺得很奇妙，他們永遠不會真正明瞭其中的意涵，有些人不知道艾德這個人究竟是誰。最後，我想那也不重要。蘇菲與我互道再見。

「艾德？」她又在叫我。

我坐在車裡，搖下窗戶。「蘇菲？」

「能不能——」她彬彬有禮地說，「你能不能告訴我，我可以給你什麼？你給了我那麼多。」

「我什麼都沒有給妳。」我告訴她。

她完全明白我在說什麼。

什麼都沒有，指的是空鞋盒，只是我們都沒有講破。

我們心知肚明。

方向盤變暖了，我開車走了。

給歐瑞利神父的撲克牌，我留到最後才送出。他在家裡為那條街上沒指望的傢伙舉辦一場聚會，曾想搶我夾克、錢與香菸的傢伙都在，每個人都在吃著香腸三明治，配上大量醬汁跟洋蔥。

「嘿，你們看。」有個人指出我來，我想他是喬吧。「是艾德耶！」他想把神父找來，「嘿，神父！」他大喊，半個三明治連同他的話一塊兒噴出來。「艾德來了！」

歐瑞利神父連忙走出來說：「讓今年變得完全不一樣的人，他終於來了。我一直打電話找你。」

「最近有點忙，神父。」

「對噢。」他點點頭：「你有使命在身。」他把我拉到一旁說：「我想再次謝謝你，艾德。」

聽了這話，我明白我該感到開心，但是卻沒有。「我不是來這裡讓你謝謝我的，神父。我只是拿張瞥腳的聖誕卡片給你。」

「噢，反正我十分感謝你，年輕人。」

最後一張A讓我垂頭喪氣。

紅心，最後一張牌。

我原本預期會是黑桃。

我拿到了紅心，也不知道為什麼，就是覺得這是最危險的花色。

人因心碎而憔悴；人會罹患心臟病；當事情出了差池、四分五裂，心是痛得最厲害的。

我走回街上，神父感受到我的擔憂，他說：「還沒有結束，是不是？」他知道自己只是我任務的一部分，我只是傳信人。

「還沒，神父。」我回答。「還沒結束。」

「你會順利完成的。」他對我說。

「不，」我跟他說，「不會。我不會為了完成而完成。」

這是實話。若我想順利完成，我得努力去掙來。

我祝福神父聖誕快樂，繼續朝著夜色前進。撲克牌依然在我的口袋中。我感覺紅心A在我口袋中傾斜，往前想更接近空氣與我必須正視的世界。

「上哪去？」隔天，我這麼問我第一個載到的客人，卻聽不見他的回答。我又只能聽到紅心撲克牌的聲響，它在我耳中吶喊敲打。

節奏越來越快。

越來越快。

沒有引擎聲。

沒有號誌燈的滴答響，沒有乘客的嗓音，沒有車流嘶嘶聲。只有紅心撲克牌。

在我口袋。

在我耳內。

在我長褲裡。

在皮膚上，在呼吸之中。

在我內心的祕密所在。

「到處——」我說，「只有紅心。」乘客不明白我在說什麼。

「到這裡就行。」她說。

她年約四十，香水聞起來有甜菸味，上了玫瑰色系的妝。她給我錢的時候，看著鏡子裡的我。

「聖誕快樂。」她說。她的聲音聽起來像紅心撲克牌。

♥2 吻、墓、火

我買齊了該有的東西，不消說，酒比食物多。大夥還沒上門來過聖誕夜之前，我的屋子瀰漫著火雞與涼拌捲心菜絲的味道，當然囉，還有看門狗的臭味。火雞的香味一度蓋過牠的氣味，但是那條狗的體味是無與倫比的。

首先出現的是奧黛麗。

她帶來一瓶酒與自己做的餅乾。

「不好意思，艾德，」一進門她跟我說，「我不能待太久。」她親吻我的臉頰。「賽門跟他死黨也辦了個派對，他希望我過去。」

「妳——想去嗎？」明知她想去，我還是問了。你怎麼會願意跟三個一無可取的混蛋與一條臭狗待在一塊呢？跟我們一起，她才是瘋了。

奧黛麗回答：「當然想囉，你知道我是不會去做不願意做的事情。」

「那倒是真的。」我回答，這是真話。

下一個到達的是瑞奇，當時我們已經喝起酒來了。我們聽見街口傳來他的機車聲，他把車子停下來，大喊要我們幫他開門。他用大容量的攜帶型冰箱帶來蝦、鮭魚與檸檬切片。

「不賴吧，嘿嘿？」他放下東西。「我還買得起這些。」

「你怎麼弄過來的？」我問。

「什麼？」

「冰箱啊？用機車嗎？」

「噢——我把它綁在後面，我其實是一路站著過來的，冰箱占掉了一半的坐位。」瑞奇豪爽地對我們眨眨眼。「不過，很值得。」他的失業救濟金有一半應該都在冰箱裡面了。

接著我們等著。等小馬到來。

「我賭他不會出現。」瑞奇一坐下來便說。他摸摸臉上扎人的鬍鬚，一頭汙泥般的頭髮照舊沒洗，又毛又糙。好玩的是他得意的神氣，這場聚會他期待很久了。他坐在沙發上慢慢喝著啤酒，把看門狗當作踏腳凳。又懶又瘦的瑞奇癱在沙發上，舒服地將腿伸直，不知為何人看起來非常安逸。

「噢，他一定會出現，」我一口咬定，「要是他不來，我會拖著看門狗到他家門口，要他當場親下去。」我放下酒。「好久都沒有像今年這樣期待聖誕節了。」

「我也是。」瑞奇迫不及待地回應我。

「還有，不用錢的食物，」我分析下去：「小馬在銀行有四萬塊，但是仍然忍不住要來吃免錢的大餐。相信我，他會來。」

「一毛不拔的鐵公雞。」瑞奇附和我，最單純的聖誕氣氛不過如此。

「我們要不要打電話給他？」奧黛麗建議。

「不要，讓他自己來找我們。」瑞奇笑嘻嘻的，我知道他在想什麼，今天會精采萬分。他低頭看著狗，說：「你滿心熱切期盼這個大禮吧，看門狗？」看門狗抬眼一看，好像在說：你究竟在樂什麼啊，老兄？沒有人跟牠說過今晚還有節目，可憐的狗，沒人問過牠願不願意。

小馬終於走進來，雙手空空如也。

「聖誕快樂。」他說。

「聖誕快樂。」我指著他的空手。「老天，你這王八蛋好慷慨啊。」

我知道小馬心裡打的是什麼算盤。

他決定，要是非親看門狗不可，那他的貢獻就超過今年該分攤的部分。我也看得出來，他還抱著微弱的希望，期盼我們可能都忘了那一回事。

瑞奇馬上推翻他所有的打算。

他站起來說：「咳，咳，小馬？」他嘻皮笑臉。

「咳什麼咳？」

「你明知道的。」奧黛麗跟著一搭一唱。

「我不知道哇，」小馬堅決地說，「不知道。」

「少給我來這套。」瑞奇開始擬定遊戲規則，「你知，我們知。」他興高采烈，害我險些以為他會開心地搓手。「小馬，」他宣布：「你要親這條狗。」他的手比了比看門狗。「而且，親的時候，要心甘情願，表情要笑咪咪的，否則我們會要你再親一下，又一下，又——」

「好啦！」小馬怒吼，讓我聯想起正在耍脾氣的小朋友。「在頭頂上親一下，行了吧？」

「噢噢，不行。」瑞奇斬釘截鐵地說。他站起來，興致勃勃享受當下的每一分鐘。「我相信，我們的約定是，你會不偏不倚親在嘴巴上，那就是你要親的地方。」他將手指對準小馬。

看門狗抬頭望了一眼。

我們看著牠時，牠似乎忐忑不安。

「你這可憐蟲。」瑞奇說。

小馬生氣地說：「我知道啦。」

「不是說你，」瑞奇告誡他，「是牠！」他頭朝著狗一擺。

「好了，」奧黛麗說，「別鬼扯了。」她把我的相機交給我。「上吧，小馬。全都交給你囉。」

小馬彷彿心上擔了千斤重，惶惶恐恐彎下腰，終於挨近了看門狗的臉。看門狗——一身金黑色的毛髮，一對水汪汪的眼——看起來緊張得要掉淚了。

「牠一定得把舌頭這樣子伸出來嗎？」小馬問我。

「牠是狗耶。」我說。「你還能希望牠怎樣？」

小馬繃著臉，終究還是做了。他靠過去，在看門狗鼻嘴之間親一下，恰好有足夠時間供我拍照。奧黛麗與瑞奇歡呼鼓掌，捧腹大笑。

「沒有很難吧？」瑞奇說，小馬卻直接走進浴室。

可憐的看門狗。

我自己親了牠額頭一下，給牠一片上等的火雞肉。

謝了，艾德。牠笑笑說。

看門狗笑起來真好看。

稍後，小馬還在抱怨說他嘴巴上有看門狗的味道，我們則努力逗他開心發笑。

我們一起吃喝玩牌，直到門外有人敲門，那個男朋友來了。他陪我們喝了一杯，吃了幾口蝦。我覺得他人不錯，但是我用看的就知道，奧黛麗並不愛他。

我猜想，那就是她與他交往的理由。

奧黛麗走了之後，我們決定不要喝酒自憐。盤子空了，酒喝乾了，瑞奇、小馬與我到鎮上四處遊蕩。商店街口點了一座營火，我們朝那方向前進。

我們東倒西歪走了一段路，不過到了那裡之後，每個人都清醒了。

愉快的夜晚。

有人在跳舞。

有人高談闊論。

幾個人在打架。

聖誕節總是這番情景，一整年的精神緊繃，到了這天才放鬆下來。

在火堆旁，我遇見安姬．卡魯索跟她的孩子，應該說，是他們過來找我。

有人拍拍我的腿，我低頭瞧見她的兒子——愛哭的那一個。

「嗨，叔叔？」他說。

我轉身看見安姬．卡魯索拿著一支冰淇淋。她把冰淇淋遞給我，說：「聖誕快樂，艾德。」我收下。

「謝謝，」我說，「我剛好想吃呢。」

「我們偶爾都會想吃的。」她顯然因為能夠輕易回報我而感到欣喜。

我舔了一口冰，問：「妳好嗎，安姬？」

「啊……」她看看孩子，又回頭看著我。「我會撐過去的，艾德，有些時候，這樣就讓人心滿意足了。」

她想起一件事情，「對了，謝謝你的卡片。」安姬帶著孩子們緩步走遠。

「不客氣。」我在她身後喊。「今晚玩得開心。」

「享受冰淇淋吧。」說完，她順著營火走遠。

「怎麼一回事啊？」小馬問。

「我認識的一個女孩而已。」

從來沒有人在聖誕節送給我冰淇淋。

我望著營火，冰冰甜甜的滋味滲進我的嘴脣。

我聽見身後有個父親在對兒子說話。

「再那樣做，」他說，「我就把你一屁股踢到火裡去。」一面冷笑，他一面改以溫和的語氣說：「我們不希望會發生那種事情，對噢？那種事情聖誕老公公不會喜歡的，對不對？他不會喜歡的。」

小馬、瑞奇跟我聽得津津有味。

「啊——」瑞奇歡喜地嘆了口氣，「聖誕節就是要這樣。」

我們全聽過自己的爸爸說同樣的話。

我想起我爸爸，他死了，也埋了。第一個沒有他的聖誕節。

「聖誕快樂，老爸。」我特意讓眼睛遠離燃火。

冰淇淋融化了，流到我手指上。

長夜流逝，聖誕節的凌晨越接近，天色越加朦朧。小馬、瑞奇跟我分開了，人群越來越稠密，走散之後，我們就沒再碰面了。

我穿過小鎮往回走，到爸爸的墓前探望他，停留了好一段時間。我從墓園望見一處紅光，是營火。我坐那裡，注視著刻有爸爸姓名的墓碑。

在他的葬禮上，我哭了。

我任由眼淚無聲無息地在臉上縱橫，慚愧自己居然提不起勇氣談談他。我知道在場每個人都以為他只是個酒鬼，可我卻還記得他的另外一面。

「他是個正人君子。」我如今才喃喃說出口。

我心想，倘若葬禮當天我能夠說出來，有多好啊。老爸從不對人惡言相向或做出不客氣的事情。沒錯，他成就不高，他沒有實踐諾言，使我母親失望，但是，我覺得葬禮那天他的家人一聲不吭，對他而言是不公平的。

「對不起，」起身離開前，我跟他說，「非常對不起，老爸。」

我心懷恐懼地走了。

恐懼，因為我不希望自己的葬禮會是那般淒涼、冷清。

我希望有人在我的葬禮上說話。

我猜想，要有人在我的葬禮上說話，那表示活著的時候，我就必須好好過活吧。

現在走吧。

走就是了。

回到家，我發現小馬在他車後座睡著了。瑞奇兩腿打直坐在前廊，背倚在水泥牆上。靠近仔細一瞧，我發現他也睡了。我拉拉他的衣袖。

「瑞奇，」我壓低聲音說，「醒醒。」

他眼睛突然張開。

「什麼？」他驚慌失措地說，「什麼？」

「你睡在我家的前廊，」我跟他說：「你最好回家去吧。」

他哆嗦著身子醒過來，望著天上的半月，說：「我把鑰匙留在你的餐桌上。」

「進來吧。」我垂下手，他伸手抓住，我一把將他拉起來。

到了屋內，我注意到已經是半夜三點三分了。

瑞奇的手拿著鑰匙。

「你要什麼嗎？」我問。「喝的、吃的、咖啡？」

「不用，謝謝。」

不過，他也沒有移步。

我們尷尬地站了片刻，瑞奇終於看著我的身旁，說：「我今晚不想回家，艾德。」

我在他眼中意外見到悲傷的眼神，那眼神一閃而逝，因為瑞奇隨即將它掩飾過去。我好想知道在他冷酷、冷靜的外表下潛伏著什麼；我好想知道，究竟有什麼能讓像瑞奇這樣懶散的人心思不寧。

他的眼睛又慢吞吞地抬起來看我。

「沒問題啊，」我跟他說：「晚上留在這裡。」

瑞奇坐在餐桌前。

「謝謝，艾德。」他說。「嗨，看門狗。」

看門狗已經走進廚房，我則要去外面找小馬。

我本想把他留在外面車子裡就好，但是聖誕節的氣氛居然影響到我這種人。

我想敲車窗，結果手卻直接穿了過去。

沒錯。

沒窗子。

那次笨拙的銀行搶案之後，小馬還是沒去修車窗。我猜想，他問過了報價，可是對方告訴他，車窗到頭來會比車子還值錢。

他睡覺的時候，兩隻手抱著頭，蚊子正排隊等候吸取他的血。

前門沒鎖，我便打開門，結結實實按下喇吧。

「媽的！」小馬尖叫。

「進屋裡去。」我跟他說。沒兩三下，我聽見車門開了又關上，他在我後面拖著腳步。

瑞奇分到沙發，小馬占據了床，我決定留在廚房裡。我跟小馬說，反正我不也會睡，他就親切地接收了我的床。

「謝啦，艾德。」

他進房前，我把握機會先走進去，從床旁的抽屜拿了所有的撲克牌。塔土布的石頭也在抽屜裡。

我在廚房裡一張張查看，又讀了一次上面的字，只是在我疲困的眼裡看來，這些字顛三倒四，東竄西改。我已經心力交瘁了。

在思緒清醒的些許片刻，我記起了方塊，重新體驗梅花，甚至因為想起黑桃的差事而笑了。

但是紅心讓我憂心忡忡。

我不想睡，免得夢見了它們。

♥ 3 休閒服

有的時候，「傳統」是個令人討厭的詞彙，尤其在聖誕節前後。全世界的家庭團圓，享受幾分鐘的相互陪伴，接著他們彼此忍讓一個小時；一個小時過後，他們只得勉強自己，才能繼續容忍下去。

去老媽家前，我與瑞奇、小馬風平浪靜相處了一個早上。我們吃吃前晚的剩菜，玩了幾盤「討厭鬼」。少了奧黛麗，玩起來就是不對勁。沒多久，收拾收拾，他們兩人就走了。

我們一家向來是約定好中午十二點鐘在老媽那裡聚會。

老姐們與先生孩子一起過來，湯米帶著一個好不容易在大學裡釣到的女孩子出現，她漂亮極了。

「這位是英格麗。」他向我們介紹她。英格麗實在標緻得可當月曆海報上的模特兒，棕色長髮，深褐色的美麗臉蛋，還有我甘心拜倒在她裙下的曼妙身材。

「大家好。」她說，聲音也很甜美：「艾德，我聽過很多關於你的事情噢。」她自然是在說謊，我決定不講客套話——今年我就是沒有那種心情。

我說：「不，妳沒聽過很多關於我的事情，英格麗。」說時，我還是客客氣氣的，差點沒害臊，她太漂亮了，讓我無法對她生氣。美女犯錯總會沒事。

老媽見到我時，說：「喲，你來啦。」

「聖誕快樂啊，老媽！」我興奮地大喊，我相信每個人都聽出了我聲音裡的嘲諷。

我們坐下用餐。

我們彼此送禮。

我送給小蘭跟凱薩琳的孩子的禮物是——一而再，再而三讓他們當空中飛人與騎在我肩上。起碼玩到了我無法再站起來為止。

在客廳裡，我還撞見湯米在英格麗全身上下摸來摸去，就在那張討厭的柏木矮桌旁。

「媽的！抱歉。」我從客廳退出去。

祝他好運。

三點四十五分，我該去接米菈了。我親親姊姊，跟姊夫們握握手，對小朋友說了最後一聲再見。

「最晚來，最早走。」老媽一面念，一面吐著菸。過聖誕節時，她菸抽得很凶。「住得還是最近的呢。」這句話差點讓我忍不住想對她發飆。

我在心裡說：你背叛了老爸，每次還都羞辱我。

我恨不能用語言羞辱這個站在廚房、把菸抽進去又從肺裡吐出來的女人。

而我卻直著視她。

對著溫暖的輕霧說。

「抽菸會讓妳變醜的。」說完後，我走出去，留她一人在煙霧中。

離去前，我在草坪上被叫回兩次。第一次是湯米，接著是老媽。

湯米走到屋外，說：「艾德，你過得還好吧？」

我走回去。「我很好，湯米。這一年事情亂七八糟，不過我過得很好。你呢？」

我們在屋前臺階坐下，半片臺階在陰影之中，半片在陽光下。偏偏我坐在黑暗中，湯米坐在光亮處。相當富有象徵意義。

弟弟跟我閒聊，回答彼此簡短的問題，我一整天以來首度感到舒服自在。

「學校好嗎？」

「成績都很好，比我預期的分數要好。」

「英格麗呢？」

我們先悶不吭聲，後來忍不住了，噗嗤一笑，打破了沉默。雖然這麼做很孩子氣，我還是恭喜他，湯米則恭喜他自己。「她這女孩子很不錯。」他發自內心說。我告訴他，我以他為榮，但可不是因為英格麗的緣故噢，比起我所指的，英格麗算不了什麼。

我說：「真替你高興，湯米。」我把手往他背上用力一壓，身子站起來。「祝你一切順利。」

我走下臺階時，他說：「改天打電話給你，我們聚一聚。」

又來了，我沒有辦法裝客套，我轉身回答，語氣冷靜得連自己都嚇一跳。我說：「湯米，我懷疑你真的會找我。」爽，從謊言中解脫真爽。

湯米同意。他說：「你說得對，艾德。」

我們還是兄弟，所以誰能說得準呢？也許有一天吧，我肯定有天我們會聚在一塊，回想往事、聊聊比學校、英格麗還重要的事情。

只不過，沒那麼快發生。

我走過草坪，說：「再見，湯米。謝謝你出來。」只有一件事情讓我很得意：

我希望在前廊上與他一直待到陽光閃耀照到我們兩個身上，但是我卻沒有留下。我站起來走下臺階。與其等候太陽，我寧願去追逐它。

湯米走進去，我又準備離去，老媽則出來了。

「艾德！」她大喊。

我面對她。

她走近說：「聖誕快樂，行了吧？」

「聖誕快樂。」接著，我又補了一句，「媽，是『人』的緣故，不是『地方』的關係。要是妳當初離開了這裡，不管到哪裡去，妳這個人都不會變的。」這些實話夠了，我卻沒有就此打住。「要是我有一天想離開這裡……」我吞了一口口水：「我會先搞清楚，如果我留在這裡會不會比較好。」

「好吧，艾德。」她表情愕然。這個女人，她站在一個普通小鎮破爛街道的前廊上，讓我好生同情。

「你說的有道理。」

「改天見了，媽。」

我走了。

該說的已經說了。

我在自己家停留一會兒，很快喝了杯酒，接著去米菈家。我到達時，她穿著一件淺藍色的夏季洋裝，捧著一個禮物，急切地等候著我，臉上流露出興奮的神情。

「給你的，吉米。」說著，她交給我一個扁平的大盒子。

我覺得很抱歉，沒有為她準備禮物。「不好意思。」我開口要道歉，但是她隨即揮手要我住口。

「你能回到我身邊就已經足夠了，」她說，「你要打開禮物嗎？」

「不，等下再打開吧。」我伸出手臂，她出手挽著。我們離開她的房子，前往我的住處。我問她要不要叫輛計程車，她卻說她想散散步，結果才走到半路，她就咳嗽咳得好嚴重，喘不過氣來，我甚至不敢確定她走不走得到。我想我得要揹她了，不過她卻走到了。到家之後，我拿點酒給她喝。

她說：「謝謝，吉米。」人卻陷進扶手椅中，一轉眼間就睡著了。

她留在扶手椅上，我來回幾次確定她還活著，每次都能聽見她的呼吸聲。

最後，我陪著她一塊兒坐在客廳，而窗外的天色漸漸黯淡。

她睡醒之後，我們吃昨夜剩下的火雞與青豆沙拉。

「硬是要得，吉米。」老婦人微笑說。「簡直硬是要得。」她的笑容中夾雜必剝必剝的聲響。

在一般情況，我會想一槍射了嘴裡念著「硬是要得」的人，但是這個詞跟米菈是絕配。她抹抹嘴，喃喃說了幾次「硬是要得」。我覺得今年的聖誕了無遺憾。

「好。」啪一聲，她拍拍椅子的扶手，由於剛才休息過了，人顯得有精神多了。「要打開你的禮物了嗎，吉米？」

我不再堅持。「當然。」

我走到禮物旁，打開盒蓋。裡面是黑色的休閒服與水藍色的襯衫，這大概是我這輩子獲贈的第一套而且也是最後一套衣服吧。

「喜歡嗎？」她問。

「非常好看。」儘管我知道很難有機會穿上這套衣服，我立刻愛上了它。

「穿上吧，吉米。」

「我去穿，」我說，「我去穿。」我退到臥室換衣服，順便找出雙黑鞋搭配，還好外套的肩膀不寬。我興高彩烈走出房間讓她瞧瞧，出來時，米菈卻又睡著了。

於是，我坐著。

穿著整套的衣服。

老婦人醒來後說：「喲，真是好看的衣服呢，吉米。」她甚至摸摸衣服，感覺布料的質感。「你從哪弄來的？」

我站著半晌，摸不著頭緒，然後才明白她全都忘光了。我在她臉上親了一下。

「有位漂亮的女士給我的。」我說。

這位老婦人硬是要得。

「太好了。」她說。

「對啊。」我同意。

她說得沒錯。

喝了咖啡之後，我叫了輛計程車陪她回家。萬萬想不到，司機居然是賽門，也就是那個男朋友。他在聖誕節開車，賺取雙倍的工資。

我陪米菈進屋前，請他等等我。我知道我懶，不過我今天有錢，付得起回家的車錢。

米菈說：「噢，再次謝謝你，吉米。」然後蹣跚走向廚房。她是如此脆弱，卻又這般美麗。她說：「我今天非常開心。」我無法否認，我自己真的非常非常開心。我忽然領悟了一件事情，從頭到尾，我本來以為我出面陪伴這位老婦人度過聖誕，是我好心在幫助她呢。

我穿著黑色休閒服走回外頭，明白事實正好相反。

我才是受惠者，這個老婦人一直硬是要得。

我返回到車上，那個男朋友問：「回家嗎？」

「對，麻煩你。」

我坐在前座，他想找我攀談。雖然我希望他別談奧黛麗，他卻好像一心一意想討論這話題。

他說：「噢，你跟奧黛麗朋友好多年啦，嗯？」

我看著儀表板，「大概比好多年還久。」

他直截了當地問我：「你愛她嗎？」他的直言不諱讓我大吃一驚，我們才剛開始聊天耶。我推斷他明白車程很短，想好好爭取時間，獲得最多的資訊。他又問：「嗯？」

「嗯什麼嗯？」

「喲，別凶我，甘迺迪。你愛她？還是不愛她？」

「嗯，你覺得呢？」

他揉揉下巴沒出聲，所以我繼續說：「我愛不愛她根本不是重點，你想知道的是——她愛不愛你。」我的話狠狠地打了擊他，我同情起這個可憐蟲。「對不對？」

「嗯……」他啞口無言地開著車，我覺得他至少應得到某種形式的答案。

「她確實是不願意愛你，」我告訴他，「她不想愛任何人。奧黛麗吃過苦，她唯一愛過的人，她恨他。」我們成長過程的片段記憶突然在我腦海中重現。「她曾經傷透了心，發了誓願，不要再有那種事情，她不許那種事情再發生。」

那個男朋友沒說話。我覺得他很好看，比我還帥，他有溫柔的眼神與強健的下巴，臉上的鬍鬚讓他看起來像個男模。

我們默默無言，直到在我家門前靠邊停下，他又開口，說：「艾德，她愛的是你……」

我望著他，「但是她要的你。」

那就是問題的所在。

「拿去吧。」

我把錢遞給他，他卻揮揮手，不願收下。

「算我的。」他說。但是我又遞給他，這回他收下了。

「別放進錢箱裡，」我建議，「今天這筆錢是你賺給自己的口袋花的。」我又坐了一會兒才下車。

「很高興能跟你聊聊。」我一邊說，一邊與他握握手：「祝你聖誕快樂，賽門。」

我覺得他變成了賽門，不是那個男朋友。

一進到屋內，我穿著黑色休閒服與水藍色襯衫睡倒在沙發上。

聖誕快樂，艾德。

♥4 恐懼感

聖誕假期後的第一天，我上班開車，隔天前往鐘街戲院去找伯尼。

「艾德．甘迺迪！」我進去時他大喊：「回來看電影，是嗎？」

「不是，」我告訴他：「伯尼，我需要你的協助。」

他立刻靠過來問：「我可以幫你什麼？」

「嗯，你熟悉電影吧？」

「當然，你愛看什麼，就看什麼——」

「噓——伯尼，跟我說就好，這幾部片子你知道什麼，統統告訴我。」雖然不用看，我便能輕易地背出電影片名，我還是掏出了紅心A。「《皮箱》、《狼城脂粉俠》，還有《羅馬假期》。」

伯尼立刻展露出他的本行。「我有《羅馬假期》，其他兩部沒有。」他滔滔不絕告訴我詳細的資訊。「《羅馬假期》是葛雷哥萊．畢克擔綱的電影之中，最出色的作品之一。一九五三年製作，威廉．惠勒導演，此人拍《賓漢》後出了名。片子在羅馬拍攝，畫面美得令人屏息。由於奧黛麗．赫本亮麗的演出而為人廣知，畢克堅持，在演員表上她要跟他的名字一塊出現，並說如果不那樣做的話，他會成了笑柄，所以你就看得出來她演出的實力。奧斯卡金像獎成了她囊中之物也證實了這點……」

伯尼劈哩啪啦講下去，但是我的記憶倒轉到他剛講的幾個字。

我心中默念：奧黛麗。

我說：「奧黛麗。」

「對啊。」他看著我，我的無知讓他一頭霧水。「對啊，奧黛麗．赫本。她簡直是硬是——」

求求你，別說硬是要得四個字，那是米菈專用的。

「奧黛麗．赫本！」我幾乎是大喊。「那關於其他兩部電影，你能告訴我什麼？」

「唔，我有本目錄，」伯尼說明：「比上次我給你看的還更大本，內容涵蓋每一部電影的演員、導演、攝影師、電影配樂諸如此類。」

他拿回一本厚重本子交給我。首先來看《狼城脂粉俠》，我找到那一頁，隨即大聲念出來：

「李．馬文主演其個人最知名角色之一……」我沒繼續往下念，因為我找到我要的。我往回看，再念一次那個名字，「李．馬文。」

接著我尋找《皮箱》的資料。

翻到那頁，我立刻查看演員名單與導演。《皮箱》的導演叫做帕伯洛．桑吉斯，他與瑞奇同姓。

於是，我找到了我要的三個答案。

瑞奇、小馬、奧黛麗。

我感受到的歡喜，沒兩三下便被焦慮所取代。

我心底希望這些口信是幸福的，但是有個聲音告訴我，要完成並不容易。這三封口信留到最後肯定有著充分的理由，由於他們是我的朋友，一定是該達成的使命之中挑戰難度最高的。我有這種預感。

我拿起撲克牌，把目錄放到櫃臺上。

伯尼憂心忡忡，「怎麼了，艾德？」

我看著他，說：「祝我順利，伯尼。真心地祝福我能順利度過。」

他給了我祝福。

我把撲克牌拿在手上，往外走到街上。到了外頭，我一腳踏進黑暗，也踏進難以預料的不久將來。

我感到恐懼，但卻快步邁向它。

街道的氣氛死命想抓住我，但是我甩開它，繼續往下走。顫抖屢次爬上我的手臂、我的雙腿，我便再加快腳步。我下了決心，倘若奧黛麗需要我——還要瑞奇跟小馬——我的腳步得趕緊。

恐懼在這條街上。

恐懼在每一個腳步裡。

路上的夜色越來越濃，我開始——

跑了起來。

我頭一個直覺想直接殺去奧黛麗的住處。

我想以最快的速度到達，為她解決任何的困難，我甚至不敢細想，說不定這一趟是要去執行不喜歡的工作。

我跟自己說，快到那兒去就是了，掌控我行為的卻是另一個直覺。

我沒停下腳步，但拿出撲克牌高舉在眼前。

我檢查順序。瑞奇、小馬、奧黛麗。

一股強烈的感覺延展在我面前，提醒我得按照順序進行。我明白了，奧黛麗排在最後是有原因的。第一個是瑞奇。

「沒錯。」我認同自己的考量，賣力往前走下去。我前往瑞奇位於布里奇街的家走去，擬出最快的路線，步伐越走越快，越走越快。

我問自己：我這樣匆匆忙忙先去解決瑞奇、小馬的問題，用意是讓我可以提早幫助奧黛麗嗎？但竟答不出來。

我全神貫注想著瑞奇。

我從樹幹下通過，腦海浮現他的臉。我撥開樹葉穿過，揮走眼前他的模樣，同時聽見他的嗓音與玩牌時總是出現的評語，我想起聖誕節，小馬親了看門狗，讓他樂不可支。

瑞奇，我不知道能稍什麼口信給瑞奇。

我就要到了。

布里奇街的轉角就在前面。

我的脈搏忽然一陣痙攣，脈動越來越強烈。

我繞過街角，隨即看到了瑞奇的家。一個震驚我的問題站在我身旁，朝著我臉龐呼氣。

我看見瑞奇家廚房與客廳的燈光，一個甩不開的念頭讓我腳步失去了方向。

這念頭問我：現在要怎麼做？

相對之下，其他每一個的地址的差事都很容易，因為我並非真正認識那些人（除了老媽以外——坐在義大利餐廳時，我不知道等候的人是她），所以沒有什麼選擇餘地，只能守候時機出現。但是瑞奇、小馬、奧黛麗，是我非常熟的朋友，我無法在他們家附近徘徊，這是我最不願意做的事。

我花了近一分鐘時間衡量事態的輕重，最後決定走到對街，倚在一棵老橡樹下坐著等待。

我待了快一個小時，說實話，沒什麼了不起的事情發生。我發現瑞奇的爸媽休假回來了（我看到他媽媽在洗碗）。

時間越來越晚，不久，整排街的燈火逐漸減少，只剩下廚房的燈是亮著的。最後只剩下街燈。桑吉斯的家中，有個孤單的身影走進廚房，坐在餐桌前。

我確定那是瑞奇。

我想了想，考慮要不要進屋去。在我有機會舉起腳之前，卻聽見有人沿著街道朝我而來。

兩個男人高高站在我的眼前。

他們在吃餡餅。

其中一個低著頭，以一種熟悉又冷淡的羞辱態度看著我，說：「有人跟我們說可以在這裡找到你，艾德。」他搖搖頭，把一個顯然是從附近加油站買來的餡餅扔到地上。他說：「你真是個討厭鬼。」

我抬頭一看，說不出話來。

「嘿，艾德？」換另一個人說話。事情就是這麼荒唐，沒了頭套，我居然很難認出他們兩個人。

「戴瑞？」我問。

「對啊。」

「契斯？」

「答對了。」

戴瑞坐下來，拿一個餡餅給我，還不忘解釋說：「看在以前的交情，請你。」

我依然未從驚嚇中復原，「噢，謝謝。」他們上次來訪的記憶開始提醒我，我亂哄哄的思緒中有血、有對話、有髒兮兮的廚房地板，我得問看看才行。「你們不會是要……」我依舊難以啟齒。

「幹麼？」這次坐在我另一邊的契斯回答，「輕輕突襲你一下嗎？」

我說：「對。」

為了表示誠意，戴瑞打開我的餡餅塑膠套，又把餅遞給我。「噢，不會，艾德。今天不會輕輕地碰你的，不玩那一套。」他又笑了笑，好像我們以前是戰場上的好哥兒們。「聽著，在我們面前，如果你眼睛放亮點……」他舒服地躺到地上去了。他皮膚白皙，一張臉遍布著打架得來的傷疤，人卻依舊看來俊俏。

契斯就不同了，青春痘疤像是臉上一個一個的彈孔，而鼻子是尖的，下巴是歪的。

我轉過去看著他說：「天啊，老兄，我覺得我比較喜歡你戴上頭套耶。」戴瑞噗嗤笑了出來。相對之下，契斯不覺得好笑，至少沒有率先笑起來，而且情緒隨即冷靜下來。我們之間的氣氛融洽，我想真正原因是——我們雖從截然不同的立場出發，卻一起經歷過某件事情。

我們坐著吃東西。

過了約一分鐘之後，我問：「有調味醬嗎？」

「我就跟你說吧！」契斯責備戴瑞。

「什麼？」

「艾德，我跟他提過，我們應該幫你拿幾包醬的，」契斯解釋，「但是那邊那個小氣鬼不聽。」

戴瑞回答之前，頭先往後拋了一下。

「聽說我，」他說，「調味醬太危險了。」他舉起一根手指對著我的襯衫，「看看艾德穿什麼，契斯？嗯？跟我說，什麼顏色？」

「我知道那是什麼顏色，戴瑞，沒有必要又是一副高傲的口氣吧。」

「又來了？我究竟什麼時候一副高傲的口氣啊？」

他們彼此叫罵，把我夾在中間。我又咬一口冷了一半的餡餅。

契斯繼續說：「就是現在。」他想要把我拉入戰局，於是問道：「你呢？艾德？你怎麼說？」他的眼睛盯著我不放，「戴瑞是不是一副高傲的口氣？」

我決定回答戴瑞剛剛的問題。

「我穿著白色襯衫。」我說。

「沒錯。」戴瑞答腔。

「什麼沒錯？」

「沒錯，契斯，你想想看好了，艾德吃餡餅沾調味醬，簡直就是危險得要命嘛。」他現在的口氣明顯高傲的很。「醬會滴下來，掉在那件漂亮的白襯衫上，這可憐蟲最後得洗那件該死的衣服。我們不希望那種事情發生吧？」

「洗一件衣服又不會死！」此時，契斯相當激動。「他洗他那條跟糞坑一樣臭的狗時，都可以做那麼粗重的工作，那好歹要花他幾個小時的時間吧。」

「喂，沒必要把看門狗扯進來吧，」我提出抗議，「牠什麼都沒做。」

「沒錯，」戴瑞同意我的話，「契斯，沒必要那樣。」

契斯冷靜了片刻，承認錯誤。他垂下頭說：「我知道了。」他甚至道歉：「對不起，艾德。」我看得出來，這次有人交代他們以最禮貌的態度對待我，這大概是為什麼他們現在吵架的頻率加倍。

他們再度損了幾句，然後雙雙道歉。夜色悄然落在我們身上，我們聊了一會兒天。

我們三人都很開心，戴瑞講了幾個笑話，什麼男人走進酒吧、女人帶著霰彈槍，還有太太、姐妹、兄弟全為了一百萬元與送牛奶的傢伙上床。

沒錯，我們都好開心，直到瑞奇家廚房的燈關了。

然後我站起來，說：「太棒了。」我轉過身去，向我見識過最厲害的吵架高手說，我錯過了機會。

他們似乎不擔憂。

「你的什麼機會？」戴瑞問。

「你知道的啊。」我跟他說。

他卻只是搖搖頭說：「不，艾德，我不知道。我只知道這是你要傳達的下一封口信，你好像還沒想清楚應該做什麼。」他的語氣輕鬆無比，卻沉重地提出另一件事情。

是真相吧。

那是語氣沉重的原因。

他是對的，我真的不知道自己在做什麼。我還在揣測，同時抱著答案會主動出現的希望站在這裡。

在橡樹下，戴瑞與契斯站在我身旁。

我左手邊的契斯提出最後一個問題。

他以粗啞又溫和的嗓音，心照不宣地把話送進我的耳朵裡。

他靠著我，緊緊地靠著我，說：「艾德，你還在這裡做什麼？」他的話更加逼近我，爬進了我的耳朵裡。「你為什麼站在這裡等？該做什麼，你應該是知道的……」他停頓幾秒鐘，然後一口氣說出最後一段長話。「瑞奇是你最好的朋友之一，艾德。你不需要思考、等候、或決定要做什麼。你早就知道答案了，不是嗎？」他又重複一次。「不是嗎，艾德？」

我跌跌撞撞後退，沿著樹木滑落到剛才坐著的地方。

那兩個人還站著觀望房子內的動靜。

我的聲音往前跌倒，落到他們腳邊的地面上。

我心想，該怎麼做，你是知道的。

「對。」我回答。「我知道。」

眼前的幻影將我撕成碎片。

地上有一片片的我。

契斯與戴瑞走了。

有個人喊了一聲「噢耶」，我不知道那是誰。

我想站起來追趕他們，問他們、求他們，告訴我誰在後面操縱這一切，原因是什麼。但是——

我不能。

我只能坐在原處，收集起剛才眼前所見的截截片段。

我見到瑞奇。我見到自己。

樹木好高啊。我不願承認我所看見的，人想站起來，但是肚子卻往下墜落，於是我又坐了下來。

「對不起，瑞奇，」我低聲說，「但是我必須這麼做。」

我心想，如果我的肚子有顏色，它會是黑色的，就像夜色。我鎮定情緒，踏上一段似乎無止境的歸途。

回家之後，我動手清洗碗盤。

水槽滿滿都是碗盤。我最後清洗的是一把明亮的扁刀，它折射廚房的燈光，我無意在金屬上撞見自己冷漠的臉龐。

橢圓且扭曲的我。

在刀緣上被切斷。

我最後看見的畫面，是我必須對瑞奇說的話。後來，我把刀子放在架上，放在堆積如山的乾淨盤子的最上頭，它滑下來，噹啷一聲掉到地板，然後像是指針般旋轉。

它繞著廚房打轉，我的臉出現了三次。

第一次，我在眼底見到瑞奇。

接著，我看到小馬。

然後是奧黛麗。

我撿起刀子，握在手中。

我希望能拿起這把刀劃破這個世界，切開之後，爬進下一個世界裡去。

上了床之後，這個念頭在我心頭揮之不去。

我抽屜中有三張撲克牌，手裡有一張。

睡意來臨，我的手指輕壓住紅心A的邊緣，它又冰涼又銳利。

我聽見時鐘的滴答響。

一切都不耐地觀看著。

♥5 瑞奇的罪

姓名：大衛．桑吉斯
別名：瑞奇
年齡：二十
職業：無
成就：無
野心：無
在職業、成就、野心三項事上有傑出表現的可能性：零

我第二次到瑞奇位於布里奇街的家之時，屋子一片漆黑。我差一點就要離開，廚房裡的燈忽然啪嗒打開了，亮了又暗，亮了又暗，反覆幾回之後，才終於完全亮了起來。

有個人影坐到餐桌前，是瑞奇沒錯，看那髮型與走路坐下的姿勢，我就分辨得出來。

我挨過去，發現他在聽廣播，內容大致是觀眾的來信，其中穿插幾首歌曲，聲音隱隱約約傳入我的耳朵裡。

我躲在最靠近卻又不被他發現的距離聆聽。

收音機的聲音依稀可聞，廣播內容像條手臂，沉沉落在瑞奇的肩頭上休憩。
我猜想整間廚房的畫面。
周圍有麵包屑的烤麵包機。
相當骯髒的烤箱。
褪色的白色流理臺。
包著紅色塑膠套的椅子，上面扎了一個個的洞。
廉價的合成地板。
還有瑞奇。
我想像他坐在那裡聆聽的臉孔，想起聖誕夜他說過的話——我今晚不想回家，見到他緩緩朝我看過來的雙眼。我現在明白了，不管在任何地方，都好過他獨自一個人坐在家裡的廚房。
難以想像，舉止一派輕鬆的瑞奇會流露傷感的神情。不過，聖誕夜我瞥見的那副表情，現在又看到了。
我還想像他的手。
他交握的雙手擱在餐桌上，輕輕放在桌上，沒什麼血色，垂頭喪氣，無事可做。
他籠罩在燈光下。
他坐了將近一個小時，收音機的聲響似乎漸漸減低到無聲。我往窗子一探，他的頭擱在餐桌上，人睡著了，收音機也在桌上，在他的旁邊。我走開了，我忍不住想離去。我知道我該進去，卻感覺今晚時機不對。

我頭也沒回地走回家。

接下來的兩天晚上，我們玩了撲克牌，一次在小馬家，一次在我這裡。在我這裡的那次，看門狗過來坐在桌子下，我用腳輕拍牠，同時整晚打量著瑞奇。前一天晚上，我站在他家外頭時，同樣的情節又上演了：他醒來後，走進廚房收聽廣播。

瑞奇扔下一張黑桃Q，害我輸了牌，他那漢醉克斯的刺青瞪著我。

「謝謝你噢。」我跟他說。

「對不起，艾德。」

他的生活包括：在深夜裡感受孤寂，上午十點半起床，中午十二點前抵達酒吧報到，一點前到賽馬賭注站。除此之外，還有那張不定期的失業救濟金支票及一、兩局撲克牌。沒了。

我的屋子充滿了歡笑，因為奧黛麗正在講一位到城裡找工作的朋友的故事。她透過一家職業介紹所求職，介紹所有個規矩：送找到工作的人一個小鬧鐘。她覓得職位之後，當天就跑去謝謝雇用她的公司，結果忘了拿走鬧鐘，把它留在總公司的櫃檯上，人就這麼走了。

鬧鐘放在盒子裡面，留在櫃檯上。

滴答滴答響。

「沒有人敢去碰，」奧黛麗解釋道，「大家以為是炸彈。」她扔下一張牌。「他們請公司的大頭過來，事實上，他怕得連心也快跳出來了，他有跟祕書搞七捻三，所以有點怕是他太太跑來放炸彈。」說到這裡，她先停住，好繼續吸引我們的關注。「反正，他們清空了整棟建築，報警，找了防爆小組。防爆小組到了，在鬧鐘響時打開盒子。」奧黛麗搖頭。「還沒開始上班啊，我那朋友就被開除了⋯⋯」

故事一講完，我注視著瑞奇。

我希望傳達口信給瑞奇。

我想讓他不安，想把他從當下的位置上拉起來，放到午夜一點鐘的廚房裡。若是我可以辦到，我也許能有更長時間去觀察他的模樣、他的感受。只是時機未到。

一個半小時之後，機會到了，他建議我們過幾天上他家打牌。

「八點左右？」他問。

我們都說好。告別之前，我說：「也許你可以讓我們聽聽你那裡能收到什麼廣播電臺。」我強逼自己故意無情，「晚間的節目一定很精采吧。」

他看著我，「艾德，你在說什麼？」

「沒什麼。」我說。話點到這裡就好，因為我又在他臉上看見那個表情了，我知道那是什麼了。我完全明白瑞奇坐在廚房死沉的燈光中，他的表情、感受如何。

我走進了他眼底的漆黑之中，在一個由不知名、無人的路徑所組成的迷宮中尋找，在迷宮的最深處發現了他。他踽踽獨行，移動的街道繞著他打轉，他卻從沒改變過步伐或情緒。

在幽深處，我站到他身邊，他說：「它在等著我。」

我不由得問：「瑞奇，什麼在等你？」

一開始，他不停地移動，直到我低頭看看我們的腳步，才明白我們其實留在原地，移動的是世界，是街道、空氣、隱晦天空中的斑點陰暗。

瑞奇與我徘徊不前。

「它在那裡，」他是這麼說的：「某個地方。」於是，他的步伐更加堅定。「它要我過去找它，它要我去抓住它。」

一切都靜止不動。

我在瑞奇眼中清楚地看到它。

我們身處於他的眼睛之中。我問：「瑞奇，什麼在等你？」

但是我知道。我清楚知道。

我希望他會找得到。

大家離去之後，我與看門狗又一起喝了杯咖啡。約半個小時過去，敲門聲打擾了我們。是瑞奇吧。

我走過去開門時，看門狗似乎同意地點點頭。

「嘿，瑞奇。」我跟他打招呼。「忘了拿什麼嗎？」

「不是。」

我讓他進來，我們在餐桌旁坐下。

「咖啡？」

「不要。」

「茶？」

「不要。」

「啤酒？」

「不要。」

「你很挑耶。」

他用靜默回答我的話，卻又馬上瞅著我，帶著識破我的表情問：「你在跟蹤我？」

我直視他，回答：「我跟蹤每個人。」

他把手插進口袋。「你是變態還是什麼？」

真有趣，蘇菲也問過我同樣問題。我聳聳肩膀，「我想，我跟其他人差不多。」

「嘿，可以別再跟蹤我了嗎？」

「不行。」

他的臉慢慢逼近我，「為什麼？」

「我沒辦法。」

他看著我，彷彿我想要捉弄他。他的黑眼珠子說：你幹麼不跟我說明白，艾德？於是我便說吧。

我走進臥室，從抽屜拿出撲克牌，走回餐桌前。我把撲克牌扔在我好友前面，說：「記得我收到寄來的第一張撲克牌嗎？之前在九月的時候？我跟你說我扔掉了，但是我沒扔。」我看著他滔滔地解釋。「結果，你出現在其中一張牌上，瑞奇。你有一封口信。」

「你確定嗎？」他想要說也許我搞錯了，但是我不聽，只是搖頭，感覺胳肢窩裡的汗水越來越多。

「我確定。」我跟他說。

「可是，為什麼？」

瑞奇哀求著我，我卻沒有心軟。我不能讓他悄悄返回內心的黑暗處，他的自尊在那兒的某個隱晦房間裡面散落一地。最後，我硬起心腸開口。

我說：「瑞奇，你丟臉丟到家了。」

他看著我的表情，好像我剛殺了他的狗，或是告知她媽的死訊。

他每晚坐在廚房，不管廣播的聲音在說什麼，說的都是同一句話，我剛剛說的那一句話，我們都知道。

瑞奇盯著桌子。

我凝望著他。

我們都在沉思我剛才的話，瑞奇彷彿一個傷口坐在那裡。

這樣過了好久，直到某個味道傳來——看門狗走進來了。

瑞奇最後說：「艾德，你真是個夠意思的朋友啊。」然後，他回到他平常輕鬆的表情，努力維持住那副神情。「還有你，」他對看門狗說，「跟下水道一樣臭。」

他起身離開。

川崎機車發動後，順著漆黑靜止的街道蜿蜒而下，他的話則繞著我重複。

看門狗說：艾德，話說得有點重。

我們都沒出聲，站了半晌。

隔夜，我又出現在瑞奇家的外面，有個聲音吩咐我，不能憐憫他。

廚房中，他的身影又清楚可見，這次，他卻一手提著收音機走到前門，另一隻手拎著瓶酒。他的腳步落到地上，他放聲叫我。

「喂，艾德。」

我站出來。

他說：「到河邊去。」

從瑞奇家走過來之後，我們坐在流經小鎮的河旁。酒瓶來來回回換手，收音機輕聲播放。

「聽著，艾德，」瑞奇過了一會兒開口：「我一直以為自己有慢性疲勞症候群……」他停住不說，好像忘了要講的話。

「然後呢？」我問。

「什麼？」

「慢性疲勞——」

「噢，對。」他再次集中思緒，「我以為我有這個毛病，後來我發現，其實我只不過剛好是天底下最懶惰的王八蛋。」這句話非常好笑，真的非常好笑。

「唔，不是只有你這樣啦。」

「大多數人都有工作，艾德。連小馬都有工作，連你都有。」

「什麼叫連我都有？」

「唉，你不是我認識最自動自發的人，你懂我的意思吧。」

我承認這點。「說得頗對，」我狠狠喝下一口酒，「而且我不認為開計程車是真正的工作。」

「你當那是什麼？」瑞奇問。

我想了半晌才作答，「藉口。」

瑞奇沒說話，因為他知道我講得沒錯。

我們繼續喝酒，河水匆匆流逝。

足足過了一個小時。

瑞奇起身走入河中，河水淹沒到他的膝蓋。他說：「這就是我們的人生，艾德。」他知道時光匆匆流逝。「我二十歲了，而且……」他那吉米．漢醉克斯的刺青在月光下對我眨眼。「看看我——我一件想做的事情也沒有。」

有時候，真相一點情面也不留給人，你不得不讚許它。

往往，我們來來去去，不斷說服自己，嘴裡嚷著：「我們沒事」、「我很好」。但是，真相偶爾出現在你面前，無法擺脫，就在此時，你明白一件事情，有時候那根本不是答案，而是一個問題。即便是現在，我懷疑我的人生有多少事確定無疑的。

我站起來，與瑞奇一起站在水中。

我們兩人站在那裡，水深到膝蓋，真相的確扯下了我們的褲子。

河水匆匆流逝。

「艾德？」瑞奇後來開口說話，我們還站在河水中。「我只想做一件事情。」

「什麼事，瑞奇？」

他的答案很簡單：

「去想做一件事。」

♥6 老天保佑留著鬍鬚、沒了牙齒的窮光蛋

隔天，瑞奇沒去酒吧與賽馬下注站，反而開始找工作。而我也認真思索昨夜在河邊說的話。

我在城裡開車載客，他們吩咐我怎麼開、往哪裡開，我觀察他們，和他們說話。天氣很好，天氣總是個話題。

我在哀哀叫嗎？

抱怨？

不。

這是我自己選擇做的工作。

我自問：但是，這是你想做的嗎？

連續幾公里的路程中，我自欺道：是，是我想做的。我設法說服自己，這的確就是我所希望的人生。但是，我知道事實不是這樣的，我知道開計程車、租間水泥牆的破屋子，不可能是我人生最終的答案。不可能是的。

我只是在某個時間點上坐下來，說：「對，這就是艾德．甘迺迪。」

在某一點上，我不知為何想要自我介紹。

對自己自我介紹。

於是，我現在開著計程車。

「喂，這條路對嗎？」穿著西裝的胖乘客從後座問。

我看著照後鏡，答道：「我不知道。」

接下來的幾日風平浪靜。有一天晚上，我們在玩撲克牌的時候，我明白現在得開始處理與小馬有關的差事了。瑞奇已經開始振作，小馬是名單中的下一個。

我用眼角餘光觀察他，懷疑著我究竟可以為小馬做什麼。他有工作，他有錢，沒錯，他擁有人類史上最爛的破車，但是他似乎心滿意足，不想用那筆錢的一分一毛去買輛新車。

那麼小馬想要什麼？

他需要什麼？

其他每件差事，我都等著答案自己上門。

我還不知道與小馬有關的差事會不會自動出現，這次，我有不同的感覺，那東西靠得很近，好像佇足在我一直經過卻從未注意的某處，我一定每天都看得到的，但是看見與發現，兩者有很大的不同。

無論如何，小馬需要我。

我不明白要做什麼。

接下來的二十四個小時，我依然猶豫不決。跨年夜來了又過了，煙火掠過市區的上空，酒醉的笨蛋為我在計程車上添加了飾品，他們的口中叫嚷著。這醉後的快樂，最後會在他們倒在床上的那一刻就終結，因為床上只有啤酒的氣味，以及明日的生活壓力。

這次，大家都上瑞奇家去。我特意在半夜十二點時順道經過，他老爸老媽辦了一場派對。我跟小馬、瑞奇、賽門握手，親吻奧黛麗的臉頰，問她怎麼有辦法今晚不用開車，顯然純粹只是運氣好。

之後，我回去繼續開車，在凌晨回家陪伴看門狗。這就是我當下的所在。我們分享一杯遲來的慶祝酒，我說：「敬你，看門狗先生。祝你再活一歲。」牠乾杯後，走到門邊趴下。

跨年夜讓我想了很多，我想今年我少了慶祝的心情，部分原因是想起了我老爸。這種日啊夜啊的活動——無論是聖誕或新年——他都不會參與了。他向來神智不清，有沒有他對這些節日的活動都不會產生影響，但是，對我而言，還是差別很大。

我取下浴室的毛巾，也把廚房骯髒無比的擦碗布拿下。這是我爸特有的習慣，或是說迷信吧。當元旦的朝陽升起，絕不把東西晾在外面。他留下來的習慣非常不怎麼樣，但好過於什麼都不留吧。

另一個沒心情的理由是——我想起小馬，以及我該做的事情。

我一一過濾許多事情：他最近說過的話、做過的事情。

我想到雪橇盃球賽，想到他車子的慘狀，想起他寧可親吻看門狗，也不願意勉強出錢在他家辦聖誕撲克牌聚會。

他有四萬塊存在銀行，一談到錢，卻總是東省西省。

我心想：總是東省西省。幾天晚上之後，我看著一部老電影，我忽然想到一個問題：

小馬打算怎麼利用那四萬塊？

對。

我知道了。

錢。

小馬到底有什麼事情，會需要用到那筆錢？

我的任務就是這個。

我想起戴瑞與契斯跟我談論過瑞奇的事情，他們表示，由於他是我的好友之一，我應該知道答案。這句話差點讓我誤以為我應該知道小馬的錢要怎麼用。其實我懷疑，也許答案遠在天邊近在眼前，但是目前還不清楚。此外，若要從他身上找到「他幹麼需要這筆錢」的答案，得運用一點我對他的瞭解。

我不確定這次的差事到底是什麼，但是如果能更進一步認識小馬這個人，就可以逐漸找出答案。

看門狗與夕陽陪伴我在前廊坐著，我思索三個應付小馬的策略。

策略一：跟他鬥嘴。

這太簡單了。只要提起他的車子，問他為什麼不買輛新的。

這個策略有危險，小馬可能太激動而衝出房間，讓我什麼也打聽不到，可說是落得災難一場。

這個選項也有優點。首先，好玩；其次，搞不好會讓他真的買輛新車。

策略二：讓他醉到神智不清，不經大腦思考便把我該辦的差事吐出來。

危險：要哄騙小馬醉到不省人事，我自己可能需要喝到相同的地步，這會讓我無法思考，更別說記住我該做什麼。

優點：實際上，他一醉，搞不好就會把我該辦的事情脫口而出。雖然可能性很低，但或許值得一試。

策略三：直截了當開口問。

這是最危險的選項，可能導致小馬寧死不屈（我們都很清楚他可能會產生這種反應），拒絕透露任何訊息。若是小馬對於我忽然對他產生的關愛覺得不舒服（嗯，面對現實吧，我通常是完全不在乎這個人），其他所有希望與機會可能都沒了。

優點：這是誠實、率直、非常懶人之作法；有不有效，主要取決於時機。

我要先進行哪一項策略呢？

這是個難題，我要反覆思考才能得出適切的答案。

不料，竟然發生了一件事。

第四條通往答案的大道，出現在我眼前。

在哪裡？

在超市。

時間？

週四晚間。

發生了何事？

如下：

我走進去買了整整兩個星期所需的雜貨，雙手快提不動購物袋了。我走出門口，袋子提把已經陷進我的手心肉裡，於是我把東西放下，休息休息。

一個年邁的遊民靜悄悄地來找我，我看到他的鬍子、缺牙、與貧困。他的表情在淌血。

他膽怯地哀求我施捨零錢，說時，嘴邊流露出謙遜的神色。

他話一說出口，眼睛便羞愧地盯著地面，等我發覺自己在夾克裡掏皮夾，才知道我對他心軟了。就是在那一刻，當我手指摸著錢，答案出現了，落到我的腳上，往上凝望。

本來就是這樣嘛！

一個完美的轉念之中，我內心有個聲音提出了答案，我甚至說出口了，相信它是可行的。要記住這個答案。

「跟他要錢。」我非常小聲地說，勉強讓耳朵能聽到，將它收回到我自己的心裡放著。

「抱歉，你說什麼？」那位老人依然以低沉謙遜的嗓音問話。

「跟他要錢。」我重複一次，這次我無法控制自己，聲音大了點。

出於習慣，那老人說：「先生，不好意思，」他的神情落寞：「不好意思跟你要零錢。」

我從口袋中掏出一張五塊鈔票交給他。

他拿在手中，如獲珍寶，他一定是很難得才會收到鈔票吧。「老天保佑你。」當我再度提起袋子，他心神恍惚。

「不，」我回他：「老天保佑的是你。」然後走上回家的路。

袋子簡直快把我的手切成一截截的，可是我不在乎。不，壓根不在意。

♥7 小馬的祕密

他工作、喝酒、玩牌，整年都在期待雪橇盃球賽的到來。

這。

就是小馬的人生。

好吧，除此之外，還有四萬塊。

星期二，我去米菈家探望她。《咆哮山莊》有點讓我越來越厭煩，我雖然喜歡假扮吉米，問題是，書裡面惡毒的希斯克里夫實在是個窩囊廢啊，凱薩琳則讓我心神沮喪。然而，我最深的厭惡保留給喬瑟夫——這個僕傭所生的可憐王八蛋，除了他滿口的道德與抱怨之外，他說的我一個字都聽不懂。

這個故事之中，最精采的是米菈，對我而言，她才是書中的人物。每當我想到那本書就想起她，想起我朗讀而她傾聽時，她年老昏花的雙眼看著我，我喜歡闔起書本，瞧著她在椅子上休息。她是我最喜愛的差事吧。

然而，還有蘇菲、歐瑞利神父、塔士布一家。甚至羅斯兄弟倆。

好啦，好啦。

羅斯兄弟的差事不能算。

我最近常帶著看門狗散步，一邊散步，一邊回想目前為止所有傳達過的口信。我總是覺得我在使詐，或許應當等到所有的口信全部帶到了之後，日後回想起來才會有感覺。現在的差事還沒完成呢，我還要遞送兩封口信給我要最好的兩個朋友。

也許，這就是為什麼我在回憶先前的口信吧。

我為小馬擔憂，我為奧黛麗擔憂。

為自己擔憂。

在流逝的每一分秒中，我告誡自己：你不能讓他們失望。

擔憂。擔憂。

我努力了這麼久，不能到頭來卻無法傳達訊息給我認識最久、最關切的人。

我很快地再回憶一次，從艾德格街到瑞奇。

擔憂。擔憂。

過去的口信鼓舞了我。

星期天晚上，我們一票人在我這裡聚會。我問瑞奇：「工作找得順利嗎？」

他搖頭，「還沒著落。」

「你？」小馬驚呼，「找工作？」一時間，他情緒激動起來。

「那有什麼奇怪的？」奧黛麗插嘴。瑞奇沒說話，看得出來他有點受傷，連小馬都看出來了，試著把剛才的笑聲吸回去，憋著不再迸出。

他清清嗓子。

「瑞奇，對不起。」

瑞奇把難過往心裡頭又塞進去一些，對我們表現出隨意、滿不在乎的樣子。「沒事。」他說。背地裡，我很高興小馬惹到他，至少他會努力繼續讓小馬嘴巴閉起來。同時，找到工作之後，他會想瞧瞧小馬臉上的表情。讓小馬閉嘴確實是大快人心的事情。

「我來發牌吧。」奧黛麗說。

遊戲結束時，已經快十一點。瑞奇先走了，小馬在前廊上，自願載奧黛麗一程回家。但她理直氣壯地婉拒了。

「為什麼不要？」小馬抗議。

「走路比較快，小馬。」奧黛麗說。「還有，小馬，說真的，外面蚊子比那裡少。」她手指著路上那輛丟人現眼的車。

「謝謝妳噢。」他生氣起來。

「小馬，你記得上次你送我回家，發生什麼事情？就是幾個禮拜前？」

小馬心不甘情不願開始回想。

奧黛麗提醒他。「我們最後是把車子一路推回你家，」她忽然心生一計：「你後座應該放輛腳踏車。」

「為什麼？」

越來越有趣，簡直讓我覺得好好笑。

「噢，得了吧，小馬。」她說：「你自己在回家路上好好想想，如果你拋錨的話，更有時間想。」

她揮手說了再見，走到馬路上。

「再見，奧黛麗。」我輕聲說，她已走了。

小馬上車後，我期待必然發生之事，事情果真發生了。

引擎發動了七、八次還是動不了，我走過草皮，打開前座車門上車。

小馬看著我。

「你要幹麼，艾德？」

低聲地，誠懇地。

我張開口。

說：「我需要你幫個忙，小馬。」

他又發動一次車，手氣還是不佳。

「幫什麼？」他問，又試了一次引擎。「你有什麼需要修理的嗎？」

「不是，小馬。」

「要我幫你K看門狗嗎？」

「K？」

「你懂我的意思啊，幫你揍牠。」

「你誰啊？大流氓卡彭①啊？」

小馬對自己的幽默感很欣賞，依然不斷轉動鑰匙，這讓我很不耐煩。

「小馬，」我說，「你可以先不要弄鑰匙，認真一、兩分鐘嗎？可以尊重我嗎？」

他又試了一次，我卻把手伸過去搶下鑰匙。

「小馬，」我雖然聲音很小，但是話裡面的力道強如呼喊：「我需要你幫忙，我需要錢。」

那一剎那的時間流轉放慢，我聽見兩人的呼吸。

一分鐘長的沉默流逝。

小馬與我平日平凡的情誼死了。

真的，就像是有什麼已經死了的感覺。

不用多久時間，小馬就開始回應。提到錢，他的脾氣就來了。他鎖緊眉頭，轉頭看著我，想找個句話開口。他看來是不太願意幫忙。

他說：「要多少，艾德？」

我突然情緒爆發。

猛然打開車門。

砰一聲關上。

我身子探回去車裡，手指著坐在駕駛座上的好友。

「哇，我早該知道！」我抨擊他，「小馬，你是天底下最吝嗇的王八蛋……」我不留顏面指著他，「我真不敢相信！」

無言。

街道與無言。

我轉身背靠在車子上。小馬下車，繞到我這邊。

「艾德？」

「對不起。」我心想：進行順利。我甩甩頭。

「沒事，你不用對不起。」他說。

「小馬，我只是以為——」

他打斷我的話。

「艾德，我沒有……」他的聲音漸漸聽不到。

---

① A. Capone（一八九九—一九四七）。出身於義大利那不勒斯，為上世紀初期美國芝加哥著名犯罪集團首領。

「我只是以為你可以——」

「艾德，我沒有錢。」

這句話讓人聽了驚愕不已。

「怎麼會沒有，小馬？」我站前一步，面朝著他。「怎麼會沒有錢？」

「我用掉了。」

他的聲音從別的地方傳來，不是出於他的嘴裡，彷彿來自於他身旁的某處。虛無。

「用到哪去了，小馬？」

「唔，不是用到哪去了。」他的聲音又回來了，又是他的聲音了。「我把錢投資在一筆基金中，至少幾年不能提出來。我存進去賺利息。」他口氣現在相當正經，憂心忡忡。「我提不出來。」

「一毛都提不出來？」

「不行。」

「就算急用也不能？」

「我想是不能的。」

我又提高音量，挑釁的口氣似乎要把街道扒下一層皮來。「你為什麼要那樣做，小馬？」

小馬情緒失控了。

一失控，他急忙繞過車子，回到車上，坐在駕駛座上，緊抓著方向盤。

無聲地，小馬哭了。

他的手好像要一滴滴滲進方向盤，眼淚緊攀著他的臉龐，逗留在臉上，不情願地流至喉嚨。

我繞過去。

「小馬？」

我等著。

他轉過頭來，他心煩意亂的眼睛吸引了我的目光。

「怎麼了，小馬？」

「上車。」他說。「我讓你看樣東西。」

試到第四次，福特車發動了，小馬載著我穿過小鎮，往南開過了艾德格街。淚水不如剛才的頑強，轉了個方向，他好像醉了酒似的，臉上淌下淚珠。

我們在一間魚鱗板搭蓋的簡陋房舍前停下來。小馬下車，我跟著出來。

「記得這裡？」他問。

我記得。

「蘇珊．鮑依以前的家。」

小馬結結巴巴地慢慢說話。他半張臉被黑暗所覆蓋，我還是能辨識出他的輪廓樣貌。

「她家搬走的時候，」他說：「這麼匆忙搬走，一句話也沒留，其實是有原因的……」

「噢，天哪。」我想說話，話卻匆忙地倒吸進去，找不到出路離開我。

最後，小馬又再說了一句話。

一束街燈打到他的身上，他的話如鮮血般流出。

他說：「孩子大概兩歲半了。」

我們回到車內，沉默了好久，接著，小馬無法自已地發抖起來。他因為常在室外大太陽底下工作賺錢，皮膚早就晒成棕褐色，但是當我們坐在車子裡，他蒼白得跟鬼似的。

一切都變得合理了。

我看得清清楚楚。

就像字打在他的臉上。

鍵盤用力敲上去。

白紙黑字。

對，一切都說得通了：破破爛爛的車子。對金錢的過度節省，惹人厭的小氣。

連他天性好辯——借用《咆哮山莊》風格的說法——也可以理解。小馬獨自一人承受痛楚，每一天，他用這些行為掃除心中的內疚。

「我想給孩子一點什麼，你懂吧？等小孩年紀大了之後。」

「你不知道是男是女？」

「不知道。」

他從皮夾掏出一張老舊的便條紙，我看到上面寫的地址已經被重複描過好幾次，以免字跡消失。

「奧本鎮卡萊麥塔路十七號。」

「她有幾個朋友，」小馬坦言：「她家莫名其妙搬走之後，我去找過她的朋友，求他們告訴我她到底去了哪裡。天啊，好慘，我在莎拉．碧雪家前門階上哭著求他們，我的天哪。」他的嘴看似動也不動，麻木無感，說出的話好像在空氣中迴蕩。「天啊，蘇珊小姐，那個甜美的蘇珊。」噗，他挖苦地笑了一聲。

「呸——她家老頭那個王八蛋，嚴格得要命。不過每個禮拜她都會有幾次趁著晚上，在天亮前一個小時溜出來，我們常常到那片玉米田裡去。」他簡直是在微笑。「我們有條毯子，一個禮拜總有幾個晚上到那裡辦事……她好迷人啊，艾德。」他兩眼直視著我，因為既然他要跟人說，他希望認真地說出來。「她的滋味好甜美，」他臉上的微笑絕望地不肯消失，「有時候我們碰碰運氣，待到太陽升起……」

「聽起來很美，小馬……」

我對著擋風玻璃說話——我不敢相信自己竟然跟小馬這樣交談，我們通常是用吵架來表現我們的友情。

「橘色的天空，」小馬繼續下去，「潮溼的草地，我一直記得溫暖的她，記得進到她體內，緊貼著她的皮膚……」

我腦中已經有了畫面，小馬卻一個殘忍的呼吸，立刻謀殺了我的想像。

「接著，有一天，她家房子空了。我去田裡，卻只有我跟玉米。」

那個女孩懷孕了。

在這一帶是常見的事情，但是顯然鮑依一家無法寬恕這種事情。

一家人立刻搬離開這裡。

一句話也沒說，也沒有人當真懷念過他們。這裡的人總是來來去去，賺了錢，就搬到更好的地方；還在為生活掙扎的，就搬到同樣破爛的地方，到他處試試看機運。

「我想啊，」小馬接著說：「她老頭覺得有個十六歲女兒被搞大肚子，是很丟臉的事情，尤其是讓我這種人給搞的。他管教嚴格是對的……」

說到這裡，我不知道該說什麼才好。

「他們離開這裡，」他告訴我，「幾乎一句話也沒說。」他轉過來，我感覺他的眼光投射在我臉上。

「而我卻與這件事情一起度過了三年的時間。」

我心想：不會繼續下去了，但是我不能肯定。好像是難以捉摸的希望，或是走投無路的絕望。

他情緒冷靜了點，卻依然身體僵硬地坐在位子上。一個小時過去了，我等候適當的時機。我問。

「你去過那個地址了沒？」

他的身體繃得更緊。「沒有，我想去，但是沒辦法。」他繼續把故事說下去。「去了碧雪家之後，過了一個星期左右，莎拉到我工作的地方。她給我這張便條，還說：『我答應過不跟任何人說的，尤其不能告訴你。不過，我不認為那樣做是對的。』接著，她還說：『但是你要小心，小馬，蘇珊的老頭說，你要是敢再接近她，他會宰了你。』然後她就走了。」他臉上覆著一層漠然。「我記得那天下著雨，一片小雨。」

「莎拉，」我問，「是那個高高、褐色頭髮、很漂亮的那個？」

「就是她。」小馬證實我的猜測。「聽了她說的話之後，我開車到城裡好幾趟。我口袋裡本來有一萬塊，想去幫忙解決——那是我唯一的希望，艾德。」

「我相信。」

他嚴肅地搓搓臉說：「我知道，謝謝你。」

「所以說，你從沒見過那孩子？」

「沒有，我甚至沒有那種臉皮拐進那條街，我真可悲。」他開始喃喃複誦這句話，「可悲，可悲。」並且緩緩地用拳頭猛撞方向盤。我以為他會爆炸，但是小馬找不到讓情緒宣洩的力氣，他已經過了那個階段。三年了，自從那個女孩離開後，他擺出一副完美的臭架子，現在他的偽裝從皮膚上剝下，留下真面目在車子的駕駛座上。

「這……」他搖頭。「這就是我在凌晨三點時的模樣，艾德。每天早上，我都能看見那個女孩，那個貧困卻美麗耀眼的女孩。有時候，我走去那片田裡，跪倒在地上，聽見自己的心跳，但是我不要，我討厭我的心跳，它在那片田裡聽起來好大聲，我的心掉下來，從我身體裡蹦出來，又會跑上來，回到我身體裡面。」

我聽到他的心跳。

我想像那個畫面。

他的腿一屈，跪了下來。

他的長褲擦到泥土。

他跪著不動，膝蓋被土地撞得瘀青。還有，一顆崩落的心臟。

落在他身旁的地面上，重重落下，然後——

跳動，跳動。

跳動。

它不肯停，不願冷卻，總是找到路途回到小馬身體內。但是，總有一天，總有一晚，它一定會屈服。

「五萬塊，」小馬告訴我，「存到五萬我就停止。一開始目標是一萬，接著兩萬，但是我就是停不下來。」

「彌補過錯。」

「沒錯。」他試著發動車子幾次，才終於往前開走。「但是，能夠解決我問題的不是錢。」他急忙忙地煞車，停在路中央，臉上表情激動。「我想要摸摸那個孩子……」

小馬點點頭。

「但是只有一個可行。」我回應。

「有很多方法可以辦到。」他說。

「你必須去做。」

他把我載回去，讓我在住處前下車。夜已經轉涼。

「嘿，小馬。」我要下車之前開口說話。

他認真地看著我。

「我跟你一道去。」

他閉上眼。

他想說話，卻說不出話來。這樣比較好。

♥8 相對

明天就去。

我進屋之後，精疲力竭地坐在沙發上。五分鐘後小馬打電話給我。他沒有先說「喂」。

「明天去。」

「六點？」

「我去接你。」

「不用，」我說，「我用計程車載你。」

「好主意，要是我被打得頭破血流，我們現場會需要一輛一次就發動的車子。」

時間到了，我們在六點鐘離開我的住處，快七點時才抵達奧本鎮。交通壅塞。

「我希望那個死小孩還沒睡。」我大聲說出我內心的懷疑。

小馬沒有答腔。

我們停在卡萊麥塔路十七號前。我忍不住留意到，這與鮑依家住的老地方是完全相同的石棉水泥爛屋子。依照傳信人的典型風格，我們停在對面路邊。

小馬看著時鐘。

「我七點五分進去。」

七點五分到了。七點五分過了。

「好，七點十分。」

「沒關係，小馬。」

到了七點四十六分，小馬下了車，站在車外。

「祝你一切順利。」我說。天哪，我從車裡就可聽見他的心跳，那心臟一下下的跳動沒有如棍棒打死這個可憐蟲，還真是個奇蹟。

他站著不動，三分鐘。

他要穿越馬路，試了兩次。

院子不同了，一次便成功。出乎意料。

接著，最困難的——

敲門，鼓起勇氣十四次才辦到。當我終於聽見他的指關節敲打木頭，那聲音聽起來像是瘀青。有人應門，小馬穿著牛仔褲、乾淨襯衫、靴子站在那裡。他們交談，但是我當然聽不見，我困在小馬心跳與敲門聲的記憶之中。

他進屋去，我現在聽見的是自己的心跳。我猜想，這可能會是我一生中最漫長的等待。我錯了。

約三十秒之後，小馬倉皇從大門口往外退，猛然而出，穿過門口，退到院子上。亨利・鮑依——蘇珊的爸爸——正在痛毆小馬，足以讓小馬牢牢記得好一陣子的痛打，一道細細的血流從小馬身上流到草地。

我下了車。

我先說明一點，亨利．鮑依身型不高，但是他強健有力。

他不高，但是很魁梧。

而且，他有堅韌的意志，是我以前那次艾德格街差事的迷你版。還有，他人是清醒的，而且我手上沒槍。

有人踢他。

當我跑過馬路的時候，小馬已經癱在地上，像個僵硬的「大」字形。

用話語。

有人射他。

亨利．鮑依伸出手指。

「嘿，給我滾出這裡！」

這個跟老牛排一樣咬不動的小個子，高高站在小馬旁邊，開始互搓雙手。

「伯父——」我聽見小馬求情，他只有嘴脣在動，其他部位都沒有動。他對著天空說：「我有差不多五萬塊——」

但是亨利．鮑依沒有興趣聽，他靠過去，站在他的正上方。

有個孩子在哭泣，左鄰右舍聚集在街上，出來看好戲。亨利轉過去，要他們全部把自己的臭屁股搖回家去——這是他說的，不是我說的噢。

「還有你！」他又講話懲罰小馬，「永遠，永遠別再到這裡來，聽見沒？」

我走過去，蹲在小馬旁邊。他的上脣好腫，整片都是血，神智不甚清楚。

「你又是誰啊？」

我其實緊張得不得了，心想：媽的，我以為那是我要說的話哩。我很快地回答，語帶敬意：「我只是來把我的朋友從你的草地上接走。」

「很好。」

接著我看到了蘇珊。她站在門口，牽著一個小孩的手，是個女孩子。你有個小女兒！我想對小馬大吼，但是我認為當下不適合。

我對蘇珊點個頭。

她也對我點頭。

「進去，蘇珊。」

「現在給我進去！」

那孩子又哭起來了。

她走進去，我扶小馬站起來。他的襯衫上頭有幾滴灑落下來的血。

亨利．鮑依氣到眼睛含淚，淚水刺穿了他的雙眼。「那個雜種，讓我的家庭蒙羞啊。」

「你的女兒也是。」我不敢相信聽見自己嘴中說出這句話來。

「你最好趕快給我走，小子，不然的話，你們兩個會像雙胞胎一樣回家。」

很好。

當時，我問小馬是否可以自己站好，他可以站著，所以我走近亨利．鮑依。我不確定他是否經常讓人有這種感覺，他個子矮小，但是越靠近他，他卻顯得越有力氣。那時，他大吃一驚。

我畢恭畢敬地看著他。

「裡面那個看起來是個漂亮的孩子。」我說，聲音意外地沒有顫抖，讓我有勇氣繼續說下去，「是不是，老伯？」

他內心交戰。我知道他在心裡盤算著，他很想勒死我，但是感覺我說的每一句話都充滿了神奇的信心。最後，他回答我，他鬢角留著鬍鬚，說話之前，鬢鬍微微地顫動了。「你說得對，她很漂亮。」

於是，我竭力在鮑依先生面前打直腰桿，指著小馬。而鮑依先生的雙手下垂，短而健壯。我說：「他可能給你帶來了恥辱，我知道你就是因為這個原因而離開的。」我再次看著小馬，那個身上有血跡的人。「但是他剛剛勇敢地面對你──那叫做尊敬，沒有比那種行為更合乎禮節，更讓人為他驕傲的。」小馬身體發抖，吞了一小口自己的血。「他明知會發生這種事情，但是他來了。」我看穿他的眼睛，一路直視到眼睛底。「如果你是他的話，你有辦法做同樣的事情嗎？你會坦然面對他嗎？」

那男人的聲音變得低沉。

「拜託──」他提出懇求，我明白我為他感到深深的悲傷，他痛苦萬分。「走，離開這裡。」

我沒走。

我又陪他站了一晌，心裡說：你給我好好想想看。

回到車上，我發現我只有一個人。

我只有一個人，因為一個嘴巴帶血的年輕人又多走了幾步路，他往前走，朝著屋子往前走。以前與他在田裡碰面、做愛到破曉的女孩正站在門廊上。

他們凝眸相對。

♥9 鞦韆

一個星期過去了。

那天晚上，在奧本鎮卡萊麥塔路上，小馬坐在車內，血流到前座上。他摸摸嘴，雙脣一張開，血便悄悄流下，慢慢擴散開來。血一沾上椅子，我便罵了他兩聲，那是應該的。

他回我一句。

「謝謝，艾德。」

他跟我之間的友誼關係，從此以後已經完全不同了，但是，我仍然用老方法對待他，我想他會很高興的。這些現在都存在我們的回憶裡了。

有天早上，我把車開出「空車行」停車場時，瑪姬將我攔下。她快步走出來，揮揮手要我減速。我停下來，搖下車窗。她深深吸了一口氣，說：「還好有找到你。艾德，昨天晚上有客人打電話指名要叫你的車，聽起來是認識的人。」我今天才注意到瑪姬滿臉皺紋，不知為何，這樣卻使她的親切感增加了。「我不想等一下用呼叫器廣播……」

「去哪裡？」我問。

「是位女士，艾德，還是該說是女孩子呢？她特別指名你。今天中午十二點。」

我有種預感，知道是誰。

「卡萊麥塔路？」我問，「奧本鎮？」

瑪姬點頭。

我謝謝她，瑪姬回我一句：「不客氣，親愛的。」我第一個直覺是立刻打電話告訴小馬，但我沒打，客戶至上，畢竟我也是稱職的司機啊。不，我反而開到他近來的工作地點——靠近榮耀街的一處重劃區，他父親的小卡車在那裡，先確定這點就夠了。我繼續往下開。

到了正午，我在奧本鎮蘇珊．鮑依住所外靠邊停車，她準時帶著女兒與幼兒的汽車座椅出來。

我們停了一會兒。

蘇珊留著一頭蜜色的長髮，眼睛是咖啡色，但比我的眼珠子深多了，人十分瘦。小女兒也有同顏色的頭髮，不過還相當短，捲繞在耳朵旁。她對我微笑。

「這位是艾德．甘迺迪。」她母親告訴她。「寶貝，打招呼。」

「嗨，艾德．甘迺迪。」小女孩說。

我蹲下去。「妳叫做什麼名字啊？」她的眼睛像小馬。

「梅琳達．鮑依。」這孩子的笑很迷人。

「她很可愛。」我跟蘇珊說。

「謝謝。」

她打開後座門，把孩子繫在座位上。我腦子這才想起，蘇珊已經是個母親了。我繼續看著她，她的雙手確認梅琳達安全地坐在椅子裡。她就像以前一樣漂亮。

蘇珊有份兼差工作。她憎恨她父親，恨自己未曾反抗過，後悔所有的一切。

「不過，我愛梅琳達。」她說。「她是這一切醜陋之中唯一的一片美麗。」蘇珊坐在她女兒隔壁，從照後鏡看我。「她讓我付出的這一切都值得了。你明白嗎？」

我發動車子往前開。

梅琳達．鮑依睡著的時候，車子裡面只充斥著引擎聲，但是醒來之後，她又玩耍又講話，還用左右揮舞著手。

當我們接近鎮中心時她問我：「你恨我嗎，艾德？」我想起奧黛麗也問過我同樣的問題。我卻從照後鏡回望她，問：「為什麼應該恨妳？」

「因為我對小馬做的事情。」

這句話簡潔地傳入我的耳朵，我也許下意識演練過這段對話，我只有回答：「妳當時是個孩子，蘇珊。小馬是個孩子……妳父親是妳父親……我多少——」我告訴她，「我為他感到難過，他很心痛。」

「沒錯，但是我對小馬所做的行為是不可原諒的。」

「妳現在是坐在這輛計程車上吧？」我又回望她。

蘇珊．鮑依想了想，面露感激，「你知道嗎，艾德？」她搖搖頭，「沒有人像你那樣跟我爸說過話。」

「或者像小馬那樣勇敢面對他。」

她同意地點點頭。

我告訴她，我可以載她到小馬工作的地方，但是她請我在附近的遊樂場停下來。「這主意不錯。」我回答。她到那裡去等候。

到了工地，小馬反覆捶打的動作正好出現一個空檔——他正舉高榔頭，嘴裡啣著幾根釘子。我逮到機會大喊，「你最好跟我去一趟，小馬。」

他看出我神情底下的暗示，停下動作，吐出釘子，扔了工具腰帶走過來。在車子裡，我覺得他比之前那個晚上還更緊張。

到了遊樂場，我們雙雙下了車。我跟他說：「她們在等你。」不過，我猜他沒聽見我的話。我坐在車子的引擎蓋上，小馬遲疑地往前走。

草地乾黃，無人照料。這是個老舊的遊樂場，相當老舊，有一組巨大的鐵製溜滑梯、鐵鍊搭的鞦韆、還有用彈簧及橫木搭出翹翹板應有的樣子。沒有令人作嘔的塑膠玩具。

一陣微風輕拍草地。

小馬轉身看我時，我見到他眼底蹲伏著恐懼。他緩步走向遊戲器材，蘇珊．鮑依在那裡等著，梅琳達則坐在鞦韆上。

小馬看起來好龐大。

他的步態，他的雙手，他的憂慮。

我什麼也聽不見，但是看得到他們在談話，小馬看似巨大的手與他女兒的手相握。我看出來他想抱她，想擁抱她，緊緊地擁抱她，但是他沒有伸手。

梅琳達跳回鞦韆上，小馬得到蘇珊的允許後，輕輕地、輕輕地將女兒推到半空中。

幾分鐘之後，蘇珊靜靜閃開，回來跟我站在一塊。

「他跟她相處得很好。」她輕聲說。

「是啊。」我為我的好友露出笑容。

我們聽見梅琳達的尖叫聲，「高一點，馬文．何瑞斯，拜託，高一點嘛。」

漸漸地，他越推越用力，雙手觸及女兒的後背。她放聲大笑，清純的笑聲傳到空中。

她玩夠了之後，小馬讓鞦韆停下。小女孩爬下來，抓住他父親的手，跟他一起朝著我們走回來。即便從遠處，我還是可以看見小馬臉上有淚，淚如玻璃般清澈。

小馬的微笑，臉上偌大如玻璃的淚珠，是我見過最美的東西之二。

♥10 奧黛麗之一：等了三天晚上

那晚——盪鞦韆的當晚——我睡不著。

每一秒中我都能見到小馬把小女孩推到半空中，或是看到他跟她手牽著手走回來。將近午夜十二點，我聽見小馬的聲音出現在門外。我打開門，他站在外面，心情完全寫在臉上。

「出來。」他說。我到門外之後，我的好友馬文．何瑞斯擁抱我。他緊抱住我，我聞得到他身上的氣味，感受到從他內心洩漏出的歡喜之情。

這麼一來，瑞奇與小馬的差事完成了，我盡力傳送了口信。

只剩下一個。

奧黛麗。

我不想浪費時間，從最早的銀行大劫案之後，我付出那麼多努力，歷盡艱辛，傳達了十一封的口信，這是最後一封，最重要的一封。

隔天晚上，我直接前往奧黛麗的住處。我預料戴瑞與契斯會再次出現，但是我猜錯了。我知道我任務的內容，每次只要我知道任務內容，就沒有人會現身出來指點我。

我沒有坐在奧黛麗住處的正對面，反而跑到再往下幾步路的一座小公園裡面逗留。這是一座新的遊樂場，全都是塑膠遊樂器材，草地修剪得很整齊。

她住的連棟住宅是由八或九間住戶組成，看起來都釘在一起，車輛在建築物前一排排停放。

我連續去了三個晚上。賽門每個晚上都出現，卻從來沒有察覺我在公園裡頭露營，他整個心思牢掛在奧黛麗與他等一下要做的事情上頭。即使是從公園這麼遠的地方看過去，我也能看見他開車進去時，臉上的欲望。

他一到屋內，我便略微靠近，走到信箱旁觀察。

他們一起吃飯。

做愛。

喝酒。

又做愛。

我站在外面，做愛的聲音從門底下溜出來。我想起聖誕節那天，賽門從米菈家載我的那次，我們之間的談話。

我知道我必須為奧黛麗付出什麼。

奧黛麗誰也不愛。

她拒絕愛。

但是她愛我。

她愛我。她早晚必須容許愛的存在，她必須把握愛，徹底瞭解愛為何物。一次就夠了。

三個晚上我都待到凌晨才走。賽門在天亮前便離去，他一定是排了凌晨在城裡執勤的班。

第三個晚上，我心想。

明天。

對。

我明天來傳話吧。

♥J 小馬事後的想法

隔天晚上，前往奧黛麗家之前，小馬又出現在我家門口，這次帶了一個問題來。

我往外頭走，他不願意跟上來我。

他站在前廊上說：「你還需要那筆錢嗎，艾德？」他憂心地望著我。「對不起，那件事情我全忘光光了。」

「沒關係，」我告訴他，「後來我不需要那筆錢了。」

我手臂下夾著一個沒人要的破舊錄放音機，裡面有一捲卡帶。

我一邊走，小馬一邊大喊，逼得我轉身面對他。

他體貼地看著我，說：「你本來有需要嗎？」

我走近他。「不，」我搖搖頭，「不需要，小馬。我不需要。」

「那麼，為什麼……」他走下臺階好好看著我。「那麼為什麼你會說——」

「小馬，信箱中收到的那張撲克牌，我還留著。」若瑞奇應當知道真相，小馬也該知道。我向他解釋了一切經過。「小馬，我已經經歷了方塊、梅花、黑桃，現在還有一封紅心的口信要傳達。」

「我是在——」

「對，小馬，」我回答，「你是紅心。」

沉默無語。

茫然不解。

小馬站在前院草皮上，不知該說什麼，但是神情愉快。

我快消失在他眼前時，他大喊：「最後一個是奧黛麗嗎？」

我轉過身，望著他一步步後退。

「那祝你順利！」他回應。

這次，我微笑揮手。

♥Q　奧黛麗之二：三分鐘

一切都跟往常一樣。只不過，今晚月亮出來了，又落下去了，月色逐漸黯淡，凌晨終於到來，我帶來放在身旁的那臺收音機表面凝結了水珠。我在心裡納悶了片刻，為什麼不直接在家設定鬧鐘，破曉時分再過來即可？然而，我知道我必須這樣做才行，我得忍受一夜的煎熬，才能把事情辦妥。

我把腿伸出去，夜色延伸到更遠處。第一道光芒驚嚇了我。

我聽見門砰一聲關上，賽門的車子發動，我在公園裡昏昏欲睡。他把車開出來，一個無聲、笨拙的轉彎後，開上了街道。一分鐘過後，我明白時機成熟了，一切感覺都對了。

收音機。光線。

於是，我的腳步朝著奧黛麗的前門走去。

我敲敲門。

沒有人應門。

我又握緊拳頭，正當準備再敲門時，一陣啪啦啪啦的聲音傳到門口，奧黛麗疲倦的聲音夾雜在其中。

「你是不是忘記什麼——」她打起精神說。

「是我。」我說。

「艾德？」

「對。」

「你幹麼——」

我的襯衫好像水泥，牛仔褲是木頭做的，襪子如沙紙，鞋子彷彿鐵砧。

「我來，」我呢喃說，「是為了妳。」

奧黛麗——這個女孩，這位女人——穿著粉紅色的睡衣。

她打開門，光腳站著，用拳頭把眼裡的睡意揉去。她讓我想起了小女孩安琪莉娜。

我緩緩牽起她的手，帶她走到外面的小徑上。我已經不再手腳笨拙，世界只有我和她。我把收音機放在灑著樹皮的花園，蹲下去，按下了放音的按鈕。

起先，一段靜電干擾的滋滋雜音傳出，接著音樂響起，我們聽到一首緩慢沉靜的歌曲，那調子又甜美又絕望。我不會說出曲名的，你想想看你所知最柔和、最絕情、最優美的曲子，你心裡就會有個譜了。我們在音樂聲中呼吸，我的眼睛與奧黛麗的眼交接。

我走近，握起她的手。

「艾德，怎麼——」

「噓。」我攬住她的臀，讓她靠近我，她抱著我的背。

她把手繞在我的脖子上，頭倚在我的肩。我聞到她身上性感的氣息，我唯一的希望是，她在我身上聞到了愛。

樂聲忽然轉為低音。

有陣聲響的音量加強。

又是紅心撲克牌的聲音，不過這次好多了。我們移步旋轉，奧黛麗的氣息落在我的頸子上。「嗯——」她低吟。我們站在小徑上跳舞，彼此擁抱著。我暫時放開她，緩緩地旋轉她。她繞一圈回來，在我脖子上輕輕地、淺淺地吻了一下。

我想說「我愛妳」，但沒有必要。

天空閃動著光輝，我與奧黛麗共舞，跳了約三分鐘吧。音樂停止之後，我們還維持著這樣的姿勢。

三分鐘，告訴她我愛她。

三分鐘，讓她承認她也愛我。

我們放手時，她說了出來。不過沒有與愛相關的字眼離開她的嘴，她僅僅微瞇起一隻眼睛，瞅著我說：「嗯，艾德．甘迺迪，嘿嘿？」

我面露微笑。

她拿出指頭比著我，「不過只有你，行嗎？」

「行。」我同意。我凝視奧黛麗的光腳、腳踝、小腿，然後一路往上看到她的臉，拍了一張她的照片，存在記憶中。她困倦的眼，稻草色、亂蓬蓬的早晨頭髮，唇上擠出的淺笑，小耳朵，光滑的鼻子。最後殘餘的愛意奇妙地延續著……

她任自己愛了我三分鐘。

我自問：三分鐘可以持續到永久嗎？我卻早已知道答案。

我答道：大概不會，但是大概夠久了。

♥K　結局

我拾起收音機，又多逗留了一會兒。她沒有請我進屋，我也沒有開口要求。該做的都已經做了，於是我轉身說：「改天見，奧黛麗。也許下次玩牌時候再見囉。」

「很快會再見面的。」她向我保證。我把收音機挾在手臂下，踏上回家的路。

十二封口信已經傳達完畢。

四張A的任務完成。

我感覺這彷彿是我人生中最燦爛的一天。

我心想，我活著沒死，我贏了。幾個月以來，我首度感受到自由，一陣滿足的氣流在我身旁盤旋，一路跟著我回家。當我走進前門，親親看門狗，在廚房替我們兩人弄杯咖啡時，滿足的情緒居然還在。

咖啡喝到一半，我心頭出現另一種預感，它往上繞啊繞啊，然後從我體內吐出來。

我不知道這感覺打哪來的。看門狗抬起頭看我，滿足之情即刻消失殆盡。我們聽見彈簧鎖從門外打開又被關上，有個人倉促地跑開了。

我慢慢走到門外，步下門廊的臺階，走到前院。

信箱略微歪斜立在那裡，看起來彷彿懷著罪惡感。

我的心在顫動。

我往前走，打著哆嗦，打開信箱。

我心裡吶喊：噢，不要，不，不，不！

我伸手進去，手指抓住真正的、最後的一個信封，上面有我的名字，我已經摸到了。

這才是最後一張牌。

這才是最後一個地址。

我閉上眼睛，跪倒在前院草皮上。

我的思緒打結了。

還有最後一張牌。

未經思索，我慢慢地打開信封。當我的眼睛看見地址時，我腦裡所有的思緒立刻慘遭腰斬而死。

上面寫著：

西平街二十六號。

那，就是我的地址。

最後一封口信，是我的。

鬼牌

西平街二十六號

笑聲

街道空蕩蕩的。

鬼牌嘲笑著我。

四下寂靜無聲，唯有我手上的小丑在無聲地嘲笑。他縱情大笑。

青草覆著顆顆水珠，我獨自站在那裡，手指中間夾著這張萬能牌。我從頭到尾都遭人監視，卻從未如現在這樣，感覺到自己不堪一擊，毫無隱私可言。

我戰慄不安。屋內，屋內有什麼在等著？

「進去吧。」我說。我走過溼漉漉的草地。我真的不願意入內，但是還有其他路可走嗎？如果有人在屋內，我束手無策。我潮溼的腳步在前廊的水泥地上印下痕跡。

我一路走到廚房。「有人在嗎？」我大喊。

竟然沒有人。

我的廚房裡沒人。

除了看門狗、鬼牌與我，根本沒有人在我的屋子裡。我差點搜了床底下，不過心知事情不是這樣幹的，他們可能會做的是喝我的咖啡、在我的馬桶裡撒尿，或者在廁所裡沖個澡一類的事。屋子裡沒有動靜，無人存在，無聲無息，直到看門狗打了呵欠、舔了舔嘴巴。

幾個小時過去了，我得去上班了。

「請問去哪裡？」

「麻煩到馬丁廣場。」

一趟又一趟的載客，我變得麻木了。我生平頭一遭整天沒跟人說話，不聊天氣，不談上週末哪隊贏球，不提路況，不像以前一樣為了填補車中空蕩的氣氛而開口扯些說過即忘的胡言亂語。

我第一次這樣。

隔天也一樣。

到了第三天，出事了。

返家途中，我在圓環交叉路口差點出車禍。我前面一輛福斯廂型車正在前進，我眼睛看著右邊，沒有留心前面這輛廂型車。它突然停下，我腳底煞車嘎一聲踩下，勉強在廂型車後幾英寸處停下來。

我原本把鬼牌放在前座。

它往前一彈。

落到車底。

笑了起來。

幾個星期

你有沒有伸展大腿或觸碰腳趾，結果卻使力過度的經驗？這就是這幾天、這幾個星期，我邊工作邊等著鬼牌揭開真面目的感覺。

我位於西平街二十六號的破屋子，會發生什麼事情呢？有誰會來？

二月七號，有隻手伸到我的門前。我走去門口，心裡又急又想拖延。來了嗎？是奧黛麗。

她走進門說：「艾德，你最近都沒消沒息。小馬說他一直打電話找你，你都不在家。」

「我都在工作。」

「還有呢？」

「等候。」

她在沙發上坐下，問：「等什麼？」

我不慌不忙站起來，走到臥室拿出四張撲克牌。回她身邊一張張查看。「方塊，」我說：「搞定。」

我鬆開手，看它落到地上。「梅花，完成。」再一張撲克牌掉到地毯。「黑桃跟紅心，都完成了。」

「所以現在呢？」奧黛麗看出我臉色蒼白，身體疲倦不堪。

我從口袋掏出鬼牌。

「喏。」我一面說，眼淚幾乎快要掉下來了：「奧黛麗，妳告訴我，請妳告訴我，是妳做的，說撲克牌是妳給我的。」我懇求她。「求告訴我，妳只是希望我幫助其他人，還有……」

「還有什麼，艾德？」

我閉上眼，「讓我自己變得更好，讓我人生更有價值。」

我的話掉到地面上，跌在撲克牌上，奧黛麗莞然一笑。她笑咪咪的，我等著她承認這一切。

「告訴我！」我要求她，「告訴——」

她不再逗弄我。

她說出了真相。

她嘴裡幾乎無意識地吐出真話。

「不，艾德，」她慢吞吞地說：「不是我。」她搖搖頭看著我，「抱歉，艾德。抱歉。我希望是我做的，但是……」

她沒說完她的話。

不算結局的結局

結局，終於來了。

我的門口又出現一連串砰砰聲響，來了，這次聽起來像是來了。這個人遲到了，毫不留情地敲門。我先穿上鞋，然後走去應門。

深呼吸，艾德。

我深深吸了一口氣。

看門狗在走廊上，我吩咐牠：「待在這裡。」牠卻隨著我回到門前。

我門一開，外頭是個穿西裝的男子。

「艾德．甘迺迪？」這個人禿頭，留著長鬍鬚。

「我是。」我說。

他往門口靠近，說：「我有東西要給你，可以進去嗎？」

他非常友善，我想應該可以讓他進來吧。他人高馬大，正值中年，聲音既客氣又堅定。

「要喝咖啡嗎？」我問。他婉拒了，「不用，謝謝你。」我第一次注意到他手上拿著皮箱。

他坐下打開皮箱，裡面有份打包的午餐，一顆蘋果，一只信封。

「要吃三明治嗎？」他表示要請我。

「不，謝謝你。」

「你這決定是對的，我太太做的三明治很難吃，我今天吃都不敢吃。」

他將信封交給我，開始辦正事。

「謝謝。」我惶恐不安地說。

「你要打開嗎？」

「誰派你來的？」我銳利的目光直視他的眼睛，他嚇了一跳。

我銳利的目光直視他的眼睛，他嚇了一跳。

「打開信吧。」

「誰派你來的？」

不過，我無法僵持下去，手指戰戰兢兢地伸入信封，映入眼簾的是熟悉的筆跡。

艾德：

你好。

結局即將到來。

你最好去墓園走一趟吧。

「墓園？」我問。我知道明天剛好是老爸一周年忌日。

老爸。

「我爸爸，」我對那男子說，「告訴我，是他嗎？」

「我不知道你在講什麼。」

「怎麼會不知道？」我差點要伸手抓他。

「我——」他說。

「什麼？」

「我是被派來的。」

「誰派你的？」

這男子卻只是低著頭，堅定地說出一字一語：「我不知道，我不知道他是誰……」

「這一切都是我爸在背後操縱嗎？」我問他：「這些都是他死前安排好的，他是不是……」

我聽見我媽跟我說的話，啊，那已經是去年的事情了。

你就跟他一樣。

我爸是不是留了指示給誰，要他安排這些呢？我想起晚上在車子裡見到他在街上走路，他走路回家是為了讓自己酒醒。他從酒吧走回家的途中，我偶爾會載他一程……

「那就是他知道這些地址的原因吧。」我大聲說：「他老是走路。」

「你在說什麼？」

「沒事。」我只回答這兩個字，就沒有多說，因為我人已經到了門外，沿著街往上跑，跑到墓園。夜空青藍，雲朵如鋪在天空中的水泥，一團一團的。

越跑，墓園的影像越大、越接近，我轉進父親墓碑的區域。幾個守衛緊挨在那裡站著。

還是說，是那些人？

不。

是戴瑞與契斯。

我慢慢停下腳步，他們望著我，戴瑞出聲。

「恭喜，艾德。」

我調整呼吸。

「我爸爸？」我問。

「你就跟他一樣，」契斯指點我，「就跟他一樣，大有可能身後情景跟他同樣淒涼，你本來可能的成就……」

「所以他派你這麼做？他死前安排了這一切？」

戴瑞慢慢靠近我，回覆我的疑問。「聽我說，艾德，你向來吊兒郎當，就像你老頭一樣。這話沒有冒犯的意思。」

「沒關係。」

「我們受雇來試探你，看看你是否可以這樣過了一生。」他漫不經心指指墓碑。

「不過——」契斯插話，「不是你爸爸派我們來的。」

我花了片刻才聽懂他的話。

不是奧黛麗，不是爸爸。

各種問題在我腦中徘徊，像是一排排從橄欖球場或音樂會散場的人潮，推來擠去，絆倒失足。有人一直繞圈圈，有人留在位子上等候離場。

「那你們在這裡幹麼？」我問他們：「你們怎麼知道我會到這裡，恰恰好這個時候到？」

「我們老闆派我們來的。」戴瑞回答。

「他告訴我們你會來。」契斯又插嘴，他們今晚配合得很完美。「所以我們來了。」他衝著我笑，似乎在憐憫我。「他還沒出過錯呢。」

我冥思苦想，要從這一切理出頭緒來。

「哦——」我開口要說話，但好像沒有別的字眼。啊，找到了，「你們老闆是誰？」

戴瑞搖頭。「我們不知道啊，艾德。我們只執行被交代的工作。」他開始做結論：「不過啊，艾德，今晚你被送到這裡，是要提醒你自己，你不希望像你爸爸那樣死掉。明白嗎？」

我點點頭，表示同意。

「那麼，我們還有最後一件事情要告訴你，接著，我們就會永永遠遠消失在你的生命裡。」

我準備好仔細聆聽，「什麼事情？」

他們已經移動腳步，準備離去。「你得再等一等，等時機，好嗎？」

我站在原處。除了站在原處，我還能做什麼？

我看著戴瑞與契斯沉著地步入黑夜裡。他倆走了，我永遠再也見不到他們了。

「謝謝。」我說，但是他們沒有聽見，他們再也不會聽見我說話了，這好像有點遺憾。

又過了幾天。我明白除了等待以外，沒有其他事情可做。有天凌晨工作結束，回程途中，我幾乎已經死了心，而一名穿著牛仔褲、夾克，帶帽的年輕人揮手攔我下來。

他坐上後座。

跟平常一樣。

我問他上哪去。

跟平常一樣。

我得到了答案。

「西平街二十六號。」

跟平常不一樣。

那句話讓我手腳發軟，差點把車子停下來。

「繼續開就好。」他說，卻沒有抬起頭來。「就照我說的，艾德，西平街二十六號。」

我開著車。

我們默默無語，繼續行進，直到返回鎮上。我謹慎開著車子，眼神慌張，心兒蹦蹦亂跳。

我轉彎駛上我家的那條路，把車停下來。

終於，後座的人摘下帽子，抬起頭來，我第一次在照後鏡上看見他。

「是你！」我大喊。

「是我。」

比震驚還震驚的情緒完全奪走我一切的念頭與反應——在我車子後座的是故事一開始的銀行搶匪。他

薑黃色的鬍鬚還在，樣貌跟之前一樣醜陋。

「六個月到了。」他解釋，語氣好像變得友善了。

「但是——」

「別問，」他打斷我的話：「繼續開下去，載我到艾德格街四十五號。」

我開到那裡。

「記得這個地方？」他問。

我記得。

「現在到哈里森大道十三號。」一個接一個，搶匪帶我到每個地址，到米菈與蘇菲家，到神父與安姬・卡魯索那裡，到羅斯兄弟家。

「記得嗎？」每到一個地方，他都這樣問我。

坐在車上，我重新造訪每一個地址，回憶每一封口信。

「記得，我記得。」我告訴他。

「很好，換到榮耀街。」

「丑角街，還有你媽家。」

「鐘街。」

「你知道最後是哪三個。」

我們在鎮上的大街小巷開來開去，太陽在天空上越爬越高。我們去了瑞奇家，開過未整修草地上的遊樂場，前往奧黛麗的住處。每一個地方，我都是一面駕駛，一面讓回憶輪流上場。有時候，回憶讓我想要停在原地。

永遠停下來。

陪瑞奇在河畔。
同小馬在鞦韆前。
還有與奧黛麗在早晨無聲的光輝之中共舞。

回到我家的時候，我問：「現在到哪去？」
「下車。」他說，而我忍不住了。
我說：「是你，對不對？你搶銀行時知道……」
「呃，好好閉上嘴，你就是沒辦法閉嘴嗎，艾德？」
曙光中，我們站在車子旁。
他有條不紊從夾克口袋掏出一樣東西，是一面扁平的小鏡子。
「艾德，記得我跟你說過的話嗎？在我受審時？」
「記得。」我莫名地感到眼中有股暖意。
「告訴我。」
「你說，每次我看著鏡子，我應該記住，我完蛋了。」
「沒錯。」
失手的盜賊站到我面前，露出淺淺的笑容，把鏡子對著我舉高。我直視自己。
他說：「鏡子裡看得到一個完蛋的人嗎？」

記憶湧上心頭，我再次看見那些地方、那些人。我在那孩子家的前廊擁抱她，一個硬是要得的老婦人稱呼我為吉米，我目睹一個女孩以全世界跑最快，但卻流著血的腿跑步。

我隨著一位神職人員臉上的興奮而微笑，我看到安姬・卡魯索沾著冰淇淋的脣，我感受到羅斯兄弟之間的感情，我看見一個家庭的黑暗，被神奇的能力與榮耀點亮起來，我讓老媽吐露真相、關愛與她對人生的失望。我坐在一位孤寂老人的戲院中。

注視著玻璃的反影，我與我的朋友站在河水中間。我看著馬文・何瑞斯推動坐在鞦韆上的女兒，往天空推高。我與愛、與奧黛麗，連續共舞了三分鐘……

「嗯？」他再次問：「你還看起來像個完蛋的人嗎？」

這次，我回答了。我說：「不。」

搶匪他說話了：「那麼，一切就值得了……」

他為了那些人坐牢。

他為了我坐牢。最後，他留下幾句話之後走遠。

「再見了，艾德。我建議你最好進去屋子裡面吧。」

他走了。

就像戴瑞與契斯，我永遠再也見不到他了。

文件夾

我極力保持冷靜，走進屋內。我的前門敞開著。沙發上坐著一名年輕男子，他開心地輕撫看門狗。

「你是——」

「嗨，艾德。」他說。「很高興終於見到你了。」

「你是——」

他點頭。

「你派了——」

他再次點頭。

起身後，他說：「一年前我搬到這裡，艾德。」他棕色的頭髮剪得非常短，身材略矮，穿著襯衫、黑色牛仔褲、藍色運動鞋。隨著每分鐘流逝，他越看越像個男孩，而非成年男子，而當他開口說話，聲音卻絲毫不像男孩子。

「大概是一年前吧，我注意到你父親下葬，看到你還有撲克牌遊戲，你的狗，你媽媽。我不斷觀察，就像你在其他地址所做的那樣……」他覺得有點難為情，眼光離開我身上。「我殺了你的父親，艾德。我為你在銀行出現的時間點上，安排了一次笨拙的搶劫案。我指示那個男人對他妻子動粗，我要戴瑞與契斯那樣對待你，還有帶你到岩石那兒去的人……」他看看地板，又抬起頭來。「我對你做了這一切，是我，我讓你成了一個不怎麼稱職的計程車司機，讓你去做你自認無法辦到的事情。」我們目不轉睛，一動也不動。「我做這些事情，因為你是平凡特質的縮影，艾德。」他嚴肅地看我。「若是像你這樣的人能夠奮起，完成你為那些人所做的事，那麼或許每個人都能辦得到，或許每個人都可以活得更好。」他的口吻轉為熱切激奮，講到重點了。「也許甚至我可以……」

他坐回沙發上。

我感覺到有人在我四周描繪出這個小鎮，感覺到我被誰給創造出來。眼前所見是真的嗎？

沒錯，這個年輕人坐在那裡，把手往頭髮裡梳。

他無聲地站起來，回頭看沙發，靠墊上放著一個老舊的黃色文件夾。「全都在這裡。」他說：「每一件事情，我為你記錄的每一件事，我到處蒐尋的每一個點子，每一個你幫助、傷害或是撞見的人。」

「可是……」我的話聽來朦朧不清。「怎麼辦到的？」

「連這個——我們現在的討論——都在這裡面。」他回答。

我愕然，說不出話來，在原地不動。

最後，我勉強又開口。「我是真實的嗎？」

他幾乎沒有思考這個問題，他不需要。「看看文件夾裡面，」他說，「在最後面，看見沒？」

答案用潦草的大字與黑色墨水，寫在一張啤酒杯紙墊的空白面上。上面寫著：「當然，你是真的，跟任何想法、任何故事一樣真實。當你身在其中，那就是真的。」

他說：「我該走了。你大概會想好好看看那份文件夾，檢查前後有無矛盾。都在那裡頭了。」

我恐慌起來，那種往下墜落的感覺就像是你確知無法控制住車子，或是犯了無法彌補的錯誤。

「我現在怎麼辦？」我絕望地問：「告訴我！我現在怎麼辦？」

他很冷靜。

冷靜地看著我說：「繼續活下去，艾德……這些只是片斷的記錄。」

大概是因為我深陷心理創傷之中，他又逗留了約莫十分鐘。我還是站著，想從真相之中恢復鎮定。

「我真的該走了。」他又說了一次，這次語氣更加肯定。

我步履艱難地陪著他走到門口。我們在前廊上告別，他走回到街上。

我很想知道他的姓名，不過，肯定馬上就會知道了。

我敢保證，他已經記錄下來了，這個王八蛋，已經記下了一切。

他走上街道，從口袋掏出一本小筆記本，記下了幾個字。

他的動作提醒了我，也許我應當自己記錄下這一切，畢竟，我是做了所有工作的那個人。

我會從銀行搶案開始寫，比方說：「持槍的搶匪真遜。」

不過，極可能他已經捷足先登了。

文字的封面上會是他的名字，不是我的。

他會因而得到讚賞。

或是臭貶一頓——倘若他表現得很差勁。

然而，請記住，是我讓這些故事有了生命，不是他；我才是那個——

呃，少哀哀叫了，艾德。心底有個聲音告訴我。

聽起來很耳熟。

儘管我不願意，一整天下來，我想了好多事情。我查看文件夾，如他所言，找到了每一樣東西，裡面記錄了所有的想法，概略描述了每一個人，差事的開始與結尾相融、重疊。

幾個小時過去了。

接著，幾天過去了。

我沒離開我的住處，沒接聽電話，幾乎沒吃什麼東西。時間一分一秒流逝，看門狗陪著我坐著。有好長一段時間，我懷疑自己在等候什麼，但是我明白就像他說過的。我在等候這些紀錄之後的人生展開吧。

口信

有天下午，我似乎聽見了最後一次的敲門聲。結果卻是奧黛麗，站在我搖搖欲墜的前廊上。

她眼簾低垂，眼神猶疑不定，過了半晌之後，才說想進屋子來。

在走道上，她往後靠在門上，說：「艾德，我可以留下來嗎？」

我走向她。「當然沒問題，妳晚上可以留在這裡。」她卻搖頭，猶疑的目光終於落定。奧黛麗走向我，朝我伸出手。

「不是今晚，」她說，「是永永遠遠。」

我們一起跌在走道的地板上，奧黛麗親吻我。她的唇貼緊我的嘴，我感受到她的氣息，吞下它，感受到它，並且伸舌索吻，她一道道的美麗快速通過我的體內。我抓著她的黃頭髮，碰觸那平滑的頸部。她不停吻著我，她想吻我。

我們親吻結束後，看門狗走過來，在我身旁坐下。

「嘿，看門狗。」奧黛麗打招呼，她眼睛又淚汪汪的。

看門狗瞅著我們兩人，牠是聖人，牠是賢哲，牠說：*該死，你們兩個也差不多該在一起了。*

我們在走廊待了將近一個小時，我把所有的事情都告訴了奧黛麗。她一面輕撫看門狗，一面傾聽，她相信我所說的話。我知道奧黛麗永遠都是相信我的。

我快要徹底放鬆心情的時候，最後一個問題卻不動聲色溜進我的腦海中，想竄出來，卻又溜走。

「文件夾。」我說。

我爬起來，快步走到客廳，跪在地上，不停地翻閱文件夾。我坐在那裡認真查看，胡亂地翻看零散的紙張。

「你在做什麼？」奧黛麗問，她進來站在我後頭。

我轉身仰頭看她。

「我在找的是——這個。」我跟她說。「我在找妳跟我，我們在一起。」

奧黛麗蹲下，陪我一同跪著。她把手放在我的手上。我扔下了那疊紙。

「我想，你要找的東西不在裡面，」她輕聲說：「我想，艾德…」她的手輕柔地貼著我的臉，向晚的橘黃色陽光落在她身上。「我想，這才是屬於我們的。」

到了晚上，奧黛麗、我、看門狗在前廊一塊兒喝咖啡。牠喝完後，對我笑了笑，接著跟平常一樣，在門旁安靜地睡著了。咖啡因對牠再也起不了作用。

奧黛麗的手指與我的相交纏。光線多停留了片刻，我又聽見今天上午的那段話。

「若是像你這樣的人能夠奮起，完成你為那些人所做的一切，那麼或許每個人都能辦得到，或許每個人都可以活得更好。」

就在那時，我有了一個新的體悟。

在這甜美且殘忍的清醒瞬間，我帶著微笑，看著水泥上裂縫，告訴奧黛麗與睡夢中的看門狗，我告訴他們我現在要跟你說的話：

我不再是傳信人。

我，就是信息。

木馬文學 138

傳信人
I am the Messenger

作者 馬格斯・朱薩克（Markus Zusak）
譯者 呂玉嬋
社長 陳蕙慧
副總編輯 闕志勳
副主編 林立文
行銷 廖祿存
電腦排版 極翔企業有限公司

社長 郭重興
發行人兼出版總監 曾大福
出版 木馬文化事業股份有限公司
發行 遠足文化事業股份有限公司
地址 231新北市新店區民權路108之4號8樓
電話 02-2218-1417 傳真 02-8667-1891
email: service@bookrep.com.tw
郵撥帳號 19588272 木馬文化事業股份有限公司
客服專線 0800221029
法律顧問 華洋國際專利商標事務所 蘇文生 律師
印刷 成陽印刷股份有限公司
二版三刷 2022年4月
定價 新臺幣320元

ISBN 978-986-359-631-8

國家圖書館出版品預行編目(CIP)資料

傳信人 / 馬格斯・朱薩克（Markus Zusak）著；
呂玉嬋譯. -- 二版. -- 新北市：木馬文化出版：
遠足文化發行, 2019.02
面； 公分. --（木馬文學；138）
譯自：I am the messenger
ISBN 978-986-359-631-8（平裝）

887.157 107022149